九歌一〇四年小說選

童偉格——主編

九歌一〇四年小說選
年度小說獎得主

賀淑芳
〈初始與沙〉

得獎感言

賀淑芳

這篇文章是前年十月初投寄的，十一月又修改了一次。九月的手指拂過了島嶼的瓶口，給我送來一箱沙子，沙裡有一頭發光的獸，蓋一打開就立刻溜走了。

寄包裹給我的人，只是讓我目睹牠活著離開的奇跡。暮光穿過牠半透明的身體，牠游過好幾棟鑲上碩大阿拉伯號碼的公寓，消失在黃昏的雲層裡。

彷彿是因為獸，才改變了我的眼睛。午夜過去了，新的一天卻還沒有來。我越過天橋回家，從橋上望下去，事物好像水中的倒影，好像是同時有兩個世界疊在同一個地方。

說不了這滋味，一切沌而未曉，卻又有什麼鮮明清楚。

箱子依舊留在房間。沙繞著手指形成漣漪般的漩渦。

我想起小時候掉進的河，記得水流變得很重，像石頭一樣，直到聽見祖母在河邊唱歌。我搓搓這沙，好像什麼都沒有，又像已經寄來了，這密密麻麻。

宛如居住在邊界與邊界之間，忽然想起了那個沒有國籍的國度。有沙漏在那裡緩緩流動。

好像世界有兩層皮膚。腳尖過了邊境還有邊境。

寫作必然從這洞隙裡流過。帶著那中間的印記。

二〇一六年一月二十日新加坡

目錄

童偉格　初始探索，個人導讀——《九歌一〇四年小說選》編序　9
1　蘇偉貞　活口：同命　21
2　蔡素芬　往事　45
3　徐譽誠　無樂　67
4　黃崇凱　水豚　93
5　盧慧心　蛙　113
6　駱以軍　作品　139
7　賀淑芳　初始與沙　153
8　黃錦樹　彷彿穿過林子便是海　167

9 袁瓊瓊 蚵蝓和它的鹽 189
10 張怡微 春天別來 215
11 川貝母 小人物之旅 227
12 鍾旻瑞 泳池 235
13 張亦絢 永別書：在我不在的時代 257
14 陳淑瑤 周圍 277
15 蕭鈞毅 記得我 289
16 陳姵蓉 阿弟 315
附錄 一〇四年年度小說紀事 邱怡瑄 335

《九歌一〇四年小說選》編序

初始探索，個人導讀

——童偉格

《九歌一〇四年小說選》主編，原本是陳雪，去年底，因陳雪健康有恙，由我臨時接下編務，在排山倒海而來的稿件中，開始和時間賽跑。我猜想，亦是在那樣競賽裡，我感覺編者報告中，理應說明的趨勢觀察（總結說來，過往一年小說創作，說明了哪些共同大趨向），對我而言，無法不顯得倉促武斷。我毋寧更願，將過往一年，視作更長時程一部分，且盼望我對小說家們各自作品詮釋，在篇幅所限內，仍能盡可能伸延向那更長時程，提出一種絕非定論，而是涉及各自初始狀態的描述。這麼一想，事情就比較明確了。就編選範疇，我沿用九歌出版社多年慣例，以過往一年，在臺灣，發表於文學雜誌，報紙副刊與文學獎作品集的小說為擇取對象，從中選出十六篇作品。我決定不區分這些作品，是否真為短篇小說，或實為長篇節錄，這自然是因長程看來，我意識到這分類的不穩定，也意義不大。於是，我就用更簡單明確，但想必更不可能客觀的標準去選擇：對我而言，這是不是好小說。

「好小說」，對我而言，意謂這作品，以特別方式，封存小說家對「小說」此事的持續探索。這樣的探索，即便我以對小說家過往作品積累的理解，放在更大時程裡去看，仍然存有獨異啟發。於是，「探索」作為關鍵詞，不免將是各位讀者，在接下來作品導論中，會一再讀到的字眼；而恐怕，接下來的導論，也難免主要會是我的獨語報導。然而，這心願是真摯的：我盼望這個報導，能挾帶盡可能深廣的已歷時程，為這個文學場域，回溯性提出創作者們，各自琢磨的文學命題。因為這樣，我施行編者能做的最大虛構，以一個統合架構，描述就我所見，入選的十六篇佳構，各自意向所指。我盼望這虛構，能為讀者提供一個暫可靜視的介面，基礎理解：過往一年，小說家們各自持續的創造。因前述設想，我認為以蘇偉貞書寫，開始作品導讀，是極合宜的。

蘇偉貞的〈活口〉，為二月出版的長篇小說《旋轉門：動靜之間》之斷章。以強悍的小說家書寫意志，《旋轉門》答覆十年前，封印於《時光隊伍》（印刻，二〇〇六）表層的漫遊敘事，與悼亡修辭底下，艱難的時光命題：在至親辭世後，對生者而言，追憶過往的心念、個人未來生命期程，及「寫作」此事本身，是否有意義？〈活口〉延伸意義辯證，直探「其後」，至親真確已不在場了的傷停宇宙，可視作濃縮示現《旋轉門》探索意向的代表篇章。十年沉靜探究，嚴格自疑自證，蘇偉貞書寫，陳明一種寶重的小說家職志：對小說家而言，可貴者小說創作，而非滌洗個人心境的前小說書寫。

〈永別書：在我不在的時代〉，則為張亦絢同名長篇新作首章。整部《永別書》（木馬，二〇一五），承續張亦絢在《愛的不久時：南特／巴黎回憶錄》

〈聯合文學，二〇一一〉裡，語態完熟發展的「我」，以聰明無比，靈光與幽默俱在的獨語聲調，論證一位「六年級」生，以解嚴時刻繫年青春，以後戒嚴時期運動反挫，反思個人存有情況的啟蒙之旅。論證命題核心，則為「認同」。作為首章，「我」在〈永別書〉中，設下個人記憶歸零點，開啟「我」對個人生命期程重新格式化工程，並帶起書寫意義之辯。因為如此，〈永別書〉與〈活口〉各自獨特地，形成一組迥然相異的對照。

以過往一年，陳淑瑤陸續發表的作品推論，〈周圍〉應為長篇小說之一篇章：這些作品，合幅為一對僻居市鎮邊緣的母女，生活日常的素描。孤獨遠繞的「流水帳」：「父不在」時光的靜謐或腹語。其中，〈周圍〉或能作為陳淑瑤，對此命題之內容與形式思索的代表篇章。小說質簡切開一個惘惘時點：女兒動用「之前就存著現在才拿出來用」的謊話，以便錯開多冗日常，獨身前往醫院，檢查可能惡症。由此切點啟動的敘事舉重若輕，重重環顧一個已歷經驗（就醫）的新舊見歷，反寫無心卻「真正的聆聽」，以及一個有心到熱鬧風火，形同雨中幻影的周遭。

蔡素芬的〈往事〉，也許亦為長篇創作一篇章。從一切相對冷硬、但人我實貌與邊際對己而言，較能穩確掌握的哀樂中年，小說架起觀望鏡，由「他」回溯已逝抒情年代，並祈望重建聯繫。回溯主事件，是段未竟戀曲：往昔，「他」熱切真摯，以對共同未來的理想，去規訓與懲罰戀人「她」；而青春詩人「她」，在忍過禁抑，取得揮別偏南鄉里的許可後，也避遠了「他」。昆德拉，《生活在他方》命題的性別反證。相對於昆德拉對「抒情」之危險的思辨，〈往事〉以禁抑年代的語徵與暴力，細密及身，勾勒出沉默的她。小說結局諭示傷害的無可追補：「他」望過隔斷，望見「她」更遠撤的失語。

長篇小說話語切片：追想或悼念，對一位之前此後，對「我」構成在場參照的往者，及其遠示的離散族性；對一個破碎歷史場域，以其苦痛造就的在場者「我」。以主角靜謐在場，分心覺察世界「如常」流動的素描；以專誠凝視光隙，確認「她」從此靜默的抒情。

事關記憶命題，對反長篇小說話語，蕭鈞毅的〈記得我〉，純熟實踐短篇結構需為的節制。就敘事分析，〈記得我〉與朱宥勳的〈晚安，兒子〉有語境聯繫：核心情節，均關於一受排擠（或霸凌）學生之失蹤，及其父的尋人。相對於〈晚安，兒子〉揭曉失蹤者的「被尋獲」，從而使整篇作品，錨定為對教育體制之偽善塞責的義憤實寫，蕭鈞毅以尋人未果，啟動短篇小說以其留白截斷，所形成的全景轉喻；將失落不遇，前延貫穿為作品裡，所有人普遍處境。遠探本質的協商。「記得我」，因此是這樣一種平靜祈使：所有那些「被侮辱與受損害的」，放在一個廣漠有傷的世間，如何能被獨特地記得？

陳姵蓉的〈阿弟〉，則以引人同樂的歡愉筆調，反襯「阿弟」，這未及有能以追憶話語，兌換存有之悲傷的嬰兒，降生在這狗跳雞飛的人間，由懷抱他的「我」，所感受的具體重量。〈阿弟〉展現別趣於〈記得我〉的銘刻：這些浮世屢見，因而說來不新鮮，卻嚴重欠缺古典悲劇崇高感的人生留難（失業，病老，夫妻失和等），皆由陳姵蓉以生動修辭，譯寫成為類型化角色專設的獨特處境。就編劇理論看來，角色處境，幾乎即是類型化角色的一切，因此，無法自我表述的「阿弟」具體是：所有作品中已述的，一切先於他，且必然將要影響他未來處境的存有。

對照上述兩篇臺北文學獎獲獎小說，林榮三文學獎首獎作品，鍾旻瑞的〈泳池〉，或許示現年輕創作者，對小說美學探索的可能定向：對個人擇取之典律的創造性轉化。具體說來，以「泳池」場景，蘊涵欲望湧動，當然絕非新穎想法；而〈泳池〉世界（現代性冷調居家空間，潔癖般帶著禁欲色彩的男人，及其所做美味料理；及這一切，對一位深思沉靜的少年，所形成的吸引力），則使人想起村上春樹後期作品。然而，或許正是以此為基礎，鍾旻瑞開展對個人書寫風格的琢磨，展現一種字斟句酌，形擬白描的，對文字自身魅力的投入與看重。〈泳池〉也因此，成為內在完備的佳構。

立於文字美學的世界外，川貝母的短篇小說集《蹲在掌紋峽谷的男人》（大塊，二〇一五），則呈現作者對小說之虛構性的探索：作為虛構體裁，小說能全景承載的奇遇，言說的夢境，與多重並置的平行世界等，所有這類事關虛構之虛構的結構性創造。簡要說來：川貝母探索一種並無波赫士之博學互文的，更為直接的寓言場域；或一種個體在日常瞬間，如遭逢蟲洞、任意門，從而也就身涉異境的超現實書寫。關於後者，已收錄書中的〈小人物之旅〉，是一次有趣實踐。在窄仄篇幅裡，作者如故事中的「我」，為我們明快前推視鏡，直到乍然，異境就這麼從身後追上，等候我們回身對視。

小說家以短篇結構，各自演示的全景調度：研究無差別吞沒人之獨特性的，無法完滿的人世；研究人世獨有的荒謬性，如何環伺獨特一位姍姍遲到者。對個人文學典律的全心再創造，以取得動支那必然老於「我」之時態的書寫技藝；對新鮮意念常保好奇，從而以說故事之熱情，重探虛構的魅力。

從《比冥王星更遠的地方》（逗點，二〇一二），到《黃色小說》（木馬，二〇一四）這部佳構，黃崇凱展現對重層虛構的熱愛。以作品系譜定位，〈水豚〉翻轉作者對平行互文的探索，而將虛構，落實為對現實未來的假設。「現實一種」：〈水豚〉的寓（預）言性，非因直書未來，而是因猜想我們所歷現實，將以何等不可思議的方式告罄。〈水豚〉或仍藏存互文，如其中去動物園偷動物之起手式，使人想起伊坂幸太郎，《家鴨與野鴨的投幣式置物櫃》。就此而言，黃崇凱承續個人對通俗橋段的鍊金術，提取類此情節吸引人的怪誕性，伸展為臺灣島內種種情狀，「既違和又相安無事」地交織的怪誕特質。

盧慧心的〈蛙〉，已收錄於短篇小說集《安靜．肥滿》（九歌，二○一五）。小說集裡十一篇作品，以目光獨到，平白如實的方式，表現因各自緣由，而在情感位階中，落居劣勢之人的躊躇或追求。或者，主動敬遠的離群與自閉。其中，〈蛙〉是篇特別凝練深潛的好作品。藉描述「她」的異鄉探親之旅，作者迴旋敘陳藏存「她」心中，無解的情感難題。無解，非因有情遭遇無情，而是「她」，遭逢一個已將「能承受的情感容量用完」之人，從而僅能將愛情溫柔退讓給悲憫；甚且，在這特別的劣勢中，連必然嫉妒，都像是特別惡劣的一種情感。盧慧心深切描摹的，是人自然會因取得對傷痛的共感，而彼此疏遠的可能。

人的自然：同受天性驅使，但或許，使他們以獨特方式發聲與靜默的，不會是旁者。從引文起，徐譽誠的〈無樂〉，以變形的奏鳴曲結構，探觸「你」的情感賦格。對反於〈蛙〉裡，「她」因親解他者而自承的苦痛，在異鄉中，因疏離親者的善意而初得釋散，〈無樂〉中，作者藉「你」重複夜投急診室之旅，表述一個燒灼生命，卻無有出路的情感世界：在那裡，一切對話，彷彿都已建「公版模組」，適合因應人我處境，快速鍵選用。借引《浮士德博士》的貝多芬詮釋，作者藏潛一種對表達或命境之終結的深望，亦變奏地，為重複歷程藏有的可能未知，留下一種期盼：「你」的出路，在「最後想起的，仍是自己」的自己。

張怡微的〈春天別來〉，則展現對話語世界的洞視。不同於《哀眠》（印刻，二〇一五）許多篇章，作者以親族人情世故揣摩，及深淺重層的語言技藝，來建構的上海「世情小說」，〈春天別來〉指向另種當代城市世情：一個因社交軟體發達，使人習於公開自我表露，浮泛分享，於是，當對面直接遭遇，人不免因缺乏迂迴修辭，而證實各自疏離實況的世界。簡言之：一個人慣於「表達」此事本身，而使表達語彙嚴重退化的尷尬世界。作者銳利洞視的，是這世界本質上的無世故：久未碰見的朋友，「其實一點都沒變」，像永恆少女：曾同歷的他者之死，或更多幽深體驗僅能沉默封包，像水中氣泡，對彼此終成泡沫。

後設性創造：小說家以各自方式，探索他們各自抵達的話語之謎。「小說家」的意義之一或許是：拆解自身話語歷史，證成未來。無論謎題指向，是如何反轉虛構之虛構並織造現實，或愛是否可能深潛隔絕愛自身；無論是對「我」之自我，分身般重重複影的跟隨，或直探疏離中的疏離，一次不堪重複的重逢。

事關重逢，對反未來，袁瓊瓊的〈蛞蝓和它的鹽〉，在當代語境中，回探一個人際間，猶存隱忍與還就的古典戲劇世界。這個世界，由一位半世紀未謀面，因臉書而重建聯繫的小學同學，像遠遊旅人般攜回報導；由在人生歷程中，體認到「扶持或幫助，對老年人是很昂貴的，得挑人來分配」的「我」，淡定聽取。這遠限的敘事框架，反襯同學所述之故事，奇境般的實感。故事核心人際，是同學大學時代起的閨蜜：這如施虐與受虐者間之難解同盟，綿延的絆結，終爾毀散同學家庭，而以關係更新，確證兩人同盟的無可摧折。以恨之名，〈蛞蝓和它的鹽〉展現生命絆結的另類神性。

事關對未來的證成，自《南洋人民共和國備忘錄》（聯經，二〇一三）起，至《魚》（印刻，二〇一五），小說家黃錦樹強勢回歸，帶起一個別具意義的啟示：面向文學歷史自身的製成，也許果真，惟有站在外邊的作者，有能深刻更移，一部必須將他囊括在內的文學史。對照前述作品與史構的對話性，〈彷彿穿過林子便是海〉自成一格，是篇特別內向抒情的作品。彷彿從「防風林的外邊」，回探昔時家園，小說靜謐灑落，如夢裡才能確真的光影，照見過於青春的愛戀，與過早示現的，「最後的家土」。這個重新布散的信息網絡，自免過於繁複的思維規訓，而以純粹思念，將防風林外的孤寂自死，遠襲為溫暖的祝福。

事關後設性創造，駱以軍的〈作品〉，答覆楊凱麟指出的當代創作難題：如何可能，「書寫者獻身於對不可能開始的無止盡尋覓之中」，以個人創作，迫近「內建於文學中對不可能性的至高肯定」，可視為「字母會」書寫實驗代表篇章。已持續近四年的「字母會」，指向一種代價未知，亦不重要的小說創作前沿探索，因無論如何，前沿探索最深切碰觸的，或許，將只會是創作者無以複製的個人性。〈作品〉實踐的，正是這種高張力的動員，字字句句，回證「小說家」，駱以軍。小說家駱以軍帶起的文學難題，如同任一卓有創見的全心創作者，施予他們文學場域的難題：如何可能，賦與他的創造，一種絕不躁淺的定論。

由此，順應前述「涉及各自初始狀態的描述」，我願能將年度小說獎，頒給賀淑芳的〈初始與沙〉。這當然不可能是所謂「鼓勵」，而是我盼望以此，向小說家賀淑芳致意。為了她的創作，自《迷宮毯子》（寶瓶，二〇一二）以降，如此多向卻堅持的探索。亦為了〈初始與沙〉，以如此個人化的方式，將〈時間邊境〉與〈迷宮毯子〉等篇章即一貫確存的內向感覺結構，彌合對文學場域的現實感知，而成就這樣一篇描摹「生在這個地方，寫書就像把字寫在沙上」的佳構。創造的艱難：面向現實，與立意超越現實的。必要的沉靜：為了那必得一再動態重啟的「初始」；也為了不急切「以結尾斷定意義」，且「寧可把它看成更碎的拼圖」的恆遠心志。或許，這亦是「小說家」的意義之一：在再次歸零的當下，未來對我們，閃現了不可能的祝福。

最後，作為代班人，我想祝福陳雪政躬康泰，早日元氣淋漓地，回去她摯愛的小說創作崗位。謝謝陳雪，九歌出版社陳素芳女士，與蔡佩錦女士的幫助與信任，由我全權決定編務，因此當然，文責全然在我。作為讀者，我想謝謝本書所有小說創作者，感謝他們的辛勞，以及予我的啟發。作為小說作者，我願將此書，獻給二〇一五年。對我們而言，我們同歷的，最接近未來的過去。

活口：同命

蘇偉貞

政治作戰學校影劇系學士、香港大學中文所博士。曾任《聯合報》「讀書人周報」主編。現任國立成功大學中文系教授。曾獲聯合報中篇小說獎、國軍文藝金像獎、中華日報小說獎、時報百萬小說評審獎、新聞局出版報導主編金鼎獎、臺南府城文學貢獻獎等。著有小說集《紅顏已老》、《沉默之島》、《魔術時刻》、《時光隊伍》等；散文集《租書店的女兒》等；論文集《長鏡頭下的張愛玲》等。

出發吧，大疤死亡那刻，擊打撞針，進入過去之未來。

十年了，當自己是大疤不在人世之最後活物，浮懸微粒狀靜待時間到了便自然地消失，得見天日，結束這樣的等待。

不斷延異的睡眠，總在窗面分色鏡般反射曙光，才驚覺，哎呀！都天亮了。

在幹麼呢？半寐半寤耽溺在不用大腦好萊塢連續劇裡，（你眉目臉容浮映液晶螢幕面，似偷窺者，也像參與者）刻意迴避鐘面，強忍濃烈睡意，跟著情節瞎走，機器身體寰椎關節一度一分下探，時間到，下頷朝心臟部位猛地那麼一挫頓，重力屈直動作完成，反覆撞針，一個個 take 將你身影攝進岩壁螢光幕裡，這使得電影幻影像你的紀錄片的看起來好真實。而連結點，寰椎，源於希臘文 Atlas，巨神阿特拉斯背負地球的支撐部位。

以為夠遲睡，咔嚓——咔嚓——，（就像連續殺人犯，犯罪的核心在控制欲的一次次殺人以再現的）請見識我所在之南都改建十樓老家中庭對面樓座徹夜燈火通明家庭情節劇，遲睡家族遺傳學。劇裡禿頂老頭汗衫、睡衣紮進長褲或短褲的臥沙發看電視，不時冒出個黑白夾雜髮老太與之閒聊，嘴巴張成鴨蛋就知道高分貝，偶有青年加入，仨人投目螢光幕有說有笑。這時，我會全頻道跑馬，哪個節目如此受歡迎？（數位遙控器真像繫在掌心的科技蝴蝶結，按鍵周沿藍光暗鑠透著曖昧。）要說我跟他們有什麼差別，角色的不在場。

真實與虛構之家庭劇場，那未演出的下集會有啥情節？好比，死在大疤前的老家胞弟孝的獨女兒映下落如何？同輩堂哥（大疤子）楷和壆，角色、感情、觀劇態度皆疏離，從不入戲，也無意知曉淡漠道：「她有媽媽。」疏離劇場的真人扮演。

而對我，生活即一種再現。電影電視，如此熱中捕捉生活細節，克拉考爾的理論，「紀錄和揭示我們周圍的世界」，在時間中演進的現實，正常情形看不見的東西，但「具體的生活是它的食糧」，克拉考爾全神發展此命題，他排斥戲劇性，我也是。

越來越喜歡趕路看（陸網視頻動不動半途不支持點播的）美連續劇，政治律法情愛醫病新聞家庭倫理懷舊劇種，（二〇〇四年大疤死後，美劇紀元，觀影史，《實習醫生》（*Grey's Anatomy*）打頭陣，轉眼第十一季，一年一季，可不是，大疤離開第十一年。虛構時間實習醫生梅莉迪絲．格雷酒吧初遇西雅圖主治大夫德瑞克展開幻影推進情節同時卻總把現實時間帶回十年前。）不碰警探卡通奇幻，不陌生化善惡、真假、虛實二元對立施用於現實人世。於是觀影蒙太奇，拼湊停格快轉倒帶，不喜歡就跳過，有時候甚至略掉一整季而能無礙接軌。你希望跟它們綁在一起，而不是什麼真實生活。那虛構時間的「某些情節畫面對話音樂……點入繼續你的生活」。但總有那麼一刻，有那麼一種可能，正片結束最後打出密碼「精采伏筆，還在最後」字樣，得工作人員字幕跑完，謎底才揭曉，但整場觀眾早走光了，你成了唯一知道謎底的活口。這真的很無趣。

好比家庭劇場裡，有時候覺得角色扮演無非因世故或懦弱，我不喜歡懦弱，於是一直在等，等什麼呢？譬如，什麼時候工作人員字幕跑完，將預見，映之伏筆。

於是，樵十一歲，最後的童年（的正片將結束）假期，專斷的不給自己反悔時間，臨時上路，飛孝最後之年四川重慶大足，去求一幕映之伏筆。桃園機場出發航班早客滿，訂到高雄出發位子。中午航班。大清早我和樵已經出現在臺北高鐵臺鐵北捷三鐵轉運站，城市的地底隧道裡傳出風阻音叉低頻聲，車體進出停車，蜂箱效應，傳播花粉似的把人帶走。我們坐進高鐵車廂將穿越島嶼終點站高雄轉小港機場直飛重慶，如此曲折計畫，簡直像綁架，（也是啦，省略法告訴樵爸樵媽去大連訪他們也見過的舊友邱叔叔，其實首站重慶。你悄悄對樵說，親姑姑呢。）車頂集電弓接高壓電線，平穩高速駛在軌道上，窗外沿西部走廊風馳電掣閃過的風景，往無盡南方馳去，明明大太陽，但金針花玉米穗稻禾田田相連，遠看像穿著黃豔蓬鬆披風低空掠過仲夏的月光。（不是月光，是銀河，所以會發光。——《銀河鐵道》）天河難返，已經是另一個夏天了。早起的樵安靜睡著了。大疤，一直感覺他是個記憶庫，他的眼睛見過你，一雙清澈如鏡的小小瞳仁，銀版感光。望進去，就可以望到以前。活化石。每次看著，都好想拿來做標本。（《銀河鐵道》捕鳥人，捕聽得見車聲風響間的湧水鶴叫。鷺鷥群下雪一般翩然飛至，捕鳥人兩腳叉開，伸手朝向深紫色的天空抓住鷺鷥降落束起的黑腿收進布袋，袋子便發出明礬藍光像螢火蟲，一會兒變成霧白色，像鷺鷥閉上了新月形眼睛。）然後他醒來，將轉向人生下個階段，青少年。童年結束。所以，此行，能走多遠便走多遠的放任他，玩 ipad、可隨意支配的零用錢、晚睡晚起……，日後這些都將浮現為綁架情節斯德哥爾摩症候群徵狀嗎？現在的他好入戲地配合宛如避開追捕的繞道出關劇情呢。小孩果然是最好的旅行伴。

三小時後，我們將在重慶江北機場降落。才起飛樵又倒頭沉睡，那份放心，給我一種錯覺：像被放逐終於返國的政客。醒來已在江北機場上空，他側臉下眺：「機場好新。」臨時飛過臺灣海峽，（怎麼會是臨時呢？大疤死那天就決定了。）臺胞證過期，落地簽。樵像天生的旅人，任何機場通關充電、上網、加水、衛生間行走利用自如，不畏遠方。遠橋，這是他爺爺之前為他取的名字，遠方之橋梁。

出關提行李，依路標指示仍如迷走，問路，「怎麼說呢？直往前吧，到下個路口再問人！」穿過長通道去國內航廈買四天後往大連機票，波浪形鋼結構，各種音效環繞，售票櫃臺第一排斜角三十度切進來耀眼陽光，躲都無處躲的瞇覷眼縫，我倆背光等候三色挑染短髮蘋果綠削肩洋裝銀細跟涼鞋女子慢吞吞改票：「飛機都要飛了，趕不上了吧！」瘦矮個兒駝背鼻口Y字形駱馬窄臉票務一股江湖跑單幫：「得重新出票，名字錯了。」不遠腋下夾皮包講手機男人買的票，涼鞋女要去武漢，劃位時給糾舉，不准入關，「進去就好了，誰核對那麼清楚。」手機男滿口廢話。駱馬臉：「現在暑假，安檢特別嚴格，通關後給抓到更麻煩。」反瞪手機男：「這天沒航班了，買的優惠時段票價改航班得加錢。」女人仍事不關己輕描淡寫怪票務不核實證件、空安小題大作、以前怎麼可以、有人在武漢等她……翻來覆去講。姊妹淘訴苦似。（在這面積八點四萬平方米，旅客年吞吐量七百萬人次的航廈，如此拖戲，有沒有弄錯啊！）手機男不沾鍋：「是票務弄錯了吧？」駱馬臉自顧自講道：「之前時段優惠五折，明天航班一概原價。暑假囉！買晚就沒得位子了。」手機男虛晃手機：「沒得道理！又不是我們錯。」真向日葵陽光男啊，駱馬臉這才廢話少說地出示訂票紀錄：「噢！自個兒看嘛，王交兩個字是你寫的不是？」（早去幹麼啦，還真有戲。櫃臺後仨女子大娘養老狀，死人不挪位出來辦公。駱馬臉賊黑，整天這麼日光浴，不黑才怪。）人家是「黃嬌」。樵翻白眼OS：「這啥名字能交代嗎！」男女臉色各自一陣鐵青，沒有難堪的成分，比較像「我真倒楣」。被搶白一頓，男女主角開始演默劇，而我們是在不對時間不對位置沒臺詞路人甲乙。此時無言，放大了背景吵雜音，蒙蔽了航班廣播，把這座現代機場瞬間打回農業時代市集原型，熾陽尾巴掃過這座上世紀戲碼尚未退場的新世紀舞臺，失去了昔日光環，又沒有自己風格，絲毫無懷舊的可能。

樵新品種，忍不住嗆聲這座拿落地簽進關的祖上城市：「文盲啊，跩什麼啊！飛安懂不懂？搭飛機了不起哦？」我輕拍他肩頭安撫兼提醒，「少說兩句。」他反問：「怕事嗎？」是啊。

駱馬臉閒閒不知說與誰：「再晚，下班嘍。今天飛機不等人。明天一樣。」但見手機男一言不發往航廈大門離開，涼鞋女則平臉耷拉著行李反向朝內去。新世代樵的直覺是對的，好新的機場。好新的情人關係，有難來時各自飛。他不知道這機場的前身是白市驛機場，一九四九年他祖祖帶著七歲的他爺爺打這兒離開輾轉水陸抵屏東東港。多年後，他與爺爺見面，全部相處時間，一年三個月。

這下終於輪我們，駱馬臉湊上眼：「是這名字？仔細核對。」樵專注打量這臉突然笑了：「奶奶，你知道草泥馬嗎？」「不准說髒話。」「不是——」「我知道你意思。」草泥馬學名駱馬。別盯著人看，不禮貌。居然懂得借位形容。

繁簡體轉換核對無誤等開票證明。後頭急吼吼有人手抓票、證件奔來：「航空公司啥子不讓我劃位咧？」駱馬臉驗證：「你名字不對咋地劃啊！」又一個？「哪來的？野人啊！」我倆相視一笑，拿票走人。（設下一道旋轉門卡，逆向順向停止。）

早想好，盡量乘大眾運輸工具，安全。懸掛式輕軌三號線最近嘉陵、長江匯流環抱老城渝中區預訂的全球連鎖老字號希爾頓酒店，涼鞋女一折騰，南北向兩極，要一小時十分鐘，出輕軌站拉行李小走一段，那時應該天色全暗。此時光線迅速黯淡抹去了建築體邊界，過道馬路運客處人車灰影模糊，拉客的詢價的問路的枯坐的集結為集體流動體，怎麼看皆與後現代機場打造先鋒典型對抗平凡傳統的坎普與眾不同美學相違。巨量移動性即群聚性。

就像每個旅人抵達之初都有的那麼幾分田野調查性，這裡，真的好像偽裝成為現代地理學者所言的傳統鄉村的一個轉機候機室。

趕緊離開安全抵達下榻旅店才是上策。於是丟了石頭撿石頭的挑計程車的結果仍擺脫不掉快速擴張城市的塞車命運，高速公路網即城市網，衛星畫面之大重慶，我車大約像千萬輛模型車，被放在褶皺沙地、溪岩斜背隆起的山城北北東向路面，粗糙岩面霰彈密布網狀大小窟窿或粒狀突起青苔疙瘩，一片一片鋪晒難以辨識竹簡木簡般拼圖中這座出土之城。（對於總想放慢腳步的大疤，曾說，他們不知道自己錯過了什麼。）

時高時低行往渝中區，老區最高點讓給了現代化電視塔，地景最低點，座落著永遠的長江出境口朝天門碼頭。（希爾頓二十三樓邊間房東北向，夜色上升，上望長江，左邊嘉陵江，河面漭洵湧至岸沿，蕩不出域界。你是講古人，樵，上個世紀一九八九年和爺爺第一次返鄉找孝爺爺首站重慶就住江邊朝天門碼頭省賓館。往事如煙之布票油票糧票飯票糖票……共和國改革開放前部曲，全國國營按點收攤，不到五點，大小飯館鬼都見不到一個，慢一步啥都沒得吃。樵：去死啦！）

如不同角度車工切割的城市基地布滿深淺皺痕。持續了一周的豪雨洗滌抑壓了惡名昭彰的懸浮粉塵，但剛放晴的城市天際線沒有太多清新感，倒是大片大片銀杏新生種透著陌生，以往土生土長黃桷樹、常綠小葉榕、大葉天竺桂皆移除。巴渝大換樹水杉、香樟，打造銀杏城，此物價值高，狂飆突進的植樹戰爭，從此紅棉路沒有紅棉，黃桷埡、黃樹坪沒有黃桷樹。假議題取代了現實世界。但這也是一瞥印象。

波特萊爾〈致錯身女路人〉，鬧市街道震耳欲聾，走過一位身穿黑衣的女子，瞬間一瞥，寂靜的喧嚷，錯身之間如被閃光打到而復活，女子隨即消逝，「永別了，今後的我們，失去彼此行蹤，而你知道，我曾對你鍾情。」班雅明說，此瞬見鍾情不在第一瞥，而在最後一瞥，那股無著孑然之孤獨感升起，他知道自己正在跟她告別。這樣的哀惘漣漪，不來自愛的癲狂，相反，是被孤獨襲擊。蒂博代說，「這種經歷只有大城市才能寫出來。」

（夜空中朵朵嘉陵江上空銀河索道纜車穿梭。多年前狂賣的重慶背影片《瘋狂的石頭》，瀕臨破產工藝廠小開不學無術川語謝小盟，乘纜車巧遇黑幫唐山話道哥女友菁菁驚為天人：「老天對我太不公平了，我天天坐索道過江，居然從來沒有看見過你，也許，我太過關注這個城市的風景了。」這城市最瘋魔的一景是小盟他爹謝千里在舊廠房發現了塊希世翡翠，謝千里打算辦玉展賣玉救廠，沒錢請保全，保衛科長自願當保全。消息放出去，驚動萬方，集團主想在這塊土地上蓋大樓，找來操粵語國際大盜偷翡翠逼謝千里讓地；蜀地勢力則有道哥、京腔小軍和黑皮兄弟三人組，展開方言大戰。三方人馬語言交鋒兼鬥法。少有的黑色幽默、滑稽突梯無厘頭題材。簡直重慶別冊。）

好容易跨渝澳嘉陵江大橋，司機先生才放鬆：「一天塞二十四小時。」過橋進入處處板塊運動腫瘤岩山渝中區，八年抗戰就地鑿岩躲警報，現下內設冬暖夏涼時尚餐廳洞庭鮮火鍋貴州風味小館陳有良尖椒……洞子餐飲美學。此一時彼一時紅岩天府之城動輒五十樓起跳巨廈跟吹港式風。我所見，卻是遺落戰境，定格。入鄉隨俗的椒麻辣重口味一時難以消受。

入住妥當，稍晚下樓找吃的，天色濃墨潮濕，雨剛收歇。出大廳右手幹道中山路，於是左拐體育路褶縫巷弄，川人日常生活處，露天大排檔披披掛掛塑料雨篷吊著禿頭弱燭光燈泡，光影流動的吃喝聚合，每桌都似餞別，也就像各省小攤作風當街涮洗髒水往外甩。行人皆漠視。臨界打烊時分，不多的食客，皆青壯男子，居然不少白領，西裝領帶喝酒划拳杯盤狼藉，我們老小組合顯得格格不入但已挑不起早年好奇眼光的沒入城市一角。家家菜色大同小異，不外酸菜魚、水煮肉、串燒、爆炒海鮮魷魚田螺蝦、回鍋肉、尖椒拱嘴、炒萵筍土豆、麻辣涼粉擔擔麵紅油抄手，歸結一個味，麻辣。最裡頭一攤不熱中招呼道：「吃啥子？喝酒不喝？炒兩個下酒菜？」一下就勾引起已是遙遠的返鄉記。那時——，很想轉頭和樵說，爺爺才四十多。還沒開始累積或刪減法回鄉次數。甚至明明被貼上離散族群標籤卻不善於移動，初返，選擇走海線鮭魚溯游搭郵輪，（對照後來兩岸直航，真不可思議的自設旋轉門路線。）高雄登船，（回想起來像假的，真有這航程嗎？上網查也沒任何紀錄。）起航收錨那刻，返鄉的浪漫行程就結束了。船身筆直如蛙游手掌朝下外翻縮肩箭矢般出了港塢向銀河虛線射去。日以繼夜，可疑的滿耳廓貫進嘩啦嘩啦深水攪動如唸偈語，轉動渦輪引擎轉經輪，為此行除障消災。

三天兩夜穿越南海遙過香港彎進珠江口重重經過老式運輸業運媒船隻儼然高懸抓斗、吊杆靠岸或慢駛或補貨，船板上藍衣藍褲或黑衣黑褲或光腳布鞋解放軍帽或倒碗口笠帽，一概細瘦矮小不知有漢何論魏晉人影，南越後裔，無視問津者異樣眼光的空望江面，滑水穿越這條名流江水，若有光，引航船前導，不久江盡而現城市天際線，靠岸終點黃埔碼頭。下船放下行李，幽靈般朝燈火處找吃找喝，昏暗的石砌溝渠泥路不知名的樹影搖晃著陌生城市一角，滿城南越音，小館溢出一股子劣酒人工醬香味兒，愈發暈於路。

大疤手裡四十年後的家鄉來信信封上沒路名只有鄉名，旅途路線在信封上，那便決定了，最好的回家式，「醉鄉路穩宜頻到，此外不堪行」，走一條銀河虛線，海路接空路，廣州飛抵軍民通用白市驛機場，偽裝農村轉機候機室，超寫實的跑道隨側待命（終於近距離看見了神祕）殲八戰機。那感覺，和一頭撞上酸菜魚、粉蒸肉肥腸排骨、水豆豉、水豆腐、衝菜、涼粉、黃桷樹、農村地景、親戚網絡……無差別之永遠無法抵達之故鄉，現實早被取代，我們唯有發展黑色喜劇的整座城市如荒山空屋，一幢一幢灰濛廢棄倉庫不發光夯土屋舍黏稠挨疊不成形的座落對岸梯形岩上，如夢的漬汙擦不掉無法更新，還硬闖進太虛幻境。

靠的，繼續醉。

老馬不識路，先前返鄉探親的父執輩經驗傳述重慶出發得花八小時，依樣畫葫蘆請省賓館對臺辦交涉包車，去哪裡？萬古場。要是沒錶，還真分不清早晚的市區粉塵蔽空，出城後農村毛路差點把胃給顛出來，公路旁小店吃了晚午餐，怕下餐沒著落。早春天仍黑得早，（我們以為）司機同志心裡有張地圖，縣道二〇四——二〇七——三〇九——三一〇的北培——大疤出生地銅梁——萬古鎮（大疤父母口中好聽得多的萬古場）——金山鎮疾馳，一路無話，很快便漩入暗影重重黑洞迷航區，沒有導航、定位設備的駕駛師傅也心裡發毛喃喃自語：「不看見，沒別得路的！這啥子地方？」不禁懷疑這一切是公婆捏造出來的故事，一場家族史風化工程，根本沒有遺落邊境的避秦人。深夜車燈在幽暗大地穿鑿出一個洞穴，咦，洞口光圈有另個小光點，趨近了，深色衣褲身體沒入黑夜，光有個頭臉漂浮著，漂浮物聽見動靜逆光後扭，眼睛閃爍，是人。師傅停車大聲問：「萬古場咋個走呵？」隔壁銅梁縣徒步到萬古場，熟門熟路指路停在農村黨支部辦公室，老鄉使勁拍木門：「書記在得沒？哦！好消息的！有臺灣同胞找弟娃來囉！」半晌屋內透出鎢絲燈泡紅光，內開髒垢原木門檻門板門栓，除了木桌木椅全無家具，像隨時準備移動的證人計畫安全屋。不，錯了，只是窮鄉僻壤，因此仍然雞犬相聞的即使深宵亦瞬間屋裡充塞著人頭攢動陌生臉孔及不相干話語，直到背目殘足的孝弟娃偕餵他一口飯的陳奶奶兒子陳表叔趕來，（用古老的打火把報信方式，漫天漆黑水田倒映火光，田埂上忽西忽東移動，人未到聲音先到，陳表叔屋裡聽見騷嚷聲撚亮鎢絲燈炮，孝說，見深夜有人來叫，就明白哥哥返回了。）鄉人相親團簇擁著孝將他推到我們面前，這才如見故人，大疤同款欖仁腦殼高鼻深目薄眼皮滿臉鬍渣。

書記趁空忙或張羅自釀酒及帶殼花生，（大疤禮敬在場鄉親！擠擠挨挨沒人動手拿杯子，書記一手掌握場面：「臨時狀況，找天正正式式慶祝，孝，先敬了哥哥嫂嫂再來。」）孝從頭到尾皆靈魂出竅般卑微無措不知該先敬哥嫂還是先給書記添酒上菸，微亮光度反而不影響孝眼珠子骨碌轉動調整弱視神經，很明顯的用眼過度牽動眼瞼內層輪匝肌不斷收縮造成異常頻繁的顫動，孝猛翻白眼仍無法迎上哥哥視線，收不住的淚水倒先從布滿灰翳水晶體目眶不自主溢出，他說：「收到信，知道爸爸媽媽在找我，真樂活，做兒子的沒孝順過爹媽一分一秒，現在能和父母團圓，死了也沒得遺憾嘍。」不待孝講完，四周七嘴八舌：「是啊！一筆寫不出兩個張字，畢竟一家人。」「苦盡甘來嘍！」「好日子在眼前嘍！」「孝可憐狠了！終於盼到哥哥轉來咯！」「爸爸媽媽該回來看看囉！想家狠囉吧？畢竟是老家嘛！」這些，便是離散的總和了。

攤開了眾目睽睽說私己話，大疤逐省話：「孝，沒得事了，爸爸媽媽年紀大囉，走不成，找著你就安心狠。」一輩子活在人群中，孝習慣凡事交代，突然無話的哥倆頻頻喝酒代話，孝酒量忒大，每飲必說：「今天晚上是我解事來最幸福的一天。」大疤則休眠活山，內裡不斷小規模岩漿噴發，很快醉倒了。（如果知道相見即瞎走失控趨向孝日後以自殺結束生命時間，大疤的醉，真的是永訣之醉了。）鬧到夤夜才散。孝如醉如夢的打火把摸黑走三、四十分鐘田壟回屋。（我們明眼人要個把小時）書記騰出房間讓我們落腳，半寐半醒鋪蓋潮濕空氣中一股腥臊味兒，合衣躺著如河面未疏浚的花生殼、瓶子、動物屍骸、鞋子、水草……漂流物。

創世紀那麼漫長的晨光剪開窗面漫漶進屋，喊喊呢呢聲鑽進屋來，我起床推門，撲面一陣惡臭，令人作嘔，對面是公廁，鄉民集體在此狹促夯土茅房內外拉屎放尿刷牙洗臉交談。黨辦公室設在街上，百步外即趕集場，一鏡到底家禽家畜牛豬羊雞鴨人群，沒有孝的主觀鏡頭之生活最小元素。一時之間，無有共鳴，你是外來者，烙印不同紋章，你們有著不一樣的臉，這鄉村，千人一面。夢遊醒來發現踩在沼澤沉沙上升或下沉結界。老天爺，這是哪裡？動彈不得極想吐，遂用力緊咬顎關節睜目亟思掙脫眼前海市蜃景無果，轉向搜尋有無見過的臉好證明此非虛幻，眾皆冷漠且不與（任何人都不可信的）你交換眼神的共和國運動成風後遺症。這就是最深層的夢境了。

身後忽聽見動靜，忙回頭，鬆了口氣的迎接到大疤、孝哥倆從陰暗房間背光走來，孝狂喜又疲累像遇劫被放歸來的唯一活口。我們並肩外睇，原來眼前鄉人和昨晚全不同批。那年，上個世紀八〇年代末，一個早春季節。

影片快轉，二十五年時間過去，仍是雙人行，我和樵。只不過非銜命反而繞過他父母重返。已是另一章。

拒絕快打烊的地方風味大排檔，我們進了潔如食店，地面疊放報紙馬糞紙吸雨水，但隨著客人帶來更多踐踏更多的水更多的稀爛。一切都沒變。

桌椅硬擺三桌，根本無法兩邊坐人，天龍國邏輯。服務員喳喳呼呼遞上菜單，樵：「奶奶隨便點，我現在比較能吃辣。」到對過飲料店「臺灣人的店」買喝的，從食堂觀測他，小獸排在唯一客人後，印象中急如風火的重慶分子卻慢得像客滿招呼不過來，橘黃牆面明亮系，錯覺跟風外來種銀杏對抗土生土長黃槐樹。終於輪到他，手指飲料看板，默片對白，我這裡解讀脣語，不，我知道他的口味，冰檸檬紅茶不加珍珠。而有些情節發展我無解，譬如大疤如果活著，我們還會有此祕密行動嗎？店家快手快腳上菜，水煮魚、蒜拍黃瓜，皆六人份量，賊白日光燈打在發潮冒水珠子牆壁，整間食店真像過期未換水汙濁水族箱。任何輕微的搖動都能改變時間層的暗影巷子游來倆乳臭未乾魚族男孩，坐斜角桌擠並排，正巧擋住樵，瞬間他像被剪接般消失了身影。我正起身去找，樵又游標般浮出水面，純淨臉容泛開笑手語並用，OS：「快好了，正在做。」這樣的悠長等待總是能牽動片段無聲的內在連結，好比，「知道爺爺外號為什麼叫大疤嗎？」你這麼大的時候的童年往事，「幹架泥菩薩過江摔落出海口水泥橋，下頷頸脖處讓橋下攔魚苗的竹籬棚架劃開一道弧形，頑皮好動傷口老裂開老不結痂，不平整鐵鏽皮層椽刻甲骨文似成了標記和外號，有些文字從來不需要被翻譯。

所有菜中樵最愛麻辣炸土豆絲，我四川老牌山城啤酒他臺灣原味檸檬紅茶碰杯：「敬（大疤）爺爺。」

三十八樓下方嘉陵江岸斜坡沖積紅土泥岩，工程車來去勒出一道道褐色水文，雨後新晴，深幽蒼茫遠天霧氣蒸騰，擬態這幅後現代世界女媧補天抽象圖騰。依江依岩而升，這城市任何時代任何季節夜晚望去凹凸陰陽之感以及乾濕濃淡墨色層層皴擦岩石表面岸邊線條、紋理、形狀如捲曲或者一衣帶水長筆再九十度偃折而下如帶子重疊堆砌，幾組這樣的筆法用以意寫平遠景色，構圖河水兩岸氛圍，此時真有津迷重慶之感，寫意山水，箇中寓繁，只該是藝術手法，卻成了嘉陵江三十八樓記憶接續往昔長江朝天門碼頭國營賓館促發點。那年孝堅持逆行送我們一程住進江邊重慶國營賓館，晚餐就近找了小館，點了有史以來頭一遭麻辣鍋，大開眼界的臉盆鍋面朱褐重油湯底漂滿乾辣椒，辛香撲鼻等著沸開涮肉，不想進來精實倆藍衣藍褲工人一屁股坐下，我和大疤面面相覷，不禁豎直鬃毛野生動物先發聲：「幹啥子！這鍋我們點得。」工人：「你吃得了整鍋？」嗑起瓜子不甩，川妹子跑堂問我們：「同志！你們共鍋？還是個人半邊？」有這樣吃的？川妹子建議我們仨點不了什麼，一道吃，名堂多些。大鍋飯主義。此時此刻哥倆好容易獨處，哪有外人空間，但孝習慣隱去個人：「哥哥，沒得關係，同志願意跟我們一桌是我們的榮幸。」仍各點各的（中間鐵片太極圖似隔開）但同桌。對座敞開了喝，划拳抽菸吃得大汗淋漓索性赤膊上陣，既然同桌了，大疤遞上寶島黃盒長壽菸（抽菸有害健康概念崛起變得很尷尬洋名 LONG LIFE 菸盒白頭長鬍鬚老壽星站著丹頂仙鶴二〇〇七年改名為尊爵 GENTLE 的），仍省話，滿上（孝聽都沒聽過的）濃香五糧液，如此這般你來我往互喝起來，不一會兒就全大舌頭喇嘛啦！醉了就醉了，討厭的是半夜想抽菸，滿口袋打火機一個不剩全給拂走了，還是孝的火柴安全係數高。

哥倆深夜長江岸邊抽菸，菸絲焰心倒影水紋湖面粼粼星點，明天我和大疤從碼頭搭長江輪離開，從此，大陸行，不僅是返鄉旅程，是生命的一部分。所以，其他人都可淡出，唯獨孝不行，他是一切的主題與特寫。他一輩子束紮緊箍咒，努力單純教條化，大疤則衝破教條，從來出格。兄弟幼年一別，注定被畫到光譜兩頭。（傅柯的《詞與物》，人具有分類的衝動。《詞與物》最初命名「事物的秩序」，出書時，編輯改成「詞與物」，傅柯讓步了，如同他反覆的論證，唯物，「人」的概念並非先驗的存在，是知識形塑的結果，必然「也就會被抹去，如同海邊沙灘上的一張臉」，沙特說這本書是「小資產階級的最後壁壘」；如同《索多瑪一百二十天》是慾望的「殘酷底限」，是性主體的先驗範式！卡爾維諾〈薩德在我們體內〉評《索多瑪一百二十天》「結構上的規則有序、條理分明」將墮落作為一種制度來表現的戲劇，努力通過秩序化手段「耗盡恐怖與凶殘」。人們在「事物的秩序」裡一點一點消磨希望。）

生離死別就像一種病，沒有藥方可麻醉、上癮、治療。只有等待自然療癒，再經歷就沒有那麼難了。

孝一關一關開始重新建立人生，買房子，搞投資，談對象……屢屢受騙收場，「沒得關係，哥哥，上級、鄉親老表都對我很照應。」「沒得關係，（怎麼會這麼傻到相信一個完全不認識的）表叔會用心掌握我的戶頭，他是小學校長，講文明。」「沒得關係，買房子的款項被倒了。組織在查。」談對象，寡婦、少女、失婚者……各種要求之怪現象。

有天收到信透出玄機：「沒得關係，（父執輩胡叔叔回當時還是大足縣日後升級重慶市大足區老家結親）胡嬸嬸介紹談唐家女娃子小紅，年紀輕了點又好耍，可身體健實識字有文化，我特別留神。」一如以往，信中附了倆人相館照。（類似這樣的照片，不只孝的，光父執輩就看過不少。）

（沒有童年期青少年期青春期戀愛期的孝）進展神速：「哥哥，唐小紅堅持要嫁給我，哥哥一定要回來幫我主持。」大疤嘆氣：「哎！貪圖年輕，將來日子過不下去就曉得苦頭了。」賈門賈氏就是個假，但終究不忍澆冷水，剛退伍的大兒子楷（樵爸）陪著趕赴這場至少遲了二十年的婚禮，孝新房（終於）買在大足郊區石馬郵局隔壁。新孃孃比楷還小五歲。（大疤：女娃兒家裡長輩都幹啥子去了？）婚宴上，不知道打哪兒來的眾鄉親粗魯張狂指東道西，毫無賀喜之情。（楷：好可怕，聽三歲小孩講和爺爺奶奶同樣的方言，我恨不得立刻醉倒。）新娘子不遑多讓，酒席上就和來賓對罵。大疤痛心：「性情乖張，醜相畢露。孝將來有得受！」

進門喜，隔年映出生。

（再七年，樵出生，「么房出老輩」，大疤一直的話。姑姑只大七歲。時間是修正記憶軌道最好的工具。「樵，多知道一些生命的根源不是壞事。當做旅行吧。」）

之後類似的孝的信無間斷：「哥哥，活不下去嘍，唐娃兒逼我找胡嬸嬸要爸爸媽媽存放的錢，鬧吵錢是她的，憑啥子扣著，成天整夜擺臉色凶我，霸住屋頭不讓我進門。孩子也不帶。」（胡叔叔不好說，但街坊傳遍了：「哎！她偷人。」）

時間橡皮糖膠稠拉扯長大的映伊時讀石馬小學一年級，轉託在那兒教書的陳表叔女兒小麗讓映在她家搭伙住宿，一切看老輩面子。大疤最後一次赴石馬，給錢離婚讓唐娃兒走人：「你偷人我弟娃不談我沒權利說話，你不管孩子虐待孝往死裡整，我要管，看在孩子面上，不追究，你另請高就吧！」

大疤前腳離開她後腳回，強霸房子狂辱孝（那些話就不說了），映成了人質當著孝打罵，孝最後等於被掃地出門。（彼時，大疤管不了了，癌症住進了醫院。）

是這樣孝才喝農藥自殺嗎？那個溫馴退讓的孝，保全最後的尊嚴堅不開口要錢先大疤癌逝早走三個月。（孝自己喝農藥還是被灌？臺北十月下午，電話裡胡嬸嬸急切道：「要不要盡力搶救孝？他哀嚎得多大聲！醫生說關鍵在今晚上。」催吐洗胃輸血，孝沒捱到天亮。

座標北緯29°25'43"東經105°44'27"銅梁張家屋基第四十八代活口孤獨地離開祖上之地，孝贏了，決絕放棄好不容易得來的血親女兒。孝，真是你自己喝的農藥？當晚，讓胡嬸嬸去公安備案，調查孝的死因。）

以映之名，二〇〇七年最後一封石馬（郵局隔壁）舊址來信：去年從海南撥電話沒人接，映上小學六年級了……。附兩張情境照，（映長髮儷立人工布景杭州西湖雷峰塔不成比例山峰勒石「天外有天」前。）注明手機號碼，要我們務必聯絡。楷：「別理她。」從此絕了音訊。（十九歲下放勞改新疆大漠足足九年的友人韞慧大疤臨終前來臺告別：「這樣的小孩更懂得如何生存下去，放心吧！」大疤附和：「只能希望她自求多福。」這場告別的重點居然是他人。說來，哪有完美的告別呢？且告別從來不會那麼直截了當。）

再三年胡叔叔跑不動了，定居大足前，上家裡和婆婆交換放在彼此處的物件，也斷了消息。

不知如何向網路族樵解釋此現實家族網絡。（仍是）多年後的「我們」，拎提打包的晚餐沿無風景幹道拐進酒店，此刻，即使有樵相伴，這樣的時光仍浮升幽冥相隔孤獨感，深呼吸，沒話找話：「你初見嘉陵江什麼印象？」樵：「很優雅。」「怎麼說？」聳聳肩：「感覺長長緩慢的流過去。」沒有太複雜的心理因素，單純視覺性，於是江河還原成本來的面貌。距離就是美。

江面降雨成霧，掩蔽了遠近高低燈火。晚十點，一天內跨界三城，雖說無時差，小學生樵泡完澡貼枕五秒吧即睡熟。生活空間置換，有條不明顯但清楚的時間線，安然跨越，樵不再像孩童睡眠中手腳不安分抽長揮踢，是如小死。

轉動地理國家軸，樵進入換算幣值之旅：一次入出境簽注行證人民幣一百臺幣五百。打的二十六・三公里，上車下午七時下車七時五十四分，等待二十四・一六分鐘，金額六十六・五元人民幣二百三十三臺幣。晚餐（乖乖列個冬，小館菜單注記八人份：什錦湯十二、虎頭椒八、苦瓜鹹蛋十二、蒜拍黃瓜十、鹹銀芽八、辣子雞十五、香辣土豆絲十八、飯三。）人民幣八十六臺幣四百三十。重慶飛大連機票人民幣兩千零九十、住宿一晚九百五十、菜園壩長程汽車站麥當勞香辣雞腿堡十八、礦泉水一・五、罐裝啤酒三，合一百一十二・五臺幣。（網路上，彎彎：「為何大陸人在麥當勞吃完不送餐盤也被臺灣人鄙視？」茄冬：「在大陸吃麥當勞就依大陸規矩放著走人在臺灣就依臺灣規矩請你自己收」一餉憑闌久：「支援你的言論請部分臺灣人以後不要再拿收餐盤說事」之網路交戰實境上演的）如此興致於旅店、車程、餐飲……瑣碎記事，我無言。活向未來然有時如逆走。譬如，現在好透明方便的上網大眾運輸長途巴士站及票價，「去哪裡？」「大足。」中型中級車，全票三十五元，清清楚楚的提醒你，已非二十五年前沒個底的包車迷路返鄉行程，此為旅行。

旅人得層層關卡都做對了，才能準確無誤的在龍蛇雜處長途汽車運輸站人海告示牌找到對的入口上車，中巴，二十九人座，一百三十五公里，一小時四十分車程，菜園壩發車市區上渝昆高速公路進中梁山隧道接成渝高速路大足段。（高速公路來去筆直不再繞路大疤出生地銅梁，那是另一條成渝環線高速公路渝遂段七十二公里。心理很清楚卻無法理智釋懷，多年前在這裡動輒失落數小時。）

塵霾陰天早晨十點，人車雜沓流浪，是這樣嗎？因此感覺懷舊在這裡很「娘」。早晨叫醒樵：「你居然睡了十一個小時。」在爺爺的家鄉像從人生第一次睡眠醒來，他也很奇怪：「我好像回到另一個家。」（宮崎駿充滿政治反法西斯社會寓意動畫《紅豬》藏身亞得里亞海小島環形岩洞沙灘祕密基地的紅豬飛艇員馬可腔。馬可受魔咒變身為人們眼中可見的豬，「要怎麼解除魔咒讓你再成為人？」酒店美女老闆吉娜說。紅豬飛艇被美國人卡地士空襲，快船接力火車千里迢迢送到米蘭保可洛飛機製造工作室修理，十七歲女孩飛機技術設計師菲兒修復後，討修理費理由跟著這架傳奇飛行艇回到亞得里亞小島，並且接受了卡地士空中大賽贏得賭金，紅豬請吉娜送菲兒回去：「帶這小鬼回到屬於她的世界。」剎那，魔咒解除了片刻，紅豬又回復人的身分。）總有那麼一瞬，我錯覺在樵身上看見大疤上身。

發車後，樵很閒適自在問：「我們要去哪裡？」我一時答不上。他聳肩：「你會記起的。」二十分鐘後，車終於開出雜亂動線市區，我讓樵撥手機給他爸爸，樵：「爸——，是我，嗯，我很好，旅館很舒服，奶奶先上網訂的。我們現在要去看姑姑。」我接過手機，旅館？楷糊塗了（而他很少摸不清頭緒）：「你們在哪兒？不是去大連邱叔叔和小芳那裡嗎？」（那回別了孝，長江輪上結識的終生朋友，比我倆都小得多的邱有個兒子金龍和姪女小芳，金龍叛逆，小芳國小後失學，他們成長過程大疤費了些心力，推他們一把。日後，邱落戶大連，大疤逝後，這線一直未斷，邱家移情我和楷、塵。楷有段時期在大連工作，每去邱叔叔家，進門就嚷：「芳，快做飯，哥餓死了。」尤其愛吃小芳涼拌菜：「噢噢，舌頭都咬掉了。」芳甜笑：「我哥真帥！胃口真好。」也是多年後，叛逆小子金龍結婚，帶著樵，專程去大連吃喜酒，樵：「我跟金龍叔叔超麻吉。」）為隱瞞此行不成熟的行為我訕訕解釋：「我們昨晚住重慶，現在往大足巴士上，我不是要找映，只是單純的想在樵童年結束前去趟爺爺老家。」（很想說：之前用了「十年」這樣的周期概念才確定你爸真的死了。）怕被打斷快說：「出發前上網訂了國際連鎖旅館，會注意出入盡量搭乘大眾公共運輸，盡可能請旅館代叫排班計程車，吃都上正規館子。」（事實上，伊時不管幾線城市出租車皆緊張，寧願街上隨時載客不愛靠行，懶得待客。）楷那頭出乎意料的輕鬆：「很好啊！找得到路嗎？約好了沒？」「沒約，不知道映的下落。胡爺爺電話號碼也不對了。」二〇〇七年來信，七年過去，算算，沒走岔掉，映今年上大學。

結束通話前，樵說：「爸，我感覺爺爺跟我一道噢，我昨天睡了十一個小時。」他爸的笑聲清楚傳出。才說完，車出市區上渝昆高速路，吃完麥香雞，樵靠我肩上再度睡沉。

人人MP3耳機、滑手機，車腹因此安靜。銀杏樹取代了縣道鄉徑亭亭如傘老黃桷樹，有了一條新路，直到一個半小時後下高速公路郵亭收費站，石馬往返大足縣道，皆經此，之前每次來，心緒翻騰不及去記，新闢高速公路，但保留了郵亭收費站構體，猛地入眼，果然就「你會記起的」。向來排斥用類似「時間過得好快」空洞形容詞懷想與大疤相關者，但有些事物被取代有些成為不再改變的歷史之成必然的此時此刻，所在意，此鄉心臟大足寶鼎石刻遺跡復活，回過頭來重寫大足歷史。這是我現在要做的事嗎？

——原載《印刻文學生活誌》二〇一五年十月號，一四六期

本文收錄於二〇一六年二月《旋轉門》（印刻）

往事——蔡素芬

一九六三年生。主要作品長篇小說《鹽田兒女》三部曲——《鹽田兒女》、《橄欖樹》、《星星都在說話》，及《姐妹書》、《燭光盛宴》；短篇小說集及編選集數本。曾獲《亞洲周刊》華文十大小說、中國時報《開卷》年度好書、金鼎獎等多種文學獎項。

釋如地攝影

她跟他說她會過來，在中午前有一個小空檔，可以過來看他，聊一聊。

他因此忙碌起來，從昨天她透過網路交談表白可以靠近午休時過來他這裡，他便感到夜太長，幾次彷彿就睡著了，身體卻像噩夢糾纏突然抽搐，人乍醒，她的身影浮上腦海，少女的她，青年的她，以及形影還難以精確想像的，中年的她。

索性不睡，披衣坐在客廳，電視轉了幾個頻道看洋片，眼睛盯著畫面，畫面上的對白沒有一句能進入他的心裡，那些閃過的畫面，也沒有一支能在心裡留下印象。仍讓電視播著，起碼寂靜的空間有點聲音做伴。來到餐廳，倒點威士忌，或許能幫助睡眠，喝了兩杯，回到臥室，暈暈渺渺的，想著她的身影。可能有那麼幾分鐘睡著了，他醒來時，天色漸有光線，從遮光效果不甚好的窗簾透進來。客廳的電視聲音似在撩撥一室的甦醒。腦中又浮現她的面容，在網路上好不容易搜尋到的一張近期照，隨便的相機拍的，解析度很低的一張笑容，和青年的她只是神似，但他知道是她，那淺淺的笑意，在他腦中盤旋了二十年，心情低潮時，靠那淺淺的笑容度過。

在網路中相遇，他曾希望她傳幾張近照給他。她說：「不需要。完全不需要。」他也沒傳照片給她，她沒要求。

通信一個月後，他一直找機會希望兩人能見上一面。昨晚她說好。

他不預期她會答應。訊息上的文字明明寫著好。輾轉悱惻。窗口的光更明。他細瞇起眼睛望那光線，好像瞬間穿透光，到了時間的另一邊。

●

那地方叫佳樂水，山的岩壁圍繞河流，形成一座內彎的湖泊，石礫延展出灘地，他們都坐在岩石上，散亂的岩石，他們挑可以坐在上頭，腳又可以踢到水的岩塊，她坐的那邊有幾個女生坐一起，大家傳遞一把吉他，有的人隨便撥絃，還不熟練，剛在吉他社練了幾周，很簡單的幾段樂曲。吉他遞到她手上，她低著頭專注的看手指按絃的位置，彈了一首非常複雜的曲子。她清瘦，安靜，淺淺的笑，有點不容易親近，又好似有點什麼都不在乎的隨和，他跳過幾塊岩石，到她身邊，她剛好彈完曲子，將吉他交給另一個女生。他問她：「要打水漂嗎？」他彎身撿了幾塊小石頭，捏在手裡，自己拿起其中一塊，斜斜的擲向湖中，石頭彈了三次，三朵漣漪在湖中輕輕漾開。他又擲了一次，仍然是三朵。

她站到他身邊，安靜得像一股輕風拂來，從他手心挑了一塊小石頭，學他的樣，雙腳一前一後，右手平滑過胸前，用勁將小石擲向湖中，兩跳，兩朵漣漪，第三朵是她臉上漾開的笑容，她看著他，渾圓眼睛像兩朵蓮，仿似把自己交給了他。

那次湖邊聯誼後，第二天，他就去校門口接她。她從門口走出來，往公車站牌走，他的摩托車早等在那裡了，他示意她坐上來，站牌下其他等車的女生都注視她。她穿裙，只好側坐。坐上摩托車，毫不猶豫，雙手扶著他的肩膀，他催油往前去。

肩上的手忽然輕輕的捶了他一下。她說：「明天到學校，那些一起等公車的同學，馬上要說我有男朋友了。」

「為什麼不是呢？我們可以試看看的。」

「我沒答應你來學校。」

她雖這麼說，手放在他肩上，身子緊靠著他，越坐越緊，他在一個紅燈停下來。回頭看她，他臉上臊熱，她抿著嘴笑。他問：「你家在哪裡呀？」兩人哈哈大笑。綠燈亮起時，他們的頭碰在了一起。

他沒有直接載她回家，繞道去六合夜市的小吃攤吃燒烤。她問：「你為何穿便服？」他穿的是一件花襯衫。

「我沒有駕照，穿學生制服的話，一下就被警察識破，所以放學後就趕快回家換便服來載你。」

那年他們十七歲，高二。他讀男校，她讀女校。

自此他每天去接她，他總匆匆離開學校，走十分鐘回到家，換上便服騎著摩托車去接她。如果他來晚了，她也會相當有默契的等他。她不再等在公車站牌下。她走到附近一家書店，在書店裡等他，還可在等待的時刻順便翻翻書，也少讓站牌下的女生碎嘴他們的接送情。

最常去的地方是西子灣，他騎到隧道前，那裡有幾處小攤，他在那裡買兩串烤甜不辣，一邊鼓山漁港飄來魚腥味，狹長的港裡總停幾艘小漁船，等烤甜不辣的空檔，她的視線徘徊在那些漁船上，像點名似的，一艘艘看過去。船上有時漁夫在整理漁網，將漁網收攏捲入一只桶子裡，準備下次的出航。甜不辣到手，他騎哨船街，在一個大轉彎的觀海處停下來，兩人坐在臨岸的岩墩上看海，淺灘處的大石上有垂釣的人，迤長的釣竿伸向海中，垂釣人動也不動。

一串三片甜不辣，烤得香甜的味道在他們口中漸漸融化，和海洋的味道一起進了嘴裡，海風迎面吹來，灰濛濛的海平線上暈染夕陽的顏色。

垂釣的人有了動靜，釣竿一拉，一尾鱗片閃著銀色光芒的魚在空中躍動掙扎。她將原來串著甜不辣的空竹叉交給他，加上他的，兩支握在手裡，他起身將它們扔入附近住家牆邊的垃圾桶裡。魚已裝入垂釣者的竹簍裡了。牠或將成為晚餐。她望著海平面說：「將來會是什麼呢？」

他說：「你要什麼，我會盡量滿足你。」

一次次，他們在那垂釣者的海岸，規畫未來的藍圖，訴說一個離開學校的青年，應該找到月薪多少的工作，組成家庭後，如果妻子不上班，先生要有多少的收入才符合一個經濟理想的家庭需要。他說：「你就在家裡，我可以拿到很好的薪水供養你。」

「如果我想工作呢？」她表情平淡。

「再說吧，看那工作的收入值不值得你花時間出門。」

在這種對話後，她通常沒說什麼。只是笑意浮上，頰邊有小小的笑窩，讓他的視線離不開她。他們又望著海時，她的笑容裡有不肯定的未來。

軍艦與商船從海的遠端進來，緩慢駛向高雄港，領航船輕小的船影背後暮色降臨。騷動的青春在岩墩上燒成一個熱燙的火球，成了岸上美麗的夕陽，他攬住她的肩，顧不得旁邊來往的人與岩灘上釣魚的人，低頭吻她，似要將她整個人吻入自己身體裡。

回家已七點了，她在巷口下車。她給家人晚歸的藉口是留在學校晚自習。

到了高三，他們進入升學的備戰狀態。他不再天天去載她。講好的，黃昏後和周末聚在一起念書。為了爭取時間，他們各自在放學後直接去文化中心的圖書館，誰先到，為對方留下一個位置。

他們會合後，先到圖書館對面，高師大旁的巷子吃晚餐，那裡許多店家賣著學生消費得起的麵食，他們常吃刀削麵，粗壯的老闆手勁揉出咬勁十足的麵糰，他們看壯老闆一手拿麵糰，一手拿刀，快速削出一片片的麵條落進滾燙的湯鍋，宛如看著手藝的表演，調劑準備考試的精神緊繃。等麵時，有時他教她解數學題，她難以理解，笑得有點傻，他喜歡那傻，並不在乎她理解了沒。數學考不好，還有文科，她只要摸得著大學的邊就行了。但他要考上好學校，他的成績可以上頂尖大學，要拚的是科系。他要去一個有前途的科系，一個高薪的產業，才能為將來的家庭建立有餘裕的經濟生活。

有幾次他不能趕上和她一起用餐，她等他等過了晚餐時間，他來時，去幫兩人買簡單的食物充飢，那晚剩下的讀書時間已不多。但他是要陪她的，不管有沒有讀到書。在學校受的一肚子氣，在見到她時得到一些釋放，可是他眉頭緊蹙，心裡有塊石頭，投到湖裡會下沉。

是放學時被教官攔下來。他參與的辯論社剛辦了一場交接，新舊社員舉辦了一場辯論，以民主與法治為題，他擔任終辯，在結論時，說了日漸頻繁的反對運動將可能結合力量組成新政黨，以反抗政府的專制。教官因此三番兩次找他去談話，還翻出他曾參與反對運動。其實他只不過站在路邊聽了一場在野人士的政治意見罷了。他不知道教官的線索怎麼來的，還盤查他的家庭，若不是他是軍人子弟，父親掛著梅花軍階，可能還糾纏下去。但這件事讓他心神不寧。誰知道他的父親有沒有因此在單位裡被暗中盤查。

某天他們念完書，他按慣例騎摩托車送她回家，圖書館閉館已晚，他心情浮躁，夜色昏幽，路燈看來特別刺眼。她柔細的手環抱著他的腰，臉頰貼著他的後頸，這溫柔的依偎並沒能降低他的浮躁。在某一個紅燈，他沒停下來，騎過了頭，只好緊急停下。路口剛好有警察，他詛咒自己連警察也沒注意，真是活該被攔。警察真的攔了他。警察要看他的駕照和行照。沒有。沒駕照。但他從口袋掏出父親的工作證。警察看了看。放過了他。綠燈亮起，他前行，那環抱他腰的細瘦手腕不安的移到了背上。她伏在他耳邊問：「為何警察不追究？」

他給她看父親的工作證。某個部隊的高階軍職。

「原來有護身符。」她脫口而出。

他心裡卻更加不安，證件只是備用，無意長期用來護身。決定滿十八歲就去考駕照。

為了平安畢業，他在學校保持沉默，遠遠看到教官就轉向行走。社會科的成績滑落，他要花更多時間背誦。他發現她的模擬考成績也下滑，幾乎天天去圖書館念書了，成績怎會下滑？他們又坐在刀削麵店用餐時，他手指頭滑弄著她的衣袖，臉色卻像秋風一樣冷肅，問她為何成績下滑。她抽回手，不讓他繼續撫玩她的衣袖，她反擊：「為何成績一定要好？我每天來就是陪你，早到為你留位置。讓你能有一個桌面好好念書考到好學校。」

「是我陪你，我大可在家念。陪你就要你專心，不然你坐在那裡都做什麼？」

「我當然念書呀，沒有你那麼好的專注度和理解力罷了。」

「你一定是努力不夠。不能光在圖書館念，回家也要念，睡前還有點時間。萬一連大學都沒考上。會影響我們的未來。」

她靜默沒有跟他爭辯。靜靜的吃掉半碗刀削麵，就不肯吃了。他如常將麵吃完，心裡盤算如何幫她規畫複習進度。到圖書館閉館時，他將一張規畫表交到她手上，說：「依這進度讀看看吧！」

她坐上摩托車時，眼裡閃著淚，他將摩托車停下來，回身抱住她，說：「都是為了我們兩個好呀！」心裡卻是一座火山要爆發，塵煙漫漫，把頭頂的天空都罩住了，他也有自己的成績壓力。

頭上塵煙似乎越聚越多，當他再次看到她的成績下滑到考不上學校的邊緣，感到她非常可惡而不自愛，每天給她一張測驗卷，要她在圖書館完成那張測驗卷，她說她學校給的已夠多了，不需他再給。「可是你沒進步。」他說。

然後，她不再去圖書館。

他去學校攔她。校門口等不到人。他沿著公車站牌一站站騎過去。觀看她是否在公車中。

有天，他終於看到她站在公車裡，一隻手拉著拉環，面無表情，身子隨著公車搖晃。他搶先騎到下一站，摩托車暫停一邊。公車來時，他跳上車，來到她身邊，拉她往車門去，手勁使力要她下車。她臉露驚慌，匆匆掏出公車月票，剪了票下車。彷彿神情還沒恢復過來，他拉著她的手往摩托車的方向一甩，她沒站穩，差點跌跤，他從她身後，以膝蓋頂了一下她的後膝，她便整個人跌跪在地上，他壓住她的頭，不讓她起來。她低下頭，眉頭蹙緊，還講不出話，他就送給她一句話：「為何躲著我不去圖書館？」她還沒回聲，他又說：「你就沿路跪爬下去，爬到圖書館去！」

她沒動。他推她肩。她也沒動。他手離開她。她拍拍裙子站起來，把肩上的書包扶正。路上的騎士別過頭來看他們。她面向他，露出一個淺淺的微笑，眼眶掛著一顆淚珠。她吸足一口氣說：「成績不是一切。你去當資優生。我很平凡，只想當個平凡人。我只是個愛寫詩愛音樂愛幻想的人，在我的桌前寫詩，我最自在。」一講完，整串的眼淚滑下來，轉過身，往路的那頭走去。他追上去拉住她。他的臉頰必然暴紅，因為他感到燥熱，火山就要噴發。他舉起手，往她臉上刮去一個耳光。她快步跑了起來。他不想徒步追，站在原地，看她消失在下條街口。他慢慢走回摩托車，跨上座，往她消失的街口騎去。但她不在那裡了。從交通繁忙的路口轉進來的這條街，只有零落幾家服飾店，街上沒人，服飾店內成排的服飾，擠滿狹仄的空間。這時下班及放學的人在路上，主婦在家裡。街上比平時更冷清。她在哪裡？他邊慢慢騎，邊往店裡看，每家店都只有無精打采的店員。沒有人影，只有他不知該往哪裡去。

停在某個已然不知何處的街口時，感到飢腸轆轆，胃壁有塊熱石在處罰他，燒灼他的胃。但他要找到她。他想起該去她家巷口，她這時也許又跳上另一部公車，或走路回家，但無論如何總會回家吧。他催加油門，又騎上大馬路，往她家巷口去。

這是他無數次載她回家，放她下車的巷口。已過了傍晚，天色全黑了，三月的氣候仍嚴寒，他坐在車上望著進出巷子的人。或許是她的鄰居，她從來沒介紹過。或許是她的家人，他也從來沒見過。原來他們的世界這麼狹隘的只有彼此，也這麼親密的，兩人就是一個世界。

夜色更深，他的胃更灼熱。八點、九點、十點。每小時的過去，就是一塊大石再一次壓住他的胸口。她已回家了嗎？或者還在外面呢？為何她快步離去？他只不過是想讓她了解他多麼希望她能為兩人的未來更努力。

打開家門，像往常從圖書館念書回來。他去廚房找點東西吃。妹妹已睡了，媽媽聞聲過來問，今天念得還順嗎？他說還順，眼睛沒看她，打開冰箱找些蔬菜丟到煮著泡麵的鍋子裡。媽媽接手過去煮。他去沖澡回到廚房，桌上已擺好一碗煮好的泡麵，還多加些料理，一朵碩大的香菇蓋在麵上。他坐在餐桌前享用。父親打開家門進來，滿身酒氣，一脫掉鞋子，就弓起身子嘔吐，一晚吃的東西全吐在地板上。他聞到那嘔吐物的酸腐味，感到整碗泡麵都吃不下，自己也要跟著嘔吐起來了。媽媽早已去打了桶水清理穢物，父親直接躺在靠臥室的地板上，任媽媽怎麼叫他上床去睡，父親動也不動。他想去幫忙扶起父親時，媽媽改變了心意，說：「不必扶他去床上了，就讓他在那裡睡，不然床上都是他的臭酒味。」媽媽清好穢物，拿了一張冬毯蓋在父親身上。

父親不只這樣一次被嫌棄。他制服上那三朵梅花，一年總有幾次扛著酒氣回家。媽媽束手無策。父親躺在地板或沙發睡覺，第二天起來又是一條活龍壯漢，講話聲音洪亮，威儀無比。父親對他沒有太多閒話，無非關心課業。家裡每個月的油米還領有配給，媽媽從不批評父親，只是換個方式講。在父親應酬太多時，媽會說：「叫這群人去打仗看看。」父親的證件在某些場合可以避免罰單或取得某些福利時，媽說：「這張證件比人管用！」

隔天他穿好制服要去上學，父親也神清氣爽穿著軍服要上班。看見他說：「怎麼黑眼圈那麼重，有本事的人都不熬夜念書的，你得戒掉熬夜的習慣。」

他並沒有因念書熬夜，他只是無法睡好，徹夜想著她到底回家了沒？

在學校待過渾渾噩噩的一天。放學後他又去她學校等她。

他在站牌下將她接走。載到離學校不遠的一座小公園，愛河在不遠處緩慢流入港口。黃昏的公園沒有人，兩人並坐在摩托車上，身子挨著身子，他環手抱她。

「昨晚你回家了嗎？」

「你在乎我有沒有回家做什麼？」

「我在你家巷口等到十點，沒看到你。」

「你緊迫盯人，還想追打我嗎？」

「你誤會我了。我只是一時情急。我無意那麼做。我關心你有沒有回家？」

「你更應該關心我有沒有受傷？」

她講出那樣的話，跳下摩托車，往前面兩排榕樹走過去。他追上。拉起她的手，在濃濃的樹蔭下親她，她背後有幾串樹鬚直直的垂下來，黃昏的餘光使樹鬚的晃動像成串的霓虹閃閃爍爍。她趴在他肩上，悶著頭說：「如果還要走下去，你得收斂脾氣。」

她沒有直接指責他昨日傍晚的行徑，他鬆了口氣。他說：「今晚不念書了，我們去玩。過了今晚，你還是加點油把書念了。」他看到她臉上閃過一道比即將降臨的暮色還暗沉的神色，但她馬上遞送過來一張笑臉，說：「你們家如果非大學畢業生不娶，其實選擇滿多的。」

「弱水三千，我只取一瓢飲。」他又親她的臉頰，她的唇。她沒再說什麼。隨他上了摩托車。

「那麼，你到底有沒有回家？」

「總之，我是安全的，不是嗎？今天也如常去上學了。」

他們又去西子灣，慣常看海的地方。她坐在他身後一路無言。他仍舊去買了兩串烤甜不辣。有一天，他們上大學要離開這裡，將來還不一定會在哪個城市生活，也許沒大海可看，在可以看海的此時，就要坐在海前吹吹海風，看船進港。如果有機會回到這城市工作，那麼這段年輕的歲月，也會是他們珍貴的回憶。他這樣想著，不知不覺將一串甜不辣吃掉了。她卻沒吃。

「為什麼你不吃？」

「突然不想要這味道了。」

他將她那串也吃掉。然後決定換個地方。他將車騎到六合夜市。成排的牛排店，店前站著招攬客人的服務人員，他們隨著一個聲音高亢的男店員走入其中一家牛排店，他還吃得下一盤牛排。熱滋滋的鐵盤端上來，牛排旁的麵條和玉米、紅蘿蔔，及打散的蛋都好像隨熱盤跳舞般，跳得醬汁四溢，他們拿餐巾遮住衣服，等這些食物跳夠了安靜下來。他說：「現在只能請你吃這些，以後，吃高檔的。」

「吃這些很好了。對我夠了。」

他就喜歡她的簡單，但心裡期許未來有更好的生活藍圖。到他們用餐後手牽手散步時，走到七賢路一個愛河川流其下的橋墩，他看到附近住家樓下正在搬運一部鋼琴上樓。他說：「將來有能力，也會為你買一部鋼琴。」

「我不會彈呀！」

「你可以去學。那麼你就不只會吉他了。」

她沒有說話，陪在他身邊靜靜的走下去。他想看看她的笑容。她卻平靜得像橋下遲緩彷彿不動的河水。那種平靜也是帶著一股力量，可以平息他內在莫名的躁動，讓他以為已脫離高三肅穆的讀書氣息，展開在眼前的是自由開闊的大學生活。

他們又恢復一起在圖書館讀書。春天過去，初夏來臨，越來越逼近的聯考灼燒著時間。有的同學已經受不了時間逼近的壓力，不想成天讀書，放學後先去撞球場打撞球。最大的壓力或許不是時間，是明星學校的升學率，不但要達到最高的數字，還要考上的大學名單漂亮，所以導師極盡所能給予時間迫在眉睫的催促，那催促使日子成為一團擠壓的物質，每個物質都變了形而辨認不出那是什麼。他自估沒有那些去打撞球的同學聰敏，他們靠平時的實力就可以上前面的志願，他絲毫不敢鬆懈。媽媽也常常講著：「你爸是軍人，沒有事業背景，一切要靠你自己。」而父親的態度是早已準備好藉他的好成績做為人生的成就，在同事面前可以炫耀自己教子的才能，在他的飲酒聲勢裡，有一個洪亮的聲音宣告自己的優良基因。

越臨近聯考，他發現她越來越不用心，兩人並坐在圖書館的桌前，她念著社會科，紙上突然就寫起詩來了。他有時碰碰她的臂，提醒她專心，她抿著嘴把紙張壓在課本下，斜轉了個身，阻擋他的視線。他想自己也可以像她那樣，不必將思維都放在考試上，去打打球或參加什麼活動都好，除了不應再去街頭聽在野人士的政治演說，以免給父親和自己招惹麻煩。但他沒辦法分心，他一向管得住自己，懂得處理事情的先後順序。他認為她最需要的就是像他那樣的專心，他將她的身子扭正，她不依的又把背斜對他。他只好規定她，在一小時內做完多少頁的參考書練習題。而她拿書給他檢查時，眼神游移，並不正視他。當然那書裡並沒按他規定的頁數做完。他看到那些空白頁，感到在衝刺的路上，路突然變成一片霧白，不再有方向。

這晚他載她回家時，口氣像一座濃煙已衝開的火山，在某個紅燈停下來的地方，轉頭對她咆哮：「不要再寫詩，不要再彈吉他，要寫要彈都等考完試。你再不收心，絕對考不上。你願意不上大學，隨便去找個工作嗎？」她聽到他的咆哮先是發楞，接著像擊出一顆強力的乒乓球，一下敲向他的腦袋。她說：「我去當女工也有尊嚴，比聽你發脾氣還有尊嚴！」他氣得從摩托車站起來，跳開來，她跟摩托車一起跌下地。無防備的她失去重心，隨著摩托車摔在地上，裙角翻開了，書包跳離肩膀滑到小腿處。她膝蓋磨破，手肘急著撐住地面以讓身體穩下來，也磨破皮。摩托車的引擎轟轟轉著，交通燈變綠了，他扶起摩托車，要她坐回後座。她緩慢從地上站起來，拍掉膝蓋和小腿上的沙粒，從書包掏出手帕擦掉膝蓋和手肘上的血跡。他的氣還沒消，唯一安心的是，這條馬路寬廣，樹木成排，人行道夠深，入夜後的車輛往來不多，路旁也少住家，他不怕她跑走。她仍得靠他載她回家。

他不知道她怎麼跟家人提及手腳的傷，心想大概說是滑倒。他們都沒有再提及這件事。

最後一個月，他們的交談變少，他加強複習自己不夠熟悉的科目。她安靜坐在桌前，低頭猛讀書的姿勢像個無瑕的瓷娃娃，白色制服上衣的短袖下露出細白的手臂，側臉因專注而流露著一種不可侵犯的聖潔感，她多麼美麗，讓他願意為她將自己綁架在書前，或說，將他們兩個綁架在書前，以爭取那少於百分之十五的錄取率。

在最後結果揭曉時，他們又去西子灣觀海，那是夜，沉悶的夏，岸上彌漫潮濕的悶熱，路燈暈染的海面有細細的波浪，有氣無力的推湧。樹影幽暗，他擁著她的肩，影子被路燈拉得好長，和樹影齊排在海岸邊的夜色中。她隨他的腳步遊走，兩人的心情或許都是放鬆的，起碼他是，而她說：「謝謝你分出一份心來催促我，讓我在最後關頭擠上一張船票，好像有一個可以期待的遙遠的地方可去。」

「並不遙遠。我們已經很接近了。」他講得那麼自信。

他如願考上理想的大學和科系，她在私立學校摸上了邊，但他們分屬不同城市，從港都出發後，將在不同城市度過四年，但起碼都有航向，他的規畫裡，有一天他們會再在某個城市會合成一個家庭。

在離家求學前，他帶她遊走城市，開始過一種自由而隨心所欲的生活。他說要游泳，他們就去游泳，他說要打球，他們就去打球。

每個周末，他們南下墾丁白沙灣玩水，在細白的沙灘上，足踝陷入白沙中，一陣浪來推開那些沙，他們逐步走向浪花。沙灘上有人打排球，有人躺著晒太陽浴，五顏六色的泳衣、比基尼，點亮一片潔白的沙灘。她穿著泳衣的身材成熟窈窕，他追逐她，她卻一直避開他往海水走，他怕她走深了，伸手將她拉回來，她臉上像海水一樣冷的表情有時令人迷惑，但他相信她在蛻變為更成熟的女性時，那偶爾冷肅的表情反而增添了她的魅力。

他們像其他情侶一樣，並肩坐在沙灘上，或鋪上毛巾，躺在沙上，透過毛巾感受沙子的濕涼或炙熱，她趴臥時，他的手在她背上游移，她有時側過身子，躲開他的手，若有所思望著海面與人群，他以為她不開心，但她回應他的每一句話。他說：「我們應該在這裡住一晚，晚上出來沙灘，看星星。很多遊客都是這樣的。」

「何必跟人家一樣？」她淡淡的說。她總拒絕跟他在外面一起過夜。他喜歡她的矜持，雖然有時覺得她太過頭，讓他難受。但媽媽一萬次交代，不要讓女朋友懷孕。他認為她是適度的控制了他可能的暴衝。

他沒有別的念頭，認定她是未來的妻子。他們各自完成學業後，還要規畫共同的未來。他轉過身子，手放在她肩膀上，那裡有一些細沙，他摩挲那細沙，往她的肩胛骨推去。她推開他的手，捲起毛巾站起來，又把毛巾扔在沙灘上，往海浪去，她的姿勢那麼堅決，腳步沒有遲疑，沒有回頭邀請他一起走。她步伐優雅，旁若無人。

她在走離他，多年後，他能回想時，感受到那最後一次的白沙灣戲水，是她決定走離他的時刻。

他們北上後，她刻意搬離宿舍，在外租屋。沒有讓他知道地址。拒絕他的電話。他去校園等她。她看見他時，只對他淺淺一笑，像遇到同學一樣的，從他身邊走過。他想挽回，跟著她想跟她講幾句話，她和同學一起，不讓他有單獨和她相處的機會。

像一陣秋風在人生的某個時期掃過，消除了酷暑的炙熱，舒爽了人生，卻淒涼。往後的求學過程，他試圖找她，但她像消失的一陣煙，輾轉得知她參加轉學考，到另一所學校就讀，難道這是脫離他的方式？他鎮日魂不守舍，想找到她。她的家人卻也不透露她的行蹤。他徹底感到自己陷入一個罈底，封閉的，窒悶的空間，像給誰扼住了喉嚨。

●

一個月前他找到她時，她顯得有點驚訝，她在網路上默默無聞的只是團體活動中標註的一個名，但他從那團體搜尋她，知道她是一家從事國際貿易的業務經理，公司經營的貨品從高雄港進出。他很難想像她從事業務往來時得如何運用她的口才，在他印象中，她柔弱不愛講話，柔靜的美透露一股倔強，或說倔強中透露一種柔弱的妥協的美。他查到她曾出版了一本詩集，可能是大學剛畢業初當社會新鮮人時出版的，而後便沒有出版品。是一個沒有成功的詩人吧。那麼她高中時拚命寫詩，又為什麼？

他跟她通訊時，問她：「為何不寫詩了呢？」

「沒有詩意了。呵呵。」後面還加上大笑的表情符號。

她住的地方可以俯視愛河。她說。

愛河於他們或許在年輕的時候存在意義，但這意義確曾存在嗎？二十年來他有時心裡浮現疑問，那時候兩人到底處在什麼狀況，為何她遠遠的走離了他？但通訊的這個月他沒有問她這個疑問。他想，見面時，看她願不願意談這問題。

他跟她說，他離婚了，她說，她也離婚了，先生原是海事律師。

「為何離婚？」他問她。她送給他一個無奈的表情符號，加上一句註解「不必複習」。

那麼她也不願複習他們兩人的感情嗎？可是她答應見面了。她中午前會過來。

他回到這城市是兩年前的事，父母長居澳洲，當初是陪妹妹念書，後來居住了下來，父親拿到一筆錢，退休後就辦了移民，他不知道他哪來的錢，是心底不想知道。他們長居澳洲，不想回來，也可能不方便回來。每年他去看他們一次。

這房子空下來，兩年前和太太離婚，從臺北搬下來住回這房子，轉到一家新成立的資訊公司工作，相當好的薪水，夠他每個月貼錢給太太照顧孩子。他是個顧家的男人，他相信他是。

年輕的時候，她來過他家，等一下她會來按鈴。他要告訴她這些年他經歷了什麼，為何太太要跟他離婚。

他在廚房為她做輕便的午餐，他知道她喜歡簡單的食物，把三明治所需的材料切好，擺在盤上，起司、番茄、燻雞片、酸黃瓜片，還開了一罐鮪魚罐頭，將鮪魚倒到一個純白的瓷皿上，如果她想吃鮪魚三明治的話。等她來了，烤幾片土司，沖杯咖啡，他們會有舒適的寧靜空間敘舊。她沒說她有多少時間可以聊天。他希望她起碼可以好好的，從容的吃頓午餐，沒有時間的壓力。

唱機播放一片吉他音樂，她來時，會感受到他沒有忘記她喜歡彈吉他，第一次看見她，她在湖邊彈吉他，湖光映照著她整個人柔靜如水。拉丁悠緩的吉他樂曲流蕩室內，他坐在沙發等她。她快來了。吉他的曲子太容易撥動心絃，他沉入那音樂裡，想像她過去那麼愛彈吉他和寫詩，到底是什麼心情。也許昨夜的輾轉難眠讓他太疲倦，他眼皮沉重，身子陷在柔軟的沙發裡了。

像被一陣風浪打到般驚醒。牆上時鐘指著一點。他錯過了門鈴聲嗎？她應該十二點以前就會到的。難道真是睡沉了，連家裡這麼響的門鈴都沒聽到。他很懊惱，並期待此刻門鈴響起來。他去廚房看那些三明治材料，好端端擺在流理臺上，上面覆蓋的保鮮膜反射滋潤的光澤。

他去開電腦，如果她還沒出門仍在辦公室忙，那麼可以線上通訊一下，他不得不抱怨她沒留給他手機號碼，而他給了她他的號碼，她卻沒在這時候用上。

連上網路，進入她的通訊，想看看可不可以聯繫上。但沒有，沒有她的帳號。她取消了帳號，或者從來沒有過帳號。他突然感到整個房子都在往上升，漂浮在空中的房子，窗戶看出去是一片天空的蒼白，他從窗戶玻璃的反照看到自己的面容，比天空蒼白，早生的白髮稀落的覆蓋前額，身後有一隻巨大的看不清長相的獸好似要撲下來，他轉過身去，想正視那獸，卻空蕩蕩的什麼也沒有，只有他昨天晾晒的兩件白襯衫，垂在陽臺吊繩下，隨風飄盪。

——原載《印刻文學生活誌》二〇一五年十月號，一四六期

無樂

徐譽誠

一九七七年生。臺灣藝術大學電影系畢業。小說曾獲聯合報文學獎、聯合文學小說新人獎等。著有短篇小說集《紫花》。

子游曰：「地籟則眾竅是已，人籟則比竹是已。敢問天籟？」

子綦曰：「夫吹萬不同，而使其自己也，咸其自取，怒者其誰邪！」

——莊子〈齊物論〉

第一樂章（Andante——行板／Allegretto——稍快板）

夜半時分，你腳步蹣跚、身軀搖晃地往醫院大樓急診室入口前行，曲目不名的樂音旋律，在你耳邊如潺潺流水持續鳴奏。

原先行走的那條無盡長路，已耗費你太多氣力與時間，此刻願意半途拐彎轉進岔路，走向矗立暗夜街頭的巨碩明亮醫療大樓，對你而言，已算某種願意妥協和解的態度表現。

夜半街頭平和寧靜。急診室入口戴口罩的警衛見你靠近，伸手往自動門上方感應器揮動；入口洞開，喧囂嘈雜的聲響立即傳出，彷彿這座城市所有發出哀號的苦痛之人，都已被集中到這個擁擠且混亂的急診室裡頭。

踏進白亮醫院，警衛冷淡地指示你往右側櫃臺報到，而後走回門邊繼續等候下個病患。急診室裡遍地災難，你環顧四周，每張臨時病床上都躺著一具傷殘身軀，其間不時閃現破裂傷口的鮮紅血光，隱隱傳來各式低鳴呻吟與疼痛哀號。還能行走的你，相對像是家屬來訪，只是喝醉酒般搖搖晃晃，看不出何病可言。

急診室天花板密集的白日光線，如灑下漫天細針讓你難以睜眼、全身微微刺痛，你伸手遮在眉上，瞇眼望向櫃臺，步步艱辛地移動過去。你排在前位女病患之後，坐在櫃臺前的她，表情糾結地前傾著身，兩手撫在微突腹部上，大概已有幾個月身孕；她身旁站著一位戴眼鏡男子，櫃內護士問什麼都由他應答。你駝背遮眼地站在他們身後，聽不到對話內容，耳內持續迴盪優美旋律樂音，像是鋼琴奏鳴曲，偶爾卻穿插小提琴協奏；你不常聽古典樂，無從分辨耳內演奏的是什麼曲目，或是你那受到大量藥物刺激的腦部，已被樂神與繆斯占據，正在源源不絕地自創神曲。

終於輪到你坐在櫃臺前。櫃內微胖的中年護士也戴蒙面口罩；這棟位在生死交界處的神祕大樓，裡頭工作人員不能輕易露出面容，以免鬼神纏身不走。她動作幹練地在電腦鍵盤上快速敲打，猶如演奏一首奔放激昂的鋼琴曲目，高潮處剎然終止、雙手飄浮鍵盤之上，然後迅速回身轉向觀眾，鷹目凝視著你：「先生你哪裡不舒服？」藥物使你反應遲鈍，一時難以回神，分不清是否該站起身鼓掌叫好。「先生！你有帶健保卡嗎？」護士皺起眉心，似乎察覺你的異樣。「有……有帶健保卡。」你身子歪向一邊、兩手奮力從窄版牛仔褲口袋洞裡挖出錢包，然後遞卡片，又將錢包塞回；心底同時感慨都什麼時候了居然出門還選穿修飾腿型但活動不便的名牌緊身牛仔褲，其耽溺外貌美色的膚淺意志實已徹底內化為你的一部分。護士將卡片插入讀卡機，兩眼目珠如掃瞄器快速轉動，查閱你這端無法看見的電腦螢幕內容；

也許她很快即能查到你在精神科看診的長期病史，以及幾次用藥過量、差點致死的急診紀錄？或者，她真正感到不可思議的，是你把自己人生搞得如此頹廢不堪，竟還能每月定期繳交健保費、讓自己身處醫療體系內安全存活至今，亦可算是城市叢林野地求生的專家達人了。

你右手遮在眉上擋光，頭部越感暈眩，地心引力逐漸消失，左手不得不捉緊櫃臺桌角；太空船將墜毀，你向外傳遞求救訊息：「我頭很暈……噁心想吐……還一直聽見音樂演奏的聲音……」護士警覺狀況不對，俐落拉住你左手臂套上藍色膠環：「來！確認手環上你的名字！先生！你聽得到我在說什麼嗎？」護士緊張起來，音調音量不斷拉高；你痛苦地皺著眉，感到身旁一陣噪動。

「先生！你有誤食什麼藥物嗎？」護士快速站起，伸手向前扶握你雙肩，避免已在無重力世界的你歪斜癱倒。你感覺自己身軀輕輕飄浮半空之中，口水從嘴角溢出，在太空世界裡凝結成晶瑩透明的玻璃圓球。後方有人兩手臂穿過你腋下勾住雙肩，像是由下而上扣住的雲霄飛車安全槓桿，使你不致就此被世界拋甩、漂流遠行。

「先生！你是自己一個人來嗎？」微胖護士又再拉高音量，她若換上深紅色低胸晚禮服，即是歌劇女伶在舞臺上演出「智者大哉問」的劇碼。雙腳離地的你，與世界的連結，僅剩身後陌生人雙臂勾住你的一絲善意。耳邊樂音節奏逐漸變快，每段音符結構都像是同一個句子，卻各有微妙的細節變化；彷彿同個問題，衍生出各式各樣思考辨證的答案結果。浮遊太空的你將頭緩緩抬起，目光望向舞臺上智者女伶；你想告訴她：這一路你都是自己一人孤身走來。但你無法發出聲音，僅能用眼神表達一切。女伶戲劇化地伸出手，彷彿想拉住什麼，而你仰身向後，墜落於無盡深邃的黑洞之中。

第二樂章（Adagio——慢板）

慢下腳步，你停在講堂外，隔窗向裡頭望去；觀望一會兒，你從後門走進教室，找個偏僻位置，與在此地停留的陌生背影們，一起聆聽臺上博學者講解古典樂理。此時正講到音樂天才貝多芬的晚年際遇。

貝多芬在晚年時期逐漸失去聽力，一生創作三十二首《鋼琴奏鳴曲》，第二十二號之後的作品，均在無聽力狀況下完成。博學者說：「耳聾之後，貝多芬聽到的不再是現實的音樂，而是他從樂譜裡讀到，在腦中相應響起的想像的音樂。因為只能想像，他的音樂也就不再被物理、物質的現實所拘限了。」該時期貝多芬所寫的鋼琴奏鳴曲，在當時幾乎不可能被順利演奏；包括他所撰寫的強音可能會使鋼琴的琴絃與琴柱斷裂，亦無法發出他所想像的和聲共振音效，而演奏者技巧也根本無法跟上。然而對貝多芬而言，追求的是腦中完美無瑕的精緻樂音，現下世界的實質條件已不再被他考量。其後，因如此高標願景的存在，反而推動鋼琴製造業以及演奏者技術的精進發展，最後那些想像中的完美樂音，在世界上成為可被眾人欣賞的實際存在。

另一位音樂大師菲利普．葛拉斯則如此形容：「音樂來自何處？對我來說，它宛若倘游地底的幽靜長河；你不知它源自何方，又終將往何處去，區別在於你是否用心傾聽。對我而言創作音樂就是傾聽音樂，不是我想出了這音樂，而是我聽見它們……」

你在講堂後方埋首快速抄寫那些關鍵字：傾聽、紀錄、重現。彷彿創作的過程，即是與某個遠方的龐大資料庫進行連線，會接收到什麼訊息與內容，端看創作者所配備的傳遞資訊流的連線能力，以及願意打開接收器、耐心等待連線是否成功的超凡毅力。

而那個承載音樂藝術成就所有可能性的巨大資料庫，會在大千宇宙裡的什麼地方？

雙眼睜開，你從問句思索中醒來。你正躺在醫院急診室的臨時病床上，頭部滿是疼痛感，像有千百支小槌同時輕敲你的腦殼；暈眩感已漸趨緩，但仍有剛從雲霄飛車走下來的晃盪感覺。是胯間漲滿的尿意使你清醒，你從病床起身，看見自己左手臂有管線連結掛在滾輪鐵架上的半瓶點滴；病床對面即是廁所，你帶著鐵架一起慢慢走了過去。

當尿液灑在小便斗時，你聞到一股濃重化學臭味，大概是體內摻雜太多藥物的關係。你閉起雙眼，細聽耳邊聲響：有尿柱擊在小便斗的水流聲、有門外喧嚷不停的各式喊話聲，而那似遠又似近、連綿不絕的優美樂音，仍在耳邊悠然迴響，彷彿你是一臺已對準古典樂廣播頻道的無線收音機。

你昏迷前的最後記憶，是在櫃臺望向微胖護士的那一眼，之後發生什麼都已無從追溯。他們是否已正確判斷你吞食何種藥物？並進行不同急救方式？你試圖感覺自己食道是否有洗胃後的灼熱疼痛感，似有若無，實在分不清楚。

小解後你走出廁所，發現你剛剛躺著的臨時病床已被推走，大概其他病症更嚴重的患者有需求吧？或是醫生護士們已遺忘了你，也許隔天交班整理檔案時才會發現？你就近坐在廁所前藍色塑膠椅上，漸漸想起到醫院之前所發生的事情。你伸手探摸隨身物品：鑰匙、錢包、手機都還在衣物口袋；你與世界的連結還在，轉身隨時可回獨居住所，繼續行走那條通往霧茫盡頭的遙迢長路。你靜靜窩身偏僻角落，神色呆滯地空望這個世界；右方是嘈雜繁忙的急診室現場，左側是一整面已禁止通行的玻璃門，通往彼方幽暗漆黑的醫療大樓。你聆聽著耳邊演奏的抒情慢板樂音，鋼琴音色流暢清亮，但也可能是某種電子合成音效？在樂聲裡，你終究想起那則天啟般的文字簡訊。你側過身拿出口袋裡的手機，以指尖劃亮寬大螢幕，一整片浩瀚星空瞬時在掌心浮現，其間顯示你有數通未接來電，以及十幾封未讀取的訊息。

你開啟手機裡對話軟體，略過未讀部分，再次點看那封你已在這個夜晚反覆詳讀數十次的訊息：「你是個很好的人，我很高興能夠認識你。但是我之前的感情傷我太深，我還沒做好再與別人交往的準備。請原諒我。你是個好人，一定能很快找到比我更適合你的對象。」收到時間是晚上九點，你在九點半讀取，讓對方知道你已收到這則訊息。顯示已讀，但你不知如何回應；天啟文字表面意義清楚簡單，你卻如思考艱難哲語般深困其中。想了一個小時，最後你將對方這段話複製，然後開啟與另一人的對話視窗，按鍵貼上；貼上後你原以為需要修改一些字詞，卻發現這段話完全不須做任何異動，即可送出。彷彿世界上有個情愛交友的「對話公版模組」存在，按下快速鍵即可選用，與通訊軟體裡的表情符號同等方便。

你所接收的，成為你所傳達的；訊息經過了你，又往其他地方前去。

你低頭看著手機裡十幾封未讀簡訊，都是你發送對話後的對方回應。你點開瀏覽：對方一開始搞不清楚狀況，詢問發生什麼事為何如此突然決定的用詞語氣顯得激動憤怒，沒多久，大概見你沒有已讀回應，於是改變策略，話語姿態漸顯卑微、試圖和解，提起這些時日彼此相處也算愉快，一起吃飯、一起做愛甚至一起旅行看海，就此輕言放棄未免太過可惜、令人傷感！手機裡對方那些彷若流行歌詞訊息的發送時間：十點半、十一點、十二點、一點……你彷彿能看見這段時間裡，他那結實精壯、看似堅強無敵的身軀，在獨居住所歇斯底里、焦急不安地來回走動，掌間緊握手機、等待你的回應，不時像隻受傷小動物，窩在床角或沙發或冰冷地上發抖啜泣。你凝視著那場自導自演的狼狽劇碼，臺上角色拿出自己僅剩的微薄尊嚴棄置於地，忘情狂舞般反覆踐踏；暗夜如漫天濃厚塵粉緩緩降落，至午夜時分，已將獨角戲舞臺上入戲至深的演員們全數掩沒。

頓時你感到非常疲累。疼痛仍如箍咒圈在額頭，但你只想離開，回到自家床上好好睡上一覺；望著腕上手錶，深夜兩點半，腦中推算若此時回家小睡片刻，天亮也許還來得及正常上班？你有些困惑，不知這樣算不算積極振作。

決定離開後，你望向右方急診區，護士們在病患間忙碌地來回奔走。你對於自己身在此處、占了一床之地感到羞愧；你原是無病之人，竟來與困在重大殘病的傷者共用深夜裡有限的醫療資源，實屬不該。你覺得丟臉，不想往右方呼叫護士協助，也暫時不想面對急診醫生將對你大量吞食藥物表達什麼意見，暗自決定先離開這裡再說。你伸手將臂上紙膠緩緩撕開，深吸口氣後將點滴針頭快速拔出，順手抹去針孔上冒出的些微血水，然後花了些力氣把病患名稱藍色手環扯斷。此時一名護士走來，她對一旁的你視而不見，懷裡抱一疊文件往你左側玻璃門前站定，用頸上識別證碰觸一旁感應器，門往兩側開啟，護士走了進去。玻璃門關閉速度極緩，約是考量病床或行動不便者出入安全；你望向裡頭的黝暗景況，看似有許多條通道可走，於是立即起身往裡頭走去。

門內世界僅有安全出口的燈光照明，護士向前直行，你則左轉，依印象該方位應可連結大廳或停車場出口。疲累的你無法走快，僅能手扶牆面慢慢前行；踏在微光走廊裡，暗影中不見盡頭的醫院甬道顯得如此漫長，彷彿連接生死兩端。耳邊樂音在安靜環境下更顯清晰，你覺得現下這段悠緩輕柔的旋律節奏真是好聽，彷彿神佛自天界傾身，向人世伸出溫柔的掌，充滿愛意地撫過你的頭髮。可惜你不懂樂理、不會樂器，無法將這些神之樂曲記錄下來，僅能任它在你耳邊如流水經過，無法停留。

你在甬道中漫漫走著，昏眩感覺又漸湧上，像是你體內藥物並未完全消解，隨著行走運動的心律幫浦節拍，在流動血液裡再次起伏翻湧。你開始陷入爛泥之徑，舉步維艱，走沒幾下即須身靠牆面、大口喘息。在你幾乎放棄，打算原地倒斃的時候，你望見甬道盡頭出現白色光亮，彷若日頭從天際彼岸升起，將你眼前直行道路清楚照明；路面光滑平坦，淺淺倒映著兩側牆面上方懸掛的逃生燈誌的鮮綠色澤。你凝視著前方的光亮出口，心想著跨出那道門即能夠回到自己的世界，雙腳因而增加些許力量，步伐扎實地向前踏去。

第一樂章——變化1（Allegrett——稍快板／Allegro——快板）

你推開那扇光亮之門時，站在前方出入交界處的警衛霎時嚇了一跳，急忙跑了過來，伸手扶住已站不穩的你。「先生！你還好嗎？你是住院的病患嗎？怎麼從這邊出來？」口罩警衛連珠彈快速問話，同時多個問題，你不知從何答起；醫院裡白亮日光燈再次刺痛你的雙眼，剛才在甬道內的漫長行走，似乎只是繞了醫院一圈，結果又來到急診室的入口。瞇著雙眼的你，頭部疼痛與暈眩感逐漸增強，雙腳無力、臉色煞白，疲軟地伸出手至額頂遮光。扶著你的警衛連忙安撫：「先生你忍耐一下，我扶你到急診報到處。來！我們這邊走！」你看不清警衛長相，是同個人嗎？怎變得如此熱心？可惜是幫倒忙；你沒氣力辯駁，只能讓他扶著你移動。

你坐在報到櫃臺前，櫃內已不是微胖女伶，而是一位像精明祕書的乾瘦護士，大概小夜班與大夜班交接了吧？這位護士有張窄長的臉，搭配一頭及肩直髮，口罩遮不住她那不苟言笑的神情，看來有些苛刻模樣。「麻煩健保卡。」祕書護士有效率地使用簡潔省話句。你一時不知如何用簡短話語解釋自己不是剛來急診的病患，但又不想承認原本想偷偷溜走的事實；尷尬情境使你低頭不敢直視對方眼神，緊張情緒化作一股滾燙的灼熱感在你腹內翻燒，熊熊燄火不時猛烈攀升，探進你的細長食道之中。你其實不確定自己的健保卡在哪，於是再次側身掏出錢包翻看，不在裡面，只能抬起頭以做錯事的神情與護士對望一眼，而後心虛低垂。「身分證呢？」幹練護士皺著眉，似乎你癡呆的遲緩動作已影響到她的作業效率與辦事心情，口罩上不耐煩的雙眼如兩只強光探照燈直盯著你。你身旁的熱心警衛還沒離開，口氣和緩地說：「先生你如果沒帶健保卡，用身分證也可以自費掛號，之後再用健保卡換押金就可以了。」出示身分證可幫你解釋一切，雖然丟臉，但在體內沉澱藥物被胃腸再度分解吸收的狀況下，漸感昏眩的你確實需要醫院協助，於是從錢包抽出身分證，遞向櫃臺。

祕書護士接過證件，開始在電腦鍵盤上快速敲打，那節奏與你耳邊的鋼琴協奏曲頗為相配，像是加入打擊樂器的叮咚聲響，樂曲旋律也跟著輕快跳躍起來。她即興創作一段後，動作忽然停止，兩手停在鍵盤、目光久久盯著螢幕，表情凝重肅穆，似乎已看到你的病歷與掛號紀錄，並正逐項檢示你一生無可救藥的悲哀行徑。時間凝止在你們之間。警衛已回到站崗位置，沒人出來打圓場，嘔吐感漸從食道攀升上來的你，光是靜靜坐著等待也仿若身處極刑之地；你耐不住如此煎熬的空白沉默，用虛弱無力的聲音對護士坦白承認：「我不是第一次在這裡報到了。」全神凝視螢幕的祕書護士，聽到時身體震了一下，像是你打斷了她正在專注研究的思考脈絡；她回過身，犀利眼神望向你，維持一貫極簡風格：「我知道。」然後又轉回電腦前，繼續盯著螢幕細看。

你不再追問什麼，只能等待。如此對話情節，讓你想起無聊時在電視臺看到的一部好萊塢科幻電影《明日邊界》。該片主角誤殺外星生物後，變成在時間輪迴中不斷重來的經歷者，每回戰死後重新來到敘事源頭，帶著前一次的深刻記憶，再次經歷同樣的故事情節：他必須層層闖關般克服前一次的死亡原因，才能讓故事情節在時間裡繼續向前行進。其中一幕主角在能幫助他的科學家面前，為了向對方證明自己經歷的輪迴體驗是真的，須展現他在累積經驗值中的預知能力，提前說出科學家的下一個動作會是什麼。在對方感到不可思議的同時，主角面帶滄桑、滿臉倦容地對他說：「我不是第一次來到這裡了。」

坐在報到櫃臺的你，想起電影裡令人莫名恐懼的情節設定，頭部更感劇烈暈眩；耳邊奏鳴曲同時進入加快節拍的章節，高低音符在旋律中輪番閃現，像成排燕群快速敏捷地在天地之間上下展翅翱翔。你體內那些似乎永遠清不乾淨的囤積藥物，此時如火山熔岩沸騰滾燙，在胃部猛烈翻攪、多次衝上食道。你強忍體內嘔吐感，額上滿是煎熬汗珠。

終於祕書護士願將目光從螢幕移開，卻開始翻找櫃臺桌面的紙張病歷，仍無視於你的異樣病況。她在動作中，像想起一個無關緊要的話題，隨口發問：「你是自己一個人來嗎？」逃不過的智者大哉問，你坐在同樣位置上，仍無法順利應答。你只是感到體內那股熔漿嘔吐物已湧至喉間，勉強一句：「小姐我先去廁所吐一下。」然後急忙摀著嘴，站起身又一陣強烈眩暈，像被蒙眼轉圈然後得拿棒子打西瓜的倒楣鬼；你聽到身後護士冷靜語調問了一句：「先生你沒事吧？」你忽然明白了：櫃內智者早已看穿一切，知道旁人再怎麼想幫你，結局都不會因此改變。你的視線所及一片光亮模糊，僅能憑著方位記憶，以醉拳武術的歪斜腳步往廁所方向疾行而去。

第二樂章——變化1（Adagio——慢板）

你坐在講堂後方，聆聽前方博學者講解古典音樂的欣賞方法。

這一切其實與數學相關。在古典樂的範疇中，人聲較少介入，沒有歌詞文字的意涵讓聽眾在欣賞時直接當作樂曲的表達內容；聆聽者所接收的，是各式音符在寬廣音域世界裡高低起伏、前後置換、如繽紛繁花以不同頻率速度輪番盛開綻放的億萬種不同旋律的排列組合結果。博學者說：來看看這段樂曲寫得多麼精采，而後他請臺下眾背影們將樂譜翻至指定頁數，並以食指輕觸紙本上的起奏音符，接著播放樂曲，眾食指們隨即跟著音樂旋律所展演的舞蹈步伐，在五線譜上或快或慢地齊步行走。

樂理奧義如此專精，門外漢如你必定無法通曉。只能經歷：你食指走在五線譜上，行經高山與低谷、穿越炎夏與寒冬，緊緊跟著耳邊樂音的節奏進度，讓指尖在紙面上輕緩滑行，發出細微的摩擦聲響；一段接一段、一章又一章，某些似曾相識的景物反覆出現眼前，卻隨著章節順流前進而漸漸不同，之後這些同一景物的不同樣貌，在你的記憶空間中層層累積堆疊，從一石一瓦變成一柱一牆、再變成一房一屋、再變成一樓一城，最後搭建出你的世界。耳邊樂曲演奏完畢，全程博學者均未發言，音樂結束後讓眾人又再聽一遍；第二次播放相同樂曲時，博學者不時在過程中穿插講解該段章節的旋律音符在整部樂曲結構中所呼應、對稱、相反、相似、甚至矛盾的地方在哪。經歷者如你，不禁感嘆：在音符列串如湍急水流匆匆經過之時，該得要重新回到原點、反覆聽過多少次，才可能發現自己所在的章節在整體結構中原來可被如何聆聽，甚至如何欣賞。

於是，以凡人腦袋的組織架構能力，絕不可能寫出任何古典樂曲佳作；惟有在天才腦中的龐大宮殿裡，才可能見到那些擁有精美數學結構的樂曲，從不可聽聞的無盡虛空之中，乍然顯現。一首結構繁複卻又邏輯清楚的古典樂曲，或因足以對應人類複雜至極的心理情感，而堪稱為可承載文明成就意義的藝術精品。

藝術成為人類演化過程中的驕傲事蹟之一。於是當人類科學機械技術已可打造一臺無人飛行器朝向太陽系外飛行時，裡頭裝置的「人類名片」，除了對其他文明的致辭與問候，以及自然界各種聲響外，即是一長段由二十七首世界各地經典樂曲串連而成的九十分鐘音樂，其中包括貝多芬的兩首作品。那是一九七七年往太空發射的航海家一號，裡面那張記錄上述訊息的鍍金碟片，在飛行器中不間斷地重覆播放、朝外部發出聲波訊號；至二〇一三年，航海家一號已飛出太陽系之外，推估兩年後即沒有足夠電力再發出任何訊息聲波，那首反覆重現的九十分鐘樂曲亦將隨之停止。然而，在太陽系以外的世界，是否也存在與人類感知相同的時間行進方式？或者，那是一個沒有時間維度的地方？甚或是一個更高的維度空間，可以俯看時間河流從底下滔滔奔行而過的模樣？於是，航海家一號不斷向外發送的眾多訊息中，最重要的也許即是「發送訊息」的動作本身；航海家一號成為記載時間存在的具體物證，當遠方文明試圖接收那碟片的訊號，音樂聲響剎然起奏，音符與五線譜在虛空中清楚浮現，化成一座由旋律片段組成的巨大時間城堡……

你的思緒已漂行太遠，遠至太空邊境，難以回神。你懸浮在空蕩蒼茫的宇宙中，捲曲著身，分不清上下左右地輕緩旋轉，像是重回母親腹中，溫暖羊水包覆著你的無明幻夢。你聽見耳邊樂聲，似曾相識的旋律，像記憶留下的線索，你伸出手試圖拉住什麼，在混沌之中握住細長臍帶，像電影裡的太空人握住與太空船相連的安全繩索，要再往前時，你已從遠方回到深夜的醫院裡頭。

你側躺在殘障專用廁所的冰涼地板，頭枕在自己直伸的右手臂上，眼前是馬桶旁地面一灘透明黏稠的嘔吐物。你覺得冷，全身癱軟、難以起身，只抬頭看了看這間寬敞的殘障廁所：你一人躺在藍色磁磚地面中央，門關閉著，沒有醫護人士在外頭關心，隔著門只隱約聽見外頭仍是倉促忙亂的各式聲響，耳邊最清晰的，還是那沒有停止的樂音旋律，此刻正演奏至慢板章節，音符像是失去力氣，只能滿面愁容地在同個關卡上徘徊流連、無法跨越。你將頭躺回右手臂上，聞到面前嘔吐物的氣味，雖已吐到只剩水和胃液，仍舊酸臭。你似乎將自己僅剩的微薄能量也吐出去了；頭部依舊疼痛暈眩，嘴角與臉頰沾到一些黏稠嘔吐物，沒力氣清理，又無法忍受那股難聞氣味，勉強掙扎起身好好坐著，伸手按下馬桶沖水鍵，拉了一長段衛生紙將自己稍加整理。

怎會讓自己淪落至如此狼狽模樣？耳邊音樂開始在低音處緩緩鳴聲，像是依你的心緒所及搭配適合的情境樂曲；此時是悲傷自憐的故事橋段，你想起那些令自己心碎崩潰的對話、想起這個夜晚以及許許多多曾發生相同情節的黝暗黑夜，忍不住又鼻酸起來。你從緊身口袋掏出手機，劃亮星空螢幕，裡頭又再新增幾則未讀訊息，你仍舊視而不見地跳過，開啟照片檔案的分類資料夾，翻看這幾個星期以來你與天使相處的點滴紀錄。你們只有幾張合照，大多是你拍他在各個戶外景點留念，以及你們一起去各式時髦餐廳時，你拍下他與滿桌豐盛食物或獨特風格布置的歡樂合影，或你在他熟睡時，忍不住拿手機記錄下來的那嬰兒般無邪臉龐。天使笑起來時眼睛嘴角彎彎的，如此純真開懷，讓你的世界也跟著燦爛清亮起來。此時看著照片裡的他，你竟有股想再次打電話給他的衝動；但你知道再往前只是為自己招惹更多羞辱，如同你冷漠對待那些未接來電一樣。你低頭看著手機，點開那些新增加的未讀訊息；坐在廁所地板上的你，與螢幕裡那些話語對望許久，最後你伸出指尖，在星空上鍵入一些訊息，然後按下傳送、往遠方傳遞而去。

天使想說的，都很清楚明白了。那是這個夜晚的十一點，收到簡訊後的你，知道不做任何回應，或給予對方祝福，都是對自己傷害最少且最有尊嚴的下臺方式；兩人還是朋友，乾淨俐落地相聚而離散，整段感情回頭看還不算太過難堪。這種小情小愛的人生習題，你早該在之前眾多經驗值中學習到：不須浪費太多生命氣力，世上還有更多重要事情等你完成，沒有必要在這個關卡上多做停留。你明明了解這個道理，但仍然無法跨過，忍耐時間不到兩小時，即撥打電話給對方，試圖挽回那不可能重來的美好劇情。

對方接起電話，口氣和緩地向你再次道歉，希望你能明白他走不出過往陰影的處境。不確定他是否隨便找個理由來拒絕，你僅是在電話這端苦纏對方，希望他能夠再給一些相處機會，哪怕只有幾天或幾周，你會改進自己所有缺點，你會對他更好，你會什麼事情都依他，只求他不要輕易離開你的身旁。電話那端，他沉默聽著你急促慌張地掏出各種承諾，而後嘆口氣，先是和緩釐清你們之間不算真正交往，只能說是彼此的約會對象，接著說：經過這幾周的相處，他知道你們未來不可能有任何發展。你像是聽到自己已被宣判打入地窖、再無見到陽光的可能，開始鼻酸、不顧顏面地說著自己現在有多痛苦、不知以後該怎麼繼續生活……對方像聽到什麼荒謬事，忍不住脫口回應：「沒那麼嚴重吧……」然後停頓一會兒，語氣平淡地說：「你以後如果真的很想跟我做，有空的話，我們還是可以約。」他也許覺得自己已給出什麼，至少還願意與你的身體有性關係，該讓你覺得此刻好過一點。然而相反，你像是低頭跪在地上，任對方在轉身前從口袋隨手掏出鏽黃銅板，施捨般拋至你的面前；你以為美好神聖的耀眼黃金，此時變成髒舊不堪的廉價貨幣。情緒滿溢，你再忍受不住地出聲啜泣，耳邊還緊貼著手機螢幕，另一手摀住雙眼，平時勤奮鍛鍊的強健身軀，此時亦僅能脆弱無力地隨著涕淚滴落的節奏發抖顫動。連線那端，對方一言不發地聽著你的流淚聲響，沉默許久後結束通話，留你孤身一人，在自己的獨角戲之中繼續演出。

後來，你便在寂靜無聲的夜裡，來到這座巨碩白亮的醫院大樓之中。

你坐在廁所中央，耳邊的慢板旋律像在為你原地打轉的無奈命運悲泣。故事情節只是如此？你看著自己，在這個沒有外在戰爭與饑荒的年代裡，仍是滿身傷痕的狼狽模樣；彷彿你的肉身軀殼是座戰場，只是你分不清楚究竟是誰跟誰在打仗，而如此輸贏結果又歸何方。

你感到極度疲累，覺得今晚的戰爭該告一段落了。你從冰涼地板努力站起身，搖搖晃晃緩步移動，打開廁所門，往外走去。你身上巨大沉重的疲累感使你走個幾步即已無法繼續，廁所外你原先躺著的臨時病床再次出現，不確定有沒有其他病患正在使用，管不了那麼多，你覺得好累好睏，需要躺著好好休息。你走近病床，將自己身軀往床上躺去。日光燈依舊刺眼，卻已影響不了你轉瞬間進入沉睡夢鄉。

第一樂章——變化2（Presto——急板）

躺在病床的你，正被快速推動。你已累到無法睜眼，僅能模糊地去感覺四周發生什麼；你被推到一個空調冷氣過冷的地方後停止，附近人聲嘈雜，似乎有好幾個人圍著你，彼此一言一語地快速對話。

一名女子語調倉皇地高聲說著：「……他躺在別人病床上，沒戴手環，不確定是不是病患，不知道從哪裡來的。但好像陷入昏迷，怎麼叫都沒有回應……」

另名男子與她對話：「有翻過病人皮夾嗎？看一下有沒有證件。等一下等一下……再往裡面推進去……」你聽見男子唸著一些英文字詞，大概是急救專業程序，好長一串，不知男子如何判斷你的病況。

顯然他們又以為你是剛剛才莫名出現在急診室的病患了。你心想：若不是自己全身癱軟、無法動彈，這次一定要不顧丟臉地解釋清楚。然而此時的你，連睜開眼睛的力氣都沒有。

病床被移動至定位後，身旁男子用手指將你雙眼眼皮輪流撥開，並以光柱照射，往你眼珠探看，對你叫喚著：「先生！聽得到我的聲音嗎？先生！你是一個人來急診的嗎？」你很想表達自己看得到、聽得到，並且很想請他們不要一直重覆問相同問題，尤其是那些不想與他人多談的私密痛處，但你連朝對方翻白眼的力氣都沒有。男子叫喚幾次後，輕打你臉龐幾下，見你仍沒反應，立刻高喊是重度昏迷的緊急狀況，接著又是一串長長英文。

你不知他們將對你施以怎樣的急救方式，只希望在你還有知覺的狀況下，不要有胸腔電擊之類的方法。同時間你感到有人正往你牛仔褲兩側口袋探摸，找到錢包後試圖從口袋拿出，而後聽見一個女性喃喃碎唸的聲音：「這個褲子怎麼這麼緊啊……」感覺她耗了好些力氣才把錢包拿在手上，接著慌張回報：「病人沒有身分證也沒有健保卡啊！」然後身旁又是一陣慌亂騷動。

你聽了實在很無奈，但對於這場已近尾聲的荒謬鬧劇，似乎不必多回應什麼。

在這漫長無眠的夜晚裡，終於你可以安穩地好好睡上一覺。此時，你聽到耳邊樂音已轉為歡樂舞曲的輕快節奏，像是經歷那麼多崎嶇難行的泥濘路徑之後，終於能夠擺脫一切束縛、在寬敞平坦的道路上開心舞蹈著；那麼無所畏懼、那麼歡快自在。

第三樂章（Adagio——慢板）

湯瑪斯．曼的小說《浮士德博士》裡，對於貝多芬沒有為他的鋼琴奏鳴曲作品〈Op.111〉寫第三樂章，是如此描述的：

當時的貝多芬，聽力已弱化至幾乎失聰的程度，創作樂曲之方式越傾向於苦思內省與玄想，該段時期的作品像已登上孤立於絕對之中的境界，包括沒有傳統結構第三樂章的作品〈Op.111〉；當貝多芬的學生問起該作品為何不寫一個跟第一樂章對應的第三樂章，他以輕蔑口吻回答：他沒有時間，因此寧可將第二樂章寫長一點。

在該小說裡，臺上講者告訴臺下聽眾：只要聽過這首曲子，就能自己回答這個問題：

「實情是：這首奏鳴曲順理成章結束於第二樂章，這個瑰偉的樂章，而就此告終，永不復返。他說『這首奏鳴曲』的時候，說的不只是這一首，C小調的這首，而是奏鳴曲之為物，作為一個類型、一種傳統藝術形式的奏鳴曲：奏鳴曲在這裡到達結局，走到了底，完成了它的命運，抵達了它的目標，越此再無前路。」

第三樂章——變化1（Lento——緩板）

你和他，躺在民宿裡的雙人床鋪上。那是兩天一夜的小旅行，你們首次在城市以外的遠方過夜，地點選在海邊的獨棟小木屋，房間牆面地板均是淺褐色木紋材質，頂頭懸掛數盞暖黃燈光，房內以極簡風格布置：兩人座米白絨布沙發，四腳原木矮桌，淡黃色幾何細微花紋落地窗簾布，以及中央一張棉花糖般鬆軟的全白雙人大床。

大床上你們一左一右側躺，面朝對方。這晚你們已喝去近兩瓶紅酒，兩人臉頰泛紅，半醺半醉有些話多；已是很深的夜，但彼此都不想睡。你們已聊天幾個小時，聊各自的生活、有興趣的事物、與家人的相處狀況，也聊未來夢想，聊心目中理想生活是什麼模樣；你們在話語中將自己展開成一張平面地圖，細心檢示與對方重疊的那些地標，然後畫下註記，彷彿如此即可行走在對方的世界裡。聊天過程中，偶爾你們親密碰觸，撫摸對方的耳朵或臉頰，有時向前擁抱，每次你們親吻，你總感覺有股溫熱暖流在身軀裡緩緩流過。

有時你們都沒有講話，只是靜靜望著彼此。海邊的暖黃房間裡，緩慢節奏的潮浪聲響，輕輕拍打在棉軟白色大床的床沿上。醉意的恍惚時刻，你覺得自己躺在這張床上，已經好久好久了；像是從遠古時代開始，你赤手赤腳在荒蠻野地裡，好不容易取得溫飽後，找到某個邊陲角落，無懼無憂地安心側躺，耳聽自己心跳，半睜矇矓雙眼，然後那麼滿心珍惜地，想去緊緊捉住這些發出溫暖光芒的生命時刻。

在海面上靜靜漂流許久之後，你打破沉默，問他在想什麼。他回答：「沒有啊，什麼都沒在想。」一表情似乎壓抑著笑、強裝鎮定。你伸手往他肩頭輕戳，他露出燦爛模樣，笑了起來。笑意傳到你身上，你不知所以地笑，繼續追問：「所以在想什麼？那麼好笑，講來分享一下。」一他對你搖搖頭，或許是醉意湧上，笑得更開心了。你伸手往他頭上輕拍，然後撫過他裝作被莫名挨打的無辜表情。好一會兒他終於止住笑，換他問你：「那你在想什麼？」一你也是鎮定模樣回答：「什麼都沒有想。」一他聽了你的回答，滿臉笑意地望著你，然後伸手在你臉頰輕拍，傾身過來，在你頰上深深吻了一下。

後來，他在霧茫的昏醉深夜裡，沉沉睡去。暗影裡你閉上雙眼，卻無法成眠，從床鋪坐起身，房間燈光已滅熄，只有成面落地窗簾隱隱透著外頭光亮。你輕手輕腳下床，走近木頭矮桌拿起礦泉水瓶仰頭灌了幾口，喝水聲音如此響亮。而後你從一旁衣物口袋裡摸出香菸與打火機，往房門外走去。

獨棟小木屋外頭，是民宿各房間共用的一片方形草地庭園，周圍布滿綠樹植栽，立上幾座球形黃燈，園裡擺設幾組木桌椅，深夜裡已無人使用。你往庭園外其他小木屋望去，大多燈光已熄、各入夢境。站在戶外的夏夜涼風中，不遠處的海浪聲響聽來更為鮮明，此時節奏已有些慵懶，彷彿也在半夢半醒之間來回晃盪。你環顧著此時此刻，抬起頭，望見滿布晶瑩白亮光點的浩瀚星空。

天空景象如此壯闊偉麗，你原想回房裡將他搖醒、到屋外一同欣賞，念頭才起，想了想，又隨即作罷。你向前走去，坐在庭園木椅上，自己一人久久仰望這片星空。

你那一念接著一念、時時刻刻無法停止想事想物的腦袋，在蒼茫天頂下，莫名閃過許多天文知識的記憶。例如，那些耀眼的繁星光芒，其實來自於數千萬、數億兆光年外的遠方；那些地點，此刻也許已不真實存在，它們在爆炸滅毀時，轉化為銀亮光束，在太空裡長途旅行，像是穿越了遠大於自己生命好幾輩子的夢境，然後來到你的當下。又例如，如此繁複的星空圖象，一夜又一夜，悄悄地變化著裡頭精緻無比的排列組合，而每夜仰頭看星星的人們注意到了，慢慢發現世界運轉的規則原理，甚至在千萬群星中發現各式各樣繁複造型的星座圖象，並在星座中看見自己難以逆反的命運。又像是你曾在某本書上讀到的懷疑論述，認為那些太空望遠鏡所拍攝的照片，裡頭呈現的形狀色彩，僅能代表那些遠方的質量、能量被人類感官所探測的計算結果，並非實體物質與光芒，而是聚結成團且不可眼見的磁力氣場，甚或是虛空中某首天籟樂曲的音波聲響……

浩瀚無邊的繁亮星空下，你的身軀顯得相對渺小。仰頭張望的你，思緒在遠方星際間躍動穿梭；你將目光望向那些座標方位以外的混沌未知，宇宙之廣不可思量，這世界尚有億萬事物待被探索開發，然而你向外遠行繞了好大一圈之後，最後想起的，仍是自己。

你不是第一次來到這裡了。

夏夜晚風輕輕吹過青綠草坪。你一時情緒湧上，鼻頭泛酸，面朝無人庭園大口深呼吸幾下，而後漸漸平復。當你準備起身回房，看見桌上的香菸打火機才想起自己走出小木屋的目的。你抽出一支香菸啣在嘴裡，伸手點火；尾端菸草燃起，隨著你抽菸吸氣的節奏，閃爍著星點般的明滅光芒，彷彿它也正朝向此刻的你，散發什麼尚不可知的未讀訊息。

尾奏（Largo——最緩板）

在雲霧密布、不見任何星光的城市裡，你靜靜坐在醫院大樓外圍的花圃石墩上；外頭有些冷，你縮著身軀半前傾著，一張蒼白憔悴且帶著疲累黑眼圈的臉，不時朝走道對面的馬路左右張望。

暗夜已近尾聲，城市街道不見任何人車經過。你耳邊的音樂聲響已經離去；世界好安靜，彷彿已停止運轉。你望向腕上手錶：已近清晨，指針還在一格一格跳動，時間還在行走。

你試圖回想這晚所聽見的優美旋律，快版慢版任何一小段都好，卻始終無法記起。你所能憶想的，只有自己聽到那些音符樂章從身邊經過時，心底所泛起的感覺與想像。你覺得自己像站在山腰上，俯視山谷間的一條河流；你聆聽著水流經過的聲音：有時急快、有時舒緩，有時水流滿溢，浪濤高高舉起發出宏亮巨響，有時河面平靜，僅有潺潺水聲如輕語般低聲吟唱。你如此專注，彷彿身在彼端形容字詞的河流現場，而非暗夜冷風中的城市街頭。

前方忽然亮起閃爍光芒。你回過神，往面前馬路望去。一臺白色轎車正停在醫院外的路邊，在沒有其他人經過的城市叢林裡，沉默而醒目地，對你反覆亮閃著車身前後的暖黃車燈。

夜晚終究會結束，下一個白日天光終會再次照亮這個世界。接近清晨的天氣如此寒冷，你起身時將雙手交叉胸前，身軀仍不禁微微瑟抖，而後你跨出步伐，朝那臺車所在方位，直直走了過去。

（本文樂理部分參考並引用楊照先生的著作與指導，特此致謝）

——原載《短篇小說》二〇一五年四月號，十八期

水豚

黃崇凱

一九八一年生，雲林人，臺灣大學歷史學研究所畢業。曾任耕莘青年寫作會總幹事，做過雜誌及出版編輯。與朱宥勳合編《臺灣七年級小說金典》。著有《靴子腿》、《比冥小星更遠的地方》、《壞掉的人》、《黃色小說》。

沒有什麼時候比現在更適合偷水豚。整座島國面向對岸猛烈嗆聲，總統瘋了，宣告反攻大陸。從那一刻起，我就決定去頑皮世界偷水豚。

行動要在黑夜，我找了老K、阿勇和毛毛一同駕車前往位於學甲的頑皮世界。從創園開始，當時被稱為百斤大老鼠的十幾隻水豚就活在這裡，緩慢靜默地泡水、走動、吃食和繁殖。我們穿越大門口，路過金剛鸚鵡，往右經過紅鶴和長臂猿區，來到水豚區。我在腦內快速想過一遍流程，凌晨兩點從市區出發，沿著西門路、北安路，轉上中山高，接八十四號快速道路往北門方向，下交流道右轉臺十九線，約莫兩點四十五分，我們進入空曠的頑皮世界停車場。

大門入口陰森昏暗，兩邊門柱看來比白天更加高聳宏大。我們三人戴上套頭毛帽，露出雙眼，像臨時演員準備上戲拍幾個無關緊要的畫面。老K在車上待命。我們輕鬆翻過門擋，左手邊細紋籠子內的巨嘴鳥睜著亮晶晶的眼看著，我們輕輕踩著行道磚硬地，小心不驚動鳥舍中的金剛鸚鵡和水道邊的黑天鵝，駝背碎步路經紅鶴區的沼澤腥臭，牠們的嫩粉紅羽翅在黑暗中微微反光，過道旁的幾個籠子住著長鼻浣熊和鷹隼，被細小水道包圍的長臂猿區看不見任何在外活動的物體，抵達目標所在地。

十數隻水豚大多三五成群分躺在圈養區草棚內和水池邊，有兩隻水豚被隔離在側邊的草棚，牠們似乎都在睡覺。如果再大隻一點，穿上柔道服，牠們或許就是忍者龜的史林特師父。有些東西是這樣，小小的覺得很噁，放大了反而可愛，再大一些又會哪裡有問題。我們選定側邊隔離區一隻水豚，掏出麻醉槍對準發射，牠受驚躍起，跑跳幾步昏倒在地。隔壁有些水豚醒來，活屍般緩緩移動。毛毛把風，我扛一側，阿勇幫忙扛另一側，嘿呦嘿呦快步跑向門口。老K等著接過水豚，擺進後座，我們上車，把頑皮世界入口一排企鵝石雕甩在後面。

「完成願望了，有什麼感想？」阿勇拍著後座的水豚肚腹，聽來像多汁的西瓜。

我說哪有感想，不過爽這麼一下，可能明天什麼都沒了。車上沉默得跟麻醉的水豚一樣，只有車窗流洩進來的風聲獵獵。窗外漆黑的景色靜謐，隱約認得出沿路房舍輪廓，路上沒幾輛車。我們的島活在幻象裡幾十年，今天大夢初醒，覺得眼前一切都是假的，發生的種種都是不可能的事。

大概所有軍事專家都同意，一旦中共決定攻臺，三十六小時內就能搞定。先是發射一堆導彈破壞機場、政府機關和重要地標，再以陸、海、空三路封鎖臺灣海峽，同時搭配外交、金融和網路戰手段，令與臺灣關係曖昧的美、日都不敢輕舉妄動。聰明的臺灣人很快認清現實局勢，馬上有人組織談判，中共終於消獨成功，實踐統一，遍插茱萸沒少人。這是理想劇本，儘管這套戲的後續情節會怎樣，從來沒人認真想過。但很可能就是中共黨國一體的統治進駐臺灣，修復閃擊戰過程毀損的公共建設，不出幾年，臺灣就跟港澳一樣，繼續過活，像是什麼都沒發生。畢竟統一歸統一，怎麼回歸都不可能消除分隔兩岸的海峽，反正統一前中共在稱呼上已經吃盡豆腐，臺灣地區就臺灣地區吧，輕蔑一點叫呆灣就呆灣，隨便。這類的心態不知存在於多少臺灣人的內心深處：我們早晚都會被吃掉，能拖多久就多久，拖不了，也只能學上人說的面對它、接受它、放下它。活著只是活著嘛。

誰知任期剩下一年不到的小孬孬總統在想什麼，居然在昨天早上十點發表臨時講話宣布反攻大陸。大家還以為他在說話同時就發射飛彈打向中國沿海城鎮和三峽大壩，陸、海、空三軍能掏出來用的武器全都像打電動一樣狂轟猛炸。不過效果有限，因為中共擁有制天權優勢的偵察衛星，走偏鋒的攻擊只會讓中共感到訝異，沒想到這班呆灣人有種發動攻擊。兩邊皆有不少人興奮終於有仗打，不說解放軍等了七、八十年，臺灣國軍同樣準備了幾十年，漢光演習編號都破三十，每年都模擬解放軍進攻，卻從來不敢把推演結果老實說出來。七十多年沒打過仗的軍隊還能叫做軍隊嗎？我從沒仔細想過這問題。服兵役的時候只覺得從上到下，大家都既無奈又無聊，志願役的是混口飯吃，不願役的是混時間過去，彼此交相賊，做做樣子，沒人真覺得砲彈在我們有生之年會降臨。軍中死人要嘛意外要嘛虐待要嘛想不開，活在憋死人的小時代，有時真的只需要一枚飛彈落下，就能炸成大時代。我們都想活得有意義，死得有價值，如今就是意義與價值滿天飛的決戰時刻。

可是以上這些都沒發生。有人以為總統是開玩笑，調侃以前老總統的妄想。然而他才說完反攻大陸，接著宣布現有國軍全部義務役回歸民間，志願役士官兵均轉為民營軍事服務公司職員，主要從事國外軍事服務相關外包工作，自負盈虧，期許為世界和平盡一份心力。意思是，廢除國防部，改組成軍事服務公司，看哪裡打仗需要傭兵，他們就收錢出人辦事。

「這麼喜歡這種東西，不麻煩嗎？」即使老K從前跟我去過兩次頑皮世界看水豚，他從沒靠近試著撫摸或餵食，只是戴著墨鏡遠遠看我把手上的大半顆高麗菜，撕開一片片像使用碎紙機那樣塞進水豚的嘴裡。

「這時候除了偷一隻也沒別的事好做了吧。」毛毛的代答從後座傳來。她在職訓局上半年分的木工班課程，連張桌子都還沒做出來，整班師生就匆匆四散回家逃難（沒人家裡有防空洞吧），她只好回到阿勇的咖啡店幫忙。阿勇的咖啡店這兩天生意不錯，因為宣布反攻大陸後全臺停班停課，一大堆人暫時不知怎麼打發時間，紛紛擠到各處還營業的百貨公司、電影院、ＫＴＶ或咖啡店。如果我整天待在阿勇的店裡，會以為在過連續假日，事實上是整個國度都進入傷停時間，大家都猜很快結束，只是沒人說得準幾時結束。阿勇店內的電視一直無聲開著，畫面上跑馬燈不停轉，什麼複雜的中、美、日三方關係磋商談判、第一島鏈第二島鏈、西太平洋控制權或釣魚臺問題，好像都跟瘋總統的講話讓人摸不著頭腦，想不清這些到底什麼意思。電視上一排名嘴一下解釋兩岸武器型號和軍備狀態，一下分析國際情勢，看上去跟平常唬爛國計民生問題和網路謠言差不多。也有反核、反戰的團體出來示威抗議，獨派、統派乃至五一俱樂部統統大出籠，好像一九四九年以來累積的各種鬼魅幻影一次出清唱野臺。轉頭不看，咖啡店裡的沸騰人聲同樣是幻覺。我們在這裡，極其日常地耗用民主自由最後泡影的時間刻度。再過一陣子，不會有人記得民國幾年，就像沒人記得光緒幾年怎麼換算西元幾年。

我頭一次對身分證產生感觸，如果拿著護照一起翻看的話，大概會哭出來。它們即將像畢業或輟學的學生證蓋上作廢章，只是不知持有者是哪一種。螢幕裡有張名嘴說，二〇二一年中共建黨百年，他們勢必想在這之前解放臺灣，完成中國夢最重要的國家統一大業。那些看不見空中弧線的猜想都是煙霧彈。正式宣布反攻大陸後的十二小時內，國軍停止活動，志願役回營，義務役離營；對岸仍按兵不動，發言人只是出場發譴責聲明。有個財經分析師說，其實我們總統口中的反攻大陸，主戰場是國際金融市場的數字世界。據稱有謎樣的大筆海內外資金，一口氣逼升美元，讓大量美元出逃中國，而中國早就產能過剩，通膨問題嚴重，加上數不完的巨型經濟計畫，導致籠罩全中國的超巨型經濟泡沫就這麼破得稀里嘩啦，讓人想起當年索羅斯用避險基金攻擊香港。電視裡那些人說的鬼話，我一點也不懂。總之整個臺灣都在放假，沒人知道接下來會怎樣，我想不如就乘機來偷水豚吧。

老K、阿勇一聽，搖頭說不要鬧了，沒可能的。

阿勇說：「看看店裡生意，簡直在過年，頑皮世界人一定很多。」我說：「國難當頭，沒人會注意私人動物園掉了隻大老鼠。」我研究過，那裡五點閉園後，大概到晚上七、八點根本沒什麼人，應該不難潛入。「為什麼一定要水豚，養幾隻天竺鼠不行嗎？」阿勇再問。我說這就像大家都想去看港邊的放大版黃色小鴨，不然就在家裡浴缸看黃色小鴨就好啦。老K沒多說，但願意當車手。唯一大表贊同的毛毛說有熟識的獸醫可以借到麻醉槍。我們隨即商定當晚凌晨一點五十集合。

「都沒一點點戰爭的感覺啊，真的好詭異。」毛毛抱著死屍般的水豚，翻開牠上唇看門牙。從擋風玻璃看出去的景色跟往常沒兩樣，路燈疲軟亮著，搖下車窗，半夜的風吹來飽含濕氣，偶爾有車掠過我們，一如此前所有記憶裡的夜半時分，總有人心跳似的醒著。我的理性卻提醒說臺灣正在存亡之秋，也許明天就要換國旗了。感性接著反應，讓我安於算了反正小老百姓給誰統治都沒差，沒其他國籍，沒辦法飛天或渡海逃離，就留著親眼見證一個國家的敗亡。全球兩百多個國家，要在有生之年目睹大變故可不容易，我絕對要留下來，體驗發生的一切。

我想到這並非臺灣第一次面臨這種國家主權大轉換。如果像足球明星轉會或AV女優移籍，大家實事求是，少帶點虛幻的民族情感，誰要誰或不要誰都好好談，重要的是有被認真對待。近一點是一八九五年日本收編臺灣，武裝抗日的打來打去，終究還是被日軍收拾完畢，不拿菜刀竹篙，就順著殖民政府的規定過生活。被殖民、被歧視、被壓榨，再不甘都只能接受。久了都得習慣。何況後來還有國民黨做統治對照組，誰不是偷偷懷念日本時代的好呢。再遠一點，十七世紀晚期鄭氏小朝廷在老頭鄭成功掛點以後，接班人搞不定，降清的施琅帶兵打爆澎湖駐軍，揮軍向東，鄭家也就乖乖出來投降了。

老K車上播著老鷹合唱團一九九四年重新組團巡迴演出的錄音專輯 *Hell Freezes Over*。我記得第一次聽這張專輯是在重考班上的英文課，還在拿基層鐘點費的小牌英文老師，帶CD來播，當做課程補充，一邊放歌，一邊解釋專輯名稱為什麼翻成「永遠不可能的事」，因為地獄是烈火，永遠不可能整個結冰。老鷹合唱團一九八〇年解散，就像那些傳奇樂團，死的死，逃的逃，沒人想到他們日後會重新聚首。結果他們不僅重組，二〇〇七年還推出新專輯，二〇一一年甚至來臺灣開演唱會。不曉得那個英文老師有沒有混得更大牌，有沒有去聽那兩場在林口體育館的演唱會。聽到 I Can't Tell You Why，我的回憶跟現實被撕裂，如果我們是這部大片的臨演，這張專輯絕對是最合適的電影配樂。再想下去就過於感傷了，我得想想車上有幹來的水豚，得好好安排牠的生活。現在真的是 New York Minute。

我看過國外飼養水豚的影片，家裡要有浴缸可以泡水，牠會在固定的地方大小便，似乎不難。下高速公路後，我們穿過市區一顆顆閃紅燈，回到我家。老K放我下車，順便幫我把水豚扛進家裡，一樓已經清空，也放好浴缸裡的水，有準備好的七、八顆高麗菜。阿勇和毛毛買來附近四海豆漿大王的蛋餅、鍋貼和豆漿紅茶，我們吃著亂聊等牠醒來。

水豚昏迷的樣子跟睡著時很像，悠緩深沉，肚腹規律隆起收縮。我摸摸牠身上微硬的土黃皮毛，感受牠體溫，均勻起伏的呼吸。牠似乎清醒些了，濕潤的眼睜得更開，嘴部嚅囁，想動又動不了的模樣。我拍拍牠，這才注意到牠鼻上隆起的厚肉，是公的。牠還像坨糞便無力癱在地上，我們伸手撫摸，牠瞇著眼，不知是享受還是困惑。

老K回安平家，阿勇和毛毛騎車回永康家，只剩下逐漸亮起來的街道陪著我和水豚。我為牠取名嘎逼，取完又覺得可笑，牠根本不知道自己的命運有了巨大轉變，也不知道自己的名字是什麼意思。麻醉消退後，嘎逼站起來走動，畏怯地試探周圍，緩慢移動，抖抖兩耳。我隨牠漫步家裡，為牠鋪好大小便的報紙，浴缸有水讓牠隨時跳進去泡。我發覺牠張嘴時有點像河馬，粉紅色的嘴邊肉軟軟張著，上下的黃板門牙有些尖銳，還得找樹枝讓牠磨牙才行。嘎逼走沒幾步，面對大門趴著，像是對周遭環境失去興趣。隨便。我覺得有些睏，上樓睡覺。

不到幾小時，刺耳的里長廣播傳來，字句黏糊，聽不清楚。我起來沖澡，下樓到浴室發現嘎逼正泡在浴缸裡，瞇著眼看我。牠的皮毛浸濕成咖啡色，鼻孔以下泡在水裡，要是在牠頭上放條毛巾幾乎就是個日本中年男子。我放慢動作，試著不驚動牠，緩緩移入浴室，打開蓮蓬頭沖水，牠只是安穩泡著，彷彿我不存在。我抹完身上的肥皂，渾身泡沫，開水搓揉沖掉，想著是否該幫牠洗個澡，還是算了，才第一天。

嘎逼比我晚出浴室，牠集中力道扭動全身甩了幾下，噴濺身上的水珠，踱到大門邊晒得到陽光的區塊趴下，讓冰涼的大理石地板吸收牠的水氣。我坐在一旁抱著電腦上網，逛逛臉書、噗浪和批踢踢，最新消息和八卦爭先恐後隨打開的網頁湧現。外頭馬路的人車聲音不絕，果然假日規模。臺南市區的交通只要一到假日就誇張得糟糕，人多車多違規多，時常有並排暫停車堵住車道，老是發生擦撞，古蹟景點和知名小吃店家附近總是塞成一團。我出神看著嘎逼肥美的屁股，攤在陽光下，油然生起生活就該如此單純的情緒。我闔上電腦，試著以嘎逼的角度觀看周邊的事物，但離地十幾公分的視線只有吃滿灰塵的牆角。我模仿牠趴著，牠轉頭瞄，維持原狀繼續晒毛。我靠得更近，張開雙手輕柔摟住牠的頸背，刺刺的，有股活物的腥味。牠讓我想起正在等待的人，像那句歌詞：「If you find somebody to love in this world / You better hang on tooth and nail.」嘎逼的小蹄子和牙齒確實近在眼前。In a New York minute。

小睡過後，我套好嘎逼身上的繩索，拖牠出門走走，打算蹓到阿勇的咖啡店。路上遊人紛紛注意到我牽著百斤大老鼠，嘎逼配合我神氣的腳步，跟著我左彎右繞，過西門路，走入國華街，穿進普濟殿門口，參拜的遊客攔我下來要求跟嘎逼合照。這家人帶著兩個小學生女兒，嘻嘻哈哈抱著水豚，媽媽用手機拍完照謝過我就要上傳臉書，女兒聚在媽媽身邊看照片。我們繼續沿著窄巷走，兩三個老人如常坐在自家門口，抵達阿勇的店。還沒踏進就聽到傳出的嘈雜人聲，看來今天又客滿，毛毛在切甜點裝盤，阿勇端著奶泡在拉花。吧臺還有一個座位，客人無不對著嘎逼驚呼，牠在我座位邊躺下，像是累了在休息，眼睛瞇得只剩一條線。

電視無聲開著，畫面上的跑馬燈沒有止息地滾動，充斥各種臆測和假想，配著正在播的謝銘祐《臺南》專輯，我今仔日無想欲飛，既違和又相安無事。我覺得臺灣人不可思議，即使面臨重大事件，還是攜家帶眷泡咖啡店，扯些無關緊要的瑣事，平靜地在臉書轉發新聞，上傳吃喝照片和打卡。話說回來，如果不這麼做，還能幹麼？我也不知道。這是最奇怪的，照理說，兩岸處在準戰爭狀態，難道不怕對岸網軍大舉進攻？臺灣網路竟然沒管制，愛怎麼連就怎麼連，手機上網就跟平常一樣暢通無阻，但就是連不上中國的網站，他們封鎖全部境外連線。據說這是因為我們政府還得繼續掌握國際金融數位戰的即時動態，不能把自己封死。中國防火牆蓋得像長城，多少能阻礙外來駭客的攻勢，既然中共不開放連線，那從他們國內網路往外連結就得多一道程序。電視名嘴說，這種數位戰的關鍵往往是幾毫秒乃至幾微秒的差別，只能說他們真的被偷襲了。有國外媒體比喻這是數位時代的珍珠港事變，我不懂有什麼好比喻的，日本偷襲得逞，最後不就是被美國大舉反攻嗑爛飯了嗎。

鄰桌有中國普通話口音的客人，似乎是來讀書的陸生，跟幾個臺灣同學在交流意見。我覺得他有點辛苦，只因為是中國人，就被迫當成發言人逼問許多問題。我想既然是申請來臺讀書，一般都對臺灣比較有好感，大概不願見到兩岸發生任何不可收拾的衝突。我偷聽一會，果真是年輕大學生的思維，他也說不出一點有見地的想法，只是擔心自己跟家人聯繫不上。我跟忙碌的毛毛和阿勇有一搭沒一搭地聊，我覺得他們很威，沒睡幾個小時還來開店營業，真是愛人同心。「不然還可以幹麼？」阿勇說，「在家看新聞窮緊張，也完全沒辦法幫什麼忙，乾脆開店，讓大家有地方去。」

我說這種人潮還真像放什麼連假。

「搞不好快要沒機會放我們那些假日了哈哈。」毛毛補一句。

阿勇：「其實到現在我還是沒什麼真實感，總覺得怪又說不上哪裡怪。」

我說地上有隻大老鼠的確很沒真實感。

他們忙到一個段落，喘息時蹲下來摸摸嘎逼。毛毛感嘆：「這種時候還是當動物最好了，什麼都不知道，什麼都沒關係，你看，這麼萌，超療癒的。」

店裡的聲音燒到沸點，一組組客人陸續靠過來拍嘎逼或合照，我隨他們去，自顧自喝咖啡，有人問我哪裡買，我都說是偷來的。問的人呵呵笑，沒人相信。我把視線埋入帶來的小說，試著遁入另一個時空，稍微跳脫現實世界。我放眼整家店，人人滑手機兼聊天，襯著手上臉上一塊塊發亮的皮膚。

不久老K也來，打完招呼他就撫弄起嘎逼的肚子，嘎逼放鬆仰躺給他摸。我說之前你似乎碰都不想碰，怎麼今天這麼熱絡。他說可能要變天了，還是先習慣一點改變好，慢慢練習。他家照顧媽媽的印尼外傭被印尼政府撤回了，現在他得自己來。所以他趁著媽媽午睡出來喝杯咖啡，跟我們混一下再回家。老K說，安平老街密密麻麻都是人，路過豆花店排隊，魚皮排隊，牛肉湯排隊，往市區的民生路有夠塞，幸好他騎車出來。「臺灣人樂天知命，及時行樂啊。」老K結論。他很快幹掉特製油飯飯糰和檸檬咖啡，翻看帶來的日報，像個泡早餐店的老人。他問我在看什麼，我舉起封面給他看，我們各自躲在字裡。我突然想，這兩個世界本來距離很遙遠，如今卻交換座位，反而他看的那堆字更像虛構作品了。這不是之前大家想像的戰爭。沒死人，沒流血，沒有飛彈射來扔去，自然也不需要躲防空洞。這種感覺還比不上打即時戰略射擊遊戲，但即將發生大事的感覺潛藏在空氣中，仔細嗅聞會有種低沉的感受。不過也許是臺南空氣品質太差，我鼻孔老是黑黑的。

「你老婆女兒都好嗎？」

「還ＯＫ，在紐約總比跟我在臺南好。」

「他們那邊還是不放飛？」

「沒辦法，誰知道會出現什麼狀況，至少他們安全就好。」

「算算你們才分開一個多月而已。」

「誰知道發生這些事。」

我看看趴臥地上的嘎逼，周圍的喧鬧聲響完全影響不了牠。這種動物真是無入而不自得，八風吹不動，大批民眾圍觀也只是靜靜維持舒適的姿勢，偶爾動兩下耳朵。吧臺後的兩人分別在整理工作檯和洗杯子。我問：「對了我一直很好奇，到底是誰要蓋施琅的廟？而且那募款廣告就掛在開山路和府前路交叉口樓面，鄭成功騎馬像的正對面，搞不好還有對準鄭成功的目光。」

「你不說我都沒注意到。」阿勇喝了口檸檬水。

「現在看起來都別有用心啊。」毛毛擦擦洗過杯盤的手。

「你們去延平郡王祠時，有沒注意題字的牌坊落款人是白崇禧？」

「好像有這印象，是不是哪個文學家的爸爸？」毛毛問。

「是白先勇吧，那上面寫什麼？」阿勇問。

「我也不記得，大概就是表揚鄭成功之類的。我是在想，為什麼國民黨要稱讚鄭成功？是不是他們看著鄭家以臺灣為基地對抗清朝，聯想到自己的處境？」

「就是這樣沒錯吧。以前有口號『一年準備，二年反攻，三年掃蕩，五年成功』。我小時候上成功嶺、當兵都有印象。當時聽起來就是笑話。」老K補充。

「這樣不是有點妙？鄭家統治臺灣根本很短，二十幾年就被清朝收拾了。國民黨對臺灣果然很不熟。」

阿勇回：「有美國罩啊，不然國民黨早完蛋了。」

我說：「可惜現在美國罩不住了，我們得自立自強。」

毛毛感嘆：「我們就這麼衰小，難道不能像蘇格蘭獨立公投那樣，自己決定這塊土地的命運嗎？」

我說：「也是有可能像蘇格蘭公投沒過啊。現在這樣也沒有不好，關係很曖昧，就表示可以偷雞摸狗嘛。」

老K反駁：「有什麼好偷好摸。這幾年臺灣跟中國越來越像，以後外國人分不清臺灣中國也沒差了，根本就一樣。」

有人結帳，我們沒接著聊。因為很難專注在小說裡，我在店裡走來走去，翻翻架上的雜誌和書，全是阿勇和毛毛費心張羅來的旅行主題，依照世界各大洲分區擺放。翻著一張張異國旅遊照片使我煩躁起來，我回座扯扯繩子，嘎逼識相站起來，拉拉筋骨，甩甩身軀，跨步跟我走回家。不知道其他路人是否跟我有類似的感覺，有事該發生卻沒真的發生。我當然也不真的希望突如其來一顆砲彈炸得我要死不活，心裡懦弱想著解放軍要來就快啊，趕快讓這一切有個了結，不要拖拖拉拉拜託。

新聞報導各國外僑撤返，好多人想辦法擠著飛機和船舶逃走，更多像我們這種離開臺灣也不知去哪的，就留在原地，等著太陽升起又落下，等著預計落下卻悶著遲遲不下的雨。總統先生自從昨天宣布反攻大陸這個復古口號後，據說都在跟各部會首長、幕僚、智庫推演下一步決策。雖然金融偷襲有效促成中國經濟的崩盤，讓中共有點頭大，但沒人知道接下來會怎樣發展，畢竟中國沿海一整排飛彈對準臺灣，全部飛過來真的就再見了。又想到這些飛彈對準臺灣已不知多久，兩岸照常大三通或通三小，來來去去，沒什麼人會意識到「哎呀，我正在飛往被一堆飛彈對準的地方耶」或「我總算飛到飛彈的後方了」。那些飛彈形象太輕太沒存在感，只有第一次總統直選那陣子有些空包彈飛過來嚇嚇人而已。

手機響的時候，我在餵嘎逼吃高麗菜，手上沾著菜渣和牠的口水，牠咔吱咔吱咀嚼得嘴角滿布口沫。我接起手機，壓抑著不要說出自己正在餵食水豚，冷靜聽完對方說預計搭幾點的巴士回臺南。我問你們家都還好嗎，她說還可以不過還是想回臺南待著。她的離婚協議拖了好半年，總算簽字辦妥。她說，沒有孩子到底是幸還是不幸，好像過去五年的婚姻什麼都沒留下。我說你傻的嗎，大家好聚好散，別太執著，現在國難當頭啊，不要兒女情長啦，快回來有驚喜喔。

我的手指抽痛一下，沾到什麼溫暖的液體，低頭看到中指指節被劃出一道傷口，嘎逼還在咀嚼，嘴部濕黏，唾沫是有點混濁的深綠。我拍拍牠的頭，起身沖洗傷口，找出ＯＫ繃貼好，出門去附近藥局。我跟藥師說，被水豚咬了，有什麼藥擦。他說這種生物我不知道是什麼耶，水生生物的話，可能去給醫生打針破傷風比較好喔。他翻查傷口，看起來是還好，這個應該就可以。我說水豚不是水生生物，是世界最大的囓齒動物，有點像是很大隻的老鼠。他驚呼老鼠，那你真的要去找醫生看看，比較保險。我不當一回事，買了創傷用藥膏就離開。

又踅回阿勇那裡，他跟毛毛正在嗑晚餐，店裡客人略減。我說國華街和民族路口那邊擠爆，一大堆人嗷嗷待哺，等碗粿、燒肉飯、當歸鴨和豆花，大家吃乎死卡贏死嘸吃。阿勇說老K回家陪媽媽吃晚飯，等他媽睡了再看晚點怎麼約。我搖著中指說被水豚咬傷了，他們譏笑一陣，收拾桌面，泡茶閒聊。我們都疑惑，怎麼現在時局不像那些末日電影：大危機降臨，人們淨幹些蠢事，燒殺擄掠，暴動搶劫，排很長的車龍，銀行擠兌，飛機場一堆等候補要逃離的人。大家反而自動自發維持社會秩序，店照開，街照逛，錢照花，人人和善，路過還會打招呼，搭訕變得很容易，大家都有幾句話要說。

我記得以前有這麼段時期：「據說一九四五年日本裕仁天皇放送投降消息，到國民黨來接收前，臺灣有二十天處在完全真空的統治狀態，那時也沒發生什麼治安問題。」

阿勇：「不過那時知道要回歸祖國，只是早晚問題吧，明天會怎樣完全抓不準。」

毛毛：「這兩天店裡忙還好，不太有時間發呆，不然現在這樣真的很唉唷，感覺好像要亡國了。搞不好小孬孬去北京談一談，我們就被賣了。」

阿勇：「如果要做得這麼明顯，幹麼宣布反攻大陸，又不好笑。說是去攻擊中國經濟但又不是在中國，我實在不懂，有些客人在聊，也問過做金融的朋友，還是霧煞煞。」

「很複雜啦，我連懶人包都懶得研究了，反正總會有個結局，就等吧。」

以前聽過美國國防部的智庫單位打算研擬成立「恐怖攻擊行動期貨市場」，藉著把恐怖攻擊變成期貨市場，開放給投資者交易，讓某些事件標的和可能情境清楚顯現出來，不僅省下大筆情資工作支出，還可提升事件預測準確性。好比「以色列會再轟炸加薩走廊嗎」、「伊斯蘭國會殺死幾名外國人質」、「北韓會不會發動核武攻擊」之類的。後來這個計畫構想被擋下來，但我猜可能有哪裡的有錢人吃飽撐著，玩起類似的「未來事件交易所」，放到我們當今的處境就是：中共是否會武力攻臺實現統一？要是玩很大，就會有人因為亡國、死很多人賺一大票。現在看來，中國的陣勢是全面戒備，一觸即發；臺灣卻好似邊防空虛，讓人摸不著頭腦，不知道總統手裡握什麼牌。我啜著熱茶，一時沒話，他們倆轉身到櫃臺掏出一張紙，請我簽名做證人。我說搞啥鬼，傾城之戀啊。「這時候登記做紀念，不然過兩天就沒中華民國了。另一個就給老K寫。」阿勇難得對中華民國展現一絲不捨，毛毛則是笑得有點含蓄，他們也在把握New York Minute。

我寫完抬頭瞥見牆上的電視畫面，有插播快訊打著總統即將發布重要講話。阿勇起身找遙控器，總統先生的直播聲影傳了出來。全程不到十分鐘，也沒回答任何記者提問就結束，重點言簡意賅：我們將改寫國家基本定義，變更領土、國民為不固定範圍，原居民若有自願加入中華人民共和國者，可持有雙重國籍居住於臺灣；對全世界無條件開放移民臺灣，任何人願意獲取臺灣國籍，均不設限。

我們望著電視畫面陷入安靜的混亂，店裡只有天花板風扇的轉動聲，背景音樂和電視新聞淡如雜訊。我恍然覺得自己該是在某間精神病院與病友呆呆對看，怎麼可能四個字像是正忠排骨飯的超大招牌字體矗立在我心裡每個角落，光芒閃爍。

我伸展四肢，確定這一切都是真的，大大吶喊一聲拖得很長的幹。阿勇跟毛毛跟著幹出口，在場客人也喊，一時幹聲此起彼落。

阿勇跟毛毛頻頻說怎麼回事。

我不知想得對不對，心思太混沌，仔細想想真是不得了：中華民國是亞洲第一個民主共和國，現在我們是第一個到處都存在的虛擬國家，簡直就跟網路遊戲一樣，只要註冊帳號就可以上線，玩家遍布全世界啊。

我打電話問她知不知道這個大消息，她昏昏沉沉接起回答，像是被我搖醒一般尖叫，說是才過了臺中，車況不錯，應該再過兩小時就可以抵達。我捏著手機奔跑經過人群、車輛，想趕快回到家裡看看嘎逼。打開鐵門，嘎逼趴在牆邊靠著，頭微微抬起，濕潤的黑眼珠看過來。我走近，想抱抱牠，甚至有想把牠整隻舉起來的衝動，彷彿那是一座獎盃。想著等會她見到嘎逼會是什麼表情，而我們接下來的生活將會如何。

嘎逼突然撞我一下，掙脫快跑跳進浴缸，噗通一聲，像個晦澀難解的驚嘆號。外頭有車停住，敲門聲，有人在喊我的名字。

——原載《短篇小說》二〇一五年四月號，十八期

蛙

盧慧心

一九七九年生，彰化員林人。臺灣藝術學院推廣部戲劇系畢。現為電視編劇。小說作品曾獲時報文學獎、臺北文學獎、新北市文學獎、桃園文藝創作獎、臺中文學獎，以及九歌一〇二、一〇三年度小說選入選。著有小說集《安靜．肥滿》。

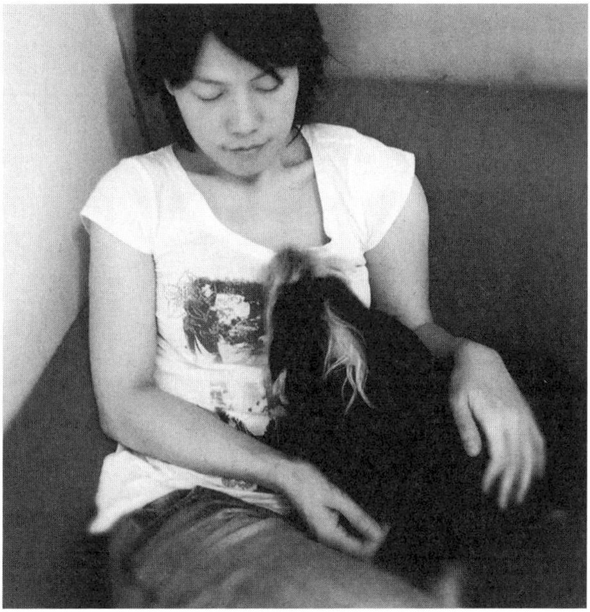

深深的擁抱中，他的傷痛仍是傳遞了過來。

後來，很久以後的某一天，在泰國，她和外甥女睡在狹窄的閣樓上，將睡未睡的時候，他和她的往事突然又在心裡緩緩流淌。或許只因這裡的日子靜而純粹，孩子又睡得比誰都早，才想起他。

電風扇嗡嗡擺頭，將蚊帳吹拂得如風捲波浪，好動的沙沙已經睡得和石頭一樣沉靜了。沙沙是在臺灣出生的，回來不久就活脫脫變成泰國小孩，講中文的腔調也變了，發聲的部位不太對，音調總是上移。

睡前，她曾試著把蚊帳上的金龜子、獨角仙趕開，然而所有昆蟲都抱緊足節，決心將自己嵌進尼龍網眼。甲蟲背負寶石色的流光，蛾子靜止如絨扇，濃豔慵懶，很難想像牠們在夜空中飛行時竟是翩翩颯爽，綻放幾何圖案。

閣樓的燈關著，樓下的電燈光就透過閣樓的木頭地板漏出來，一隙一隙地照在牆上。她試著從距離最遠的那一刻開始想他，幾乎是從時光的另一端開始。

高一時，他們同班過一年。

他個子高，適合打球，也跟班上的男生一起迷上了《灌籃高手》。流川楓也許非常帥、球技又好，但他們每一個都自認是櫻木花道。櫻木魯莽又友善，還有可愛的晴子在身邊。

他和她當時幾乎不會跟對方講話，也不會想到彼此。高二分班沒分在一起，雖然教室就在隔壁，但兩人從此再也沒交集，就這樣畢業了。

她懷念那些不記得的日子。

在學校，大家都直呼姓名，她是何貝唯，他是林立偉。

木頭的屋梁像龍肋，有些彎曲，頂上釘著紅棕色的鐵皮。樓下的人都在看電視，看高䠷豔裝的男女互摑巴掌、訴說愛恨，她不看，卻不是看不懂，其實大半都能懂——沙沙對此大感不解，因為貝唯翻來覆去只能講幾句泰語。

世事總是相像。

天亮前，屋裡的人就在潮水般的雞啼聲裡醒來，敞開門窗，平原盡頭的微光依稀，礦藍色的薄明中，綠樹如夢環繞，遠處人家棕紅色的屋頂，掩映在樹梢的團團綠雲之間。

天一下就亮了。

高中畢業以後，他們隔了十五年才見面，長久分別，再見面時已是男人和女人，起初貝唯很喜歡這樣毫無盤算，彷彿蒙昧未決，卻發現他傷痕累累，不知為什麼，淚意總在眼底徘徊。

「你跟她在一起多久，為什麼要分開？」

躺在他的身邊，不得不問。

那麼多個她都擁抱過這個男人，然而只有一個她一直在等人問起，但、即使如此……即使如此……

他的故事很短、也很長，根本還沒結束。

貝唯遠比他嬌小，可以完全躲進他的懷中，她曾試圖把自己藏好，棉被、枕頭、床墊，他，全都可以避震。

然而這麼可怕的故事，聽的人和說的人都口、乾、舌、燥。彷彿還是少男少女，裸身相貼，只為一起承受不能說給別人聽的可怕故事，她腦海飛快掠過高三的生物課，解剖那些皮又韌又滑、切不開的青蛙，殘忍、噁心，腹部一揭開來卻是五彩斑斕，心肝脾肺腎，各有各的美。

但少男少女只能尖叫再尖叫。

他說，他們在一起一年多，她得了癌症，大約也是年紀輕的關係，發病快得像迎面打來的巨浪。手術中才發現腫瘤不止一個，一個當場取出，其他的已經不能拿了，連切片也沒做，只能先縫合，術後她失魂落魄，似乎有什麼已經不在了。

他認真相愛，竟想結婚，她不肯。

她為他冤枉，也為自己冤枉。披嫁紗前，還想雷射，瘦身，挑婚紗拍照，這些繁華熱鬧，別人能有她沒有，別人都有她沒有……

「你還年輕，以後的日子還長呢。」

她狠心推拒，顯得更美，不似在人間。

他說，初識不久就深深受到她的吸引，她聰明又漂亮，辦公室裡人人都喜歡她。第一次和整群同事去卡拉ＯＫ包廂唱歌，有個年輕男同事似乎和她很熟，當眾壯起小腹要她摸摸肌肉，她依言伸出手，對方卻趁勢要把她的手按到自己的褲襠上。

眾人爆笑出聲，他在吃驚之餘，火氣也上來了，誰知她響亮地拍在那男生腹肉上，笑罵：「三八！」

他對她感覺突然變得好亂好複雜，她一向溫柔規矩，這突如其來的面貌將他刺激得頭昏腦脹，當晚就對她挑明了好感。

他從來沒有轟轟烈烈追求過愛情，這一夜已經很刻骨銘心。

跟她在一起，是他一輩子最開心的時候。

他們只有周末能見面，兩人常常只是手牽手消磨時間，說不完很多簡簡單單的話，在一起也從沒吵過架。她溫柔體貼沒變，也還是漂亮得受人矚目。他常常是緊張著她，卻又是打從心底感到安心。

後來，她，就生病了。

真的……好可怕。

她沒下樓去吃凌晨的那頓飯，雞鳴以後又綿綿睡了一陣，清晨的風特別新鮮，替她做新的夢。

沙沙跟家裡的人去早市回來，又板著臉來喊她，她不甘心地醒來。不同於閣樓的木頭地板，一樓是水泥地基，鋪著淺色的大塊磁磚，日日擦拭潔淨，光潤如油，在她趾間絲絲生涼。

屋裡人人赤著腳，進門前就把鞋子隨意撂在門外。夜裡掛上蚊帳，鋪上超市買來的卡通睡墊，就像寬敞的臥鋪，但此時睡墊只是倚牆擱著，圖案是維尼熊和森林裡的好朋友：跳跳虎、小豬、瑞比兔和大耳驢。

廊下的水泥抹平得很粗率，貓狗和雞鴨都在這地上吃東西，塵沙裡不時混著雞屎和飯粒，但屋裡的物事卻是那麼少、那麼明淨。

木製窗格有相當深度，烈日高照時彷彿金湯潑落，在此卻轉折而下，依著窗格的圖案打印在室內。一個櫥櫃，一臺螢幕很大的電視，接收電波的小耳朵就在屋頂上。牆上貼著泰皇家族的合照和泰皇的獨照，月曆圖片則是穿著袈裟端坐的老老老和尚。屋梁還懸著一個乾燥蜂窩。

家裡的人吃過飯就趁早下田，她在家賴著，小孩總嫌她太無聊了。「你太無聊太無聊了。」

廚房裡的大紗罩下有湯有菜，半片波羅蜜和染成螢光綠的涼糕掛在釘子上，涼糕跟波羅蜜是外頭買回來的，沙沙在廊下餵狗。

隨便洗過手臉，她打開電鍋自己盛飯來吃。鍋裡的白米飯還微熱著，但插頭已經撥掉了。這裡過日子要好好省電，還要節水。

廚房建在水泥隔間的外緣，沒鋪磁磚，磨光的水泥地踏在腳下如海沙，白日發燙，夜裡細涼。廚房裡接了瓦斯也接了濾水器和水管，水喉下是一個半人高的大陶缸，洗菜洗手後漏下的水就儲在缸裡，做完菜再舀出來洗腳洗地。

家裡一天燒菜兩次，十人份的電子鍋裡永遠都煮著白米飯。自家種的米，沒拿出來賣，米是家人們整年要吃的。現金收入是提活雞去早市賣掉。

說起家人，這裡四鄰都是血親，從一位尚在人世的年邁女性算起。她散布開來的枝葉，點點聚散在這地平線很平、太平、彷彿剪開天地的迢遠平原上。平原上也有小山緩緩，山稜連接著廟宇金色的屋頂和阿勃勒爍金的花串。

她盤坐在地，正用湯匙在吃飯，沙沙趕緊摟著三花小貓過來聊天。這小貓輕巧極了，白日裡總是在睡，任孩子抱來抱去。狗不能進家門，貓可以。小睡貓夜裡很有精神，貝唯曾見過牠在屋裡咬著老鼠亂舞，老鼠後來當然被牠吃掉了。

「菜是誰煮的啊？」

「婭。」

婭是沙沙的奶奶，貝唯叫她「妹」，是喊她作媽媽的意思。妹七十幾歲了，一雙大眼，長年彎身種田佝僂了，但人很強壯。

「好吃嗎？」沙沙關心的問。

「好吃。」

「婭做的都比較好吃哦。」孩子很偏心的說。

屋裡每個人都做菜，手藝相似又相異。市場買來的豬肉末，放進很多辣椒同炒，炒好以後用小鐵鍋盛起來，用餐時掀開鍋蓋，把汪著一層紅油的碎肉舀到白飯上同吃。

雞蛋先打進小鐵盆，再把一種綠絲絲般柔軟的菜葉刮進去打散，這種植物梗上帶刺，貌如荊棘，但絲狀的葉子和蛋液一起煎熟後非常香。

巴掌大小的淡水魚，買回來時已經刮過魚腹，整條抹上鹽巴下鍋乾炸，蘸上粗磁碗裡的醋和辣椒末一起吃，這裡的醋很稠，色澤閃閃，常常拌著豔紅的生辣椒。

這幾樣下飯，餐餐都有，早上一次便做了很多，中午不做菜，只要電子鍋裡有飯就行了。

有時擣青木瓜絲來吃，木製的杵臼一直放在廊沿下，也在廊下摘了瓜，青木瓜用刀豎著切上幾道，敲打後就散成青絲。擣木瓜絲之前，叫孩子去流經村口的渠道裡抓蟹回來。帶著汙泥、看起來灰糟糟的小蟹在水喉下沖洗後，恢復剔透，背殼似有鏡影，腹部瓷白，在臼裡摻些鹽把活蟹和瓜絲一起擣碎，果凍似的蟹肉就消失在木瓜絲和魚露裡。

吃過飯，隨意用帶鏽的木柄小刀削水果吃，波羅蜜蜜汁滿溢，邊吃邊把爬滿螞蟻的部分割去，波羅蜜果實很沉重，每個都比枕頭還大，自己家沒種，買半個，泰銖二十塊。

青綠色的生芒果則是去皮後直接啃食，酸甜爽脆，直到咬破清苦柔白的芒果籽為止。門外的幾株大樹正在結紫色的小漿果，芬芳酸澀，沒多少果肉，常常就直接扯著枝葉一起折下，把紫色漿果放進嘴裡嚼，紫漿把嘴都染紅了，酸味非常刺激，幾乎不想吃它，卻又不住地吃著。

屋外四周很多芒果樹，他們不摘芒果，直接敲打芒果樹的枝椏，把青色果實打落，再從地上撿回來，裝進鉛桶存放。自然落下的芒果是熟透的嬌黃、布滿黑色斑點，軟熟得可以用手指輕易掐開，孩子們有時去撿來吃兩口，常常又隨手扔掉，甜膩微酸，在高溫的天氣裡自然發酵，帶著酒味。

加工熟芒果是門工藝，村裡的人會費心割開熟芒果的纖維，一片片在塑膠篩網上攤開晒乾，乾燥後壓平摺疊，帶有濃濃奶香。

隔天她就要離開了，行李箱已經理好，裡頭都是妹給的芒果乾。

「我不想你回去。」沙沙攤在地上說，貓也滾在地上熟睡。

貝唯摸摸外甥女的頭，一頭都是汗。

「那你跟我回臺灣。」

「爸爸一起我才要。」沙沙開始討價還價。她穿著貝唯買來的卡通衣衫，瀏海齊眉。孩子們的髮型都一樣，女孩都是打著瀏海的耳下短髮，男孩子剃平頭，學童和青少年們多半整天穿著校服，即使在繁華的曼谷，男孩女孩也仍然留著制式髮型、乖乖穿著校服。

要上學的日子裡，沙沙早上五點起來吃早飯，穿好制服去村口等車，附近有孩子的人家一同雇了廂型車接送。午餐在學校裡吃，傍晚再搭同一部車回來，到家時天都黑了。

「這裡上學很辛苦，你不想回去讀書嗎？」

小孩轉頭把臉埋在貓背上，嘟噥的說她擔心她的狗，她的貓，還有上個月才從市場買回來的、八隻會泭水、會吃蝸牛的小鴨，她辛辛苦苦替鴨圍了籬笆（至今已經被她姑姑家養的壞狗咬死了兩隻）。

「那你不想臺灣嗎？」

小孩說她比較想媽媽。

貝唯的姊姊正在大陸工作，暫時沒有回臺的打算，貝唯知道一切都是無解，問答也是枉然。

「那講一個故事給你聽吧？」

「講一百個。」小孩說。

為了講故事，貝唯把腦海裡所剩無多的童話都拿出來。說了一個，再說一個，又說要聽鬼故事。貝唯只好講聊齋故事，書生和女鬼相戀，器物成了精怪，蛇跟花妖化成人形……

「你不會講。」沙沙作了結論，「都沒有很可怕。」

接著交換角色，沙沙要講鬼故事，貝唯當然洗耳恭聽。

誰知沙沙說得坑坑疤疤，她甚至把很多中文字彙忘了，有時得先提問：「那種、晚上在外面飛的、是什麼？」

「是蛾？還是……螢火蟲？」

「都不是，是黑色的、有翅膀……」小孩左支右絀，揮舞雙臂作飛行狀。

「蝙蝠？」

「對！是蝙蝠……那隻蝙蝠……」

敘述途中充斥著這類比手畫腳猜猜看，貝唯早已忘記故事究竟是從哪裡開始了。但沙沙眼睛發亮，越說越起勁，想必這故事對她來說相當精采，迫不及待想讓貝唯聽懂，可惜貝唯聽不太懂。

「可怕嗎？」

貝唯搖頭，沙沙頗為失望，撲倒在她懷裡嘆氣，又舉起腕上已經有點髒的彩繩給貝唯看。「這可以趕走鬼，想要這個嗎？」

貝唯先是搖頭，又點頭，如果能趨吉避凶，為什麼不……而且也很好看。

這種彩繩有時只是黑白黑白黑，花紋反覆，有窄也有寬，和臺灣街上賣的幸運繩類似，這裡也和香花串一樣，好像人人都會做，貝唯卻每每在那些微的花樣中重新認識到迥異的美。

沙沙要去餵鴨，貝唯去撒尿，鐵皮搭起的廁所兼淋浴間鋪有水泥地，裡頭接了水管、設了簡易的馬桶，下面的糞坑也是蓋房子時找人來挖的，沒有抽水馬桶的水缸，也沒有廁紙，要動手舀水沖洗。

淋浴間裡常常睡著貪涼的貓跟狗，叫也叫不醒，強制驅趕，他們才肯慢吞吞的離開，蜥蜴老鼠到處遺下糞便，還有吃剩的昆蟲殘肢，或是透明的翅膀，或是珠寶般閃亮的外骨骼。

貝唯撞見過虎視眈眈、下頷一動一動的蜥蜴，也見過肉色前爪、骯髒多毛的老鼠，但貝唯會把尖叫收斂下來，就當作沒看見。野物畢竟還是比較怕人，就在不經意間走了，只要鼓起勇氣用了廁所沖過澡，地下水雖然冷冽異常，但一熬過去身體會變得更暖，又能煥然一新、凱旋歸來。

蔓生的南瓜葉扇張波瀾，翠綠碧綠暗綠，蓋滿黑色濕潤的土壤，在日頭下蒸出水霧。野豌豆枝苕絨絨，紫花如蝶，四五株秋葵枝梗頎長、朱紅微染，嬌黃蕊心底漾著深深的漩渦，很像會說話的眼睛，明媚的瞅著天空。

未到季節的火龍果比人還高，綠龍相接的枝條裡藏著白絲盤張的花朵。走回主屋的小徑上有幾株花盤比人臉還大的向日葵，矮牆旁一向紮著半袋穀子，是餵雞用的，不知哪來一隻肉囊臉的大火雞擋在路上，撅著尾羽埋頭在吃從袋子裡流洩出來的穀子。

貝唯憋了一口氣，不理牠，自己轉回屋後，倉庫有許多乾燥未碾過的稻穀，都用大口麻袋裝著，每次經過，她都忍不住要伸手去摩挲那些金黃飽滿的顆粒，空氣中漾起粉塵閃閃。果樹和蔬菜可以理出地面來種植，稻子不一樣，水田還在更遠的地方，要下田得騎著摩托車往返，引擎聲短促地托托托托地來去。

正午時，闢和妹分別騎著摩托車托托托地回來吃飯，闢一直叫貝唯吃這個吃那個，沙沙倒在闢的腳邊，動不動就咬他一口，知道爸爸疼她，就這麼無法無天。妹吃過飯，在廊下起了爐火烤野山藥，山藥的皮在火光裡緩慢焦化，粗糙表皮凝出沸騰冒煙的糖蜜，香噴噴，感覺上烤了好久好久，沙沙和貝唯就在旁看了這麼久。炭火燃亮後化成白色餘燼，火舌舔舐著乾燥的木質，沿途自有呼吸，火化了無數心事。

沙沙的小表哥騎單車在村裡亂逛，也被招來吃山藥，他們都把焦炭狀態的山藥皮剝掉才吃，但嘴皮上仍都沾上些炭粉，然而烘熟的山藥雪白甜蜜，放進嘴裡就融去。妹說野山藥是人家送的，都為了招待貝唯，也有些親戚晚飯時間差小孩端一樣菜過來，孩子在她面前有點怕羞，菜碗放下就笑咪咪的溜走了。

也曾送了整塊的野蜂窩來，密匝匝爬滿了煙燻不走的淡灰色工蜂，她發現這些工蜂聚攏不散，是試圖要來照顧那些蠕蠕的幼蛹，然而每個人都用刀刮開盲目的蜂群，切開蜜巢，連白色的蟲蛹一起放進嘴裡吃了。

她自己小心避開有蟲蛹的部分，割一塊淡黃色的蜜巢來吃，在清悠的甜香中，連自己也不值得記憶。

吃得太多，貝唯昏昏欲睡，只得到外頭亂走，沙沙跟小表哥各自騎腳踏車跟著她。日光曝白，樹蔭處更顯幽暗，大地被晒出的熱氣如湯煙，景物融軟似蜃氣所化，乾爽的空氣卻特別好聞，路有路的味道，樹有樹的味道，三四里外的雨雲也清晰可辨，蒼蒼的稻浪上時有雲影。

她來，每個人都叫孩子陪著她去逛、去玩。外甥女自然比較撒野，貝唯成天只想在屋裡躲日頭，或跟貓狗玩，懶得陪她遊戲，對於貝唯的懶惰成性，沙沙常是氣鼓鼓的。

她有些難以想像的小脾氣，譬如，她每天都要問貝唯：「阿姨你愛不愛我？」

她明知貝唯永遠要說：「不愛。」

沙沙討厭這個答案，非常氣惱，九歲的小女孩，會試著用頭撞、用手腳推搡，不讓貝唯賴在地板上看書。棕色的孩子手腳並用，幾乎要把貝唯軋扁了，小女生短衫下的肚皮很圓，圓鼓鼓的都要遮不住了，很可愛。

然後貝唯會繼續堅持她只愛自己，然後、小孩就哭了。

沙沙的媽媽說她生來善妒，都怪星座不好。

貝唯聽了只在心裡發笑，其實真正善妒的是姊姊自己。姊姊是家裡頭一個孩子，很聰慧，小時被父母稀奇地寵愛過，晚出生的幾個女兒也搶不走她的風采，父母盼到么弟後，姊姊完全失寵了。也許她人生的得失計較就來自這一熱一冷，對她而言，此後都是冷遇。因此她的嫉妒是無聲的叫喊、是渴求、是帶刺的反叛——或許這些也都還是愛。

相較之下，貝唯從小就知道這世界擠滿了人，有東西吃就吃快一點，有位子坐就趕快坐下，家裡食指繁浩，窮得漫不經心，連椅子都湊不齊。她整個童年都在沒寫功課、上學遲到跟考不及格中度過。

父母責打她，都說她最嫉妒姊姊、最叛逆。

她自問不過是懶了點……

貝唯這一生和嫉妒有關的，都和父母或姊姊無關，嫉妒只能和愛相關。若說她有些叛逆的心，也是因為貝唯早早看穿了，父母只是把乖不乖、成績好不好當作責打她的藉口，她知道他們不是真正在乎她，連打罵都只是在發洩自己的煩。

貝唯的姊姊卻是真正的叛逆，她對父母的反叛如此漫長，最後竟把貝唯帶到這裡，眼前的沙沙還在哭著要阿姨非愛她不可。

「好了不哭了，你爸媽都很愛你，還不夠嗎？」貝唯抱起哭到渾身發燙、微帶汗酸的沙沙。沙沙小蟲似的扭來扭去，滿身都冒熱氣，像塊剛出爐的熱麵包。

即使與母親分離、即使在泰北鄉下過日子，也實在比貝唯的童年好一萬倍，沙沙聽了，仍是在她懷裡亂扭，卻已經像是在跟她玩什麼遊戲。

「真的有比你好嗎？」

「有。」貝唯說，「好很多很多很多。而且阿姨也愛你。」

「那你最愛我嗎？」沙沙乘勝追擊。

貝唯知道，在自己這個年紀，母親已經養出了多少孩子，在這難得清明的時刻，想起父母的臉孔，也不是厭恨的、也不是怨懟的，只是懷著一份淡淡的傷感。

入夜前，她和外甥女照例沿著村外的馬路去亂走。霞光像錦緞鋪展，而層疊的雲朵、樹、屋只是剪影，令她想起美勞課做的紙雕，天色從地平線外漸次泛藍，路燈亮了，飛螢繞著熾熱的燈球，也都閃著微光。太陽落山，長風習習。

她想起他說，當時好多檢查，光是理解就非常吃力，只能按醫生的囑咐一一去做，她先跟公司請了長假，很多人以為是他們要結婚了，每一次的檢查都要另外安排時間，數據的分析報告寄來寄去，醫院手續繁瑣，空調如冰凍，為了作術前評估，她要在醫院裡住一夜，他送她去病房回來，夜裡他就接到電話，說，她走了。

他一直追問自己當時在哪、在做什麼……

為什麼就沒有一個雷聲或一陣心悸點醒自己，就像電影跟戲劇裡常演的那樣？

多少個夜裡，閉上眼睛他就看見她。

斷氣前她清醒嗎？

是不是很害怕？

這些黑暗的念頭如此刺痛，彷彿深入直下的漩渦，一路下墜，他會在夜裡突然睜開眼睛，讓自己「立刻」回到現實，然而從地獄歸來的這段路，已經不再是閃瞬之久，而是越來越長。

「不要那麼傷心，早晚你會再找到一個喜歡的人。」

「不是，是我自己不想再和別人一起。我覺得我跟其他人不能相處。」（註❶）貝唯只是抱著他，看清楚他也看清楚自己，短暫地燃亮彼此，相依為命。

他的內裡還是柔軟的，足夠柔軟的。然而一次悲歡離合，已經把他能承受的情感容量用完，此後他總捨不得把同樣的感情交給別人，不願意複寫了情緒和記憶，不想讓他與她之間的故事漸次模糊。

她沒告訴他，真愛不會敗壞，往事只會越磨越亮，就像《綠野仙蹤》裡女巫的一個脣印，印在額上就永不褪色。她沒說，也許只因為她是女人，他是男人，他們的世界顛倒著，就像太極圖上的黑與白、陰與陽，就像他與她相擁的形狀。

她想起高三的物理課，她和暗戀的人一同潛進攝影社的暗房，她帶了一袋冰糖，他帶著相機，教室內設了好幾道隔音隔光的銀底黑絨布，他們在拉簾之間吃吃傻笑，球鞋踩在光滑的磨石子地上咯吱有聲，他們有一時走散了，少年的手從簾中突然探出，準確地拉起她的手，她尖叫一聲，卻仍跟著他旋轉，他叫她一邊轉圈一邊抬頭看，才不會頭痛，她照著做，頭還是很痛很痛。

他們是來辦正經事的，夏日蟬聲唧唧不休，兩人嘴裡都噙著打碎的冰糖，說話間牙齒與

註❶引用歌詞：My Little Airport〈憂傷的嫖客〉（詞曲／林　阿P）。

糖塊有些細碎的碰撞，有心無心地口齒不清，含糊的說很多傻話，也沒有表白心跡。卻又像是能說的都說光了，不然怎麼辦，倒也有種蠻橫的樂觀。

他們在乾涸的藥水池裡砸碎冰糖，拍下照片，是為了觀察課本提到的發光現象，然而照片洗出來一片黑，至於冰糖究竟有沒有發光，兩人有很多不同的說法。

她記得，穿夏季制服的感覺，當時兩人的手都有點空蕩蕩，便握著對方的手，只覺得涼，也不知踢倒了什麼，不時有東西在地上滾著，叮叮噹噹。

每當愛上誰，那聲響就會突然在她耳邊迴盪。

晚飯照例是全家一起吃，不止沙沙的叔叔在（他只喜歡男生，沙沙每次強調），沙沙的姑姑也帶了一家人過來。兩家準備的飯菜合在一起吃，都擺在一塊長型的布上，大家席地坐著。吃完飯又吃水果。秋天來時常吃山竹和紅毛丹，現在就吃許多芒果。

闢說吃過飯要去替貝唯找手環，貝唯有點不解，她知道沙沙的手環是闢自己編的。

「找人送你一個。」

晚上七點是大家吃完晚飯開始看連續劇的時候，闢卻很難得地帶貝唯跟沙沙出門，村裡的人很少在夜裡離開室內，他們天黑後都習慣待在屋裡。即使像闢這樣在臺灣生活過多年的人，也是一回到這裡就完全融入了家鄉的生活，彷彿根本沒離開過。

村外的馬路有路燈，村裡沒有。黑夜中大馬路旁的兩排燈死寂的亮著，村中卻只有每戶人家窗戶裡透出的燈火。他們一人拿一只手電筒離開屋子，沙沙的狗都想跟來，被罵了回去。別戶人家的狗吠聲起起落落，雞群都擠在籠裡不動，夜裡天氣微涼，天上的星星寒光閃閃。

「爸爸要帶我們去找婭的闢。」沙沙很小聲很小聲的說，夜裡不好大聲說話，尤其在屋外。

妹是村子裡的原始住民，四周環繞的田地都分屬於她的家族成員，她的哥哥應該有八十歲了，不過這裡的老人多半到死前一天都還能下田、吃喝、說笑，活力相當旺盛，妹守寡，只小她五歲的胞妹卻任意改嫁，五年前還結了第三次婚。

闢的舅舅家房舍很大，也是棕紅色屋頂，從外圍的菜園往裡走，也同樣都是主屋、倉庫、浴室，規模卻截然不同。他們養的狗更多，先是吠，然後是跟前跟後的嗅聞。老人跟兒子、媳婦、孫子、孫媳婦都在大屋裡看電視，正在吃飯後水果。

屋裡的人都招呼貝唯進去坐，她只是笑著說不要。

闢把來意說了，老人點點頭，讓晚輩繼續看電視去，自己拿些東西就走出來，外頭的狗一陣騷動，老人擺擺手，狗都散去了。

老人對她微笑，泰國人都有燦爛笑容，貝唯也回以微笑，這些泰國的姻親們，常常給她更多家的感覺。

老人手上也拿著一個手電筒，很亮的，把後頭的芭蕉照得影影幢幢，沙沙緊跟著她爸爸，貝唯則跟著老人，老人好像很隨意的走著走著，揀了一個地方停下腳步，貝唯環視四周，看出他們人在村子的邊緣，再往前只有許多樹。

老人跟闔講了一下話，貝唯也不大留心，沙沙卻指著樹林對她說：「阿姨，你去裡面一下。」

貝唯把手電筒轉向樹林，沒有能算是路的地方，她穿著便鞋，連襪子都沒有。「去裡面做什麼？」

闔往樹林裡比畫了一下：「去找一個東西，要會動的哦。」

「會動的東西？活的東西嗎？」貝唯從茫然中逐漸明白過來。他們似乎是真的要她獨自走到那個林子裡，去找一個活物。

找活物、然後呢……獻祭嗎？她想起浴室裡的蜥蜴和老鼠，和那隻臉很嚇人的大火雞。

「我不行啦……」

「那個會自己過來。」闔說。

「『那個』到底是什麼呢？貝唯苦笑。

「不要怕啦。」沙沙沒有那麼小聲的說。

貝唯僵了半晌，沒有人再說什麼，只等著她行動。

最後她認命的慢慢走進林子，沒有路，地上的植被很厚，她一踩進樹林，雙腳就陷了進去，走遠幾步以後，她有些狼狽的回頭看去，身後的老人、闢和沙沙，三人手上的三道燈束，都朝她搖動示意。

其實沒有那麼可怕。

林子裡的樹種不雜，大抵是同樣的樹吧。都是筆直而高大、樹皮平滑，她大概也驚擾了這個林子，突有梟鳥撲翅從她頭頂經過，氣流迤邐，她開始擔心如果得抓一隻梟回去怎麼辦。

最好在林子裡稍微消磨一點時間就兩手空空的回去，或者試著抓一隻懶惰的夜蛾交差好了。

她胡思亂想，缺乏前進的意願，卻好像電光一閃地看見了那個……

那是隻背上有金色花紋的青蛙，寧靜的蹲在她腳邊一塊岩石上，貝唯小心地蹲低身子，靜靜和牠對望了一陣。

這麼可愛，忍不住令人想去親近，蛙嘴有點尖，下頷雪雪白，對她半仰著小臉，露出天真的神情。

「啊、怎麼會……」她非常快樂，好像找到自己。

很奇妙的，此時竟有另一隻一模一樣的青蛙冒了出來……

等她兩手空空地回到樹林邊緣，只見老少三人圍坐在一起，手電筒放在地上聚光，父女兩人都專心地在看老人編結絲線。

她一身汗彷彿剛從水裡被撈了起來，還吶吶想解釋自己為什麼空手而回，卻見老人抬起頭來，對她笑了笑。他手上的彩繩已經完成了一小段。

「阿姨你看到什麼？」沙沙問。

「青蛙，背上有點金色的。」

沙沙對老人附耳說了什麼，老人只是點點頭。

「有兩隻哦。」

離開前，妹替她在屋後摘了椰子，並且一一鑿開給她喝椰汁，她試過要自己去鑿，但完全不得要領，深感氣餒，只能任人幫忙。

幾乎已經木質化的老椰子剖開後，椰汁是發酵過的，酸香甜郁又滿是氣泡，是天然的椰汁汽水，較幼嫩的果實裡，則滿藏著甘美的汁液，飽含椰油的果肉肥白腴華，用湯匙刮出來吃。

火車晚了兩個小時才從清邁開到彭世洛，沙沙和闢陪她在火車站等車，她對沙沙滿懷歉意。又是只住了幾天，又是匆匆忙忙，又是懶惰的不肯多說一些故事、不肯陪她做遊戲……即使是這麼不稱職的阿姨，沙沙還是很捨不得她走，淚眼汪汪送她上車。

在火車上又耗掉七個小時，深夜抵達曼谷，她住進華南蓬火車站附近的旅館，隔天醒來就去一家連鎖按摩店。按摩女的雙手彷彿逐漸加溫的熱水，將她整個人揉散又重新組裝一次，再世為人。

按摩出來，發現撒拉甸的街角有家黑漆漆的英式酒吧，叫「黑天鵝」。她不顧剛按摩過，推開黑色沉重的木門。

酒吧裡金碧輝煌，冷氣冰涼，西方人三兩成群對彼此喁喁低語，或在角落翻看外文書報。貝唯點了杯啤酒，吃一份炸薯條，價錢和臺北一樣，約是彭世洛一整個月的電費。

她喝著啤酒，眼光卻落在自己的手腕上，兩條彩繩纏在一塊。金背脊的青蛙，想來已經像是她的夢，又或者，她才是青蛙的夢。

老人給她打了兩條彩繩。老人說，她心裡有一個人，聽起來好像是她有一個祕密的心上人，或某個難忘的愛人。

伴著啤酒，她在心上默默翻閱那些不同的臉孔、愛過恨過的身體，卻又一一對自己否決了。如果她心裡真有一個人，她不會不記得。於是貝唯一面把玩手環，一面想起更多有可能走進她心裡的人。家人、朋友、上司、下屬，甚至是反目為仇的敵人，當然她也想起了林立偉，又一次真心希望他能過得快樂，雖然她不知道該對哪一位神明祈禱才好，但她總是誠心的。

也許只要是誠心的，那就什麼願望都能實現，她舉起半滿的酒杯，對啤酒許下心願，如果可以的話，她希望林立偉能過得好，即使要把人生的苦和甜都嘗遍，她也期盼他能平靜快樂。

酒杯輕觸脣邊，她才突然想到當時的情景，他將臉藏在她的胸前，微暗的燈光下，她輕撫他烏黑微鬈的頭髮，任他痛哭一場。

原來她就這樣留在她心中了，那個早逝的她。

貝唯並不驚訝，就像做夢一樣，夢中的一切早已了然於心。

她只是靜靜把杯底的酒都喝完，溫潤了那稀薄的記憶，即使是來自一個陌生的女子，但的確有一份印記轉寫在她的心底，他的傷痛流入她的心中，隱約也藏著兩情相悅的快樂，那是最初最初、清甜的滋味。

回到臺灣，她隔天就開始上班了。比起休假前的表現，也沒什麼不一樣，她這次把年假用罄了。

姊姊從大陸 Skype 她，說他們一家三口，打算統統遷回臺灣。

還說她：「虧你在那裡待得住。」
有時跟沙沙講電話，沙沙總要問問她心裡的金蛙怎麼樣了。
「現在還是兩隻嗎？」
「還是兩隻哦。」

——原載《短篇小說》二〇一五年八月號，二十期

本文收錄於二〇一五年九月《安靜．肥滿》（九歌）

作品——駱以軍

曾獲紅樓夢世界華文長篇小說獎、臺灣文學長篇小說金典獎。著有《女兒》、《西夏旅館》、《遺悲懷》、《月球姓氏》……等。

他們父子在那挖了個大坑，土這種東西，被挖了個漏斗形的，不，一個不存在的漏斗，原本在那的那些深褐色的粉末、堆在那個空洞上方的外沿，像厚脣，或一條巨大的毛蟲蜷成一圈。D打著赤膊，站在那坑裡，用十字鎬鑿下頭被石塊或斷樹根結構了，所以較難挖的土層。他的父親，那個九十多歲的老人，屈腿蹲在坑邊，用手將土堆往上撥。老人的腿非常枯瘦，像對折的樹杖。事實上，這樣佝僂的身體，緩慢地在這幾年間，將這一塊荒地的每一寸土都翻了翻，挖出那些石塊、像人類臀部那麼大的樹根，變成一片覆滿菜豆苗、地瓜藤、空心菜、茄子、辣椒、絲瓜、南瓜……，周邊一叢叢芭蕉、檸檬、柳丁樹，綠意盎然的園圃。他感覺到有一種「塵歸塵，土歸土」，好像那啟動運轉這衰老身軀的動能，像隱密地吹著一只煤爐的風。它讓這骨架、皺皮、上頭頂著一顆枯萎瓜果般的頭顱，在那荒地上拿著木柄鐵器挖鑿著，但不多久，這具身軀也會散垮成他們腳下那整片土。

那隻黑狗的屍體，擺放在鐵皮屋旁的一張木椅上。那所謂木椅，應是他們去海邊揀的無數大小漂流木中，其中一塊材質堅硬、個頭較大的斷木。有幾隻蒼蠅停在那狗睜開但已無光芒的眼球上，或牠活著好像豹的頭那樣結實美麗的嘴沿。D的母親便揮手趕那些蒼蠅。她是這家人唯一較能用言語，表達自己哀傷情感的那個。她說著這條狗的好。每日她騎機車，穿過這片空荒田野，到公路旁的商家，有時她到彩券行，有時她到農會，那狗，會像智力體能都強於這一街景所有衰老的靈長類，卻因忠心深愛著他們之中的那唯一一個，高貴的、機警的，在那條老街日光曝晒下的一進一進陰影中尋找她。有時則固執趴伏在她機車旁等候。（「牠認得車牌號碼吔。」她說。）

挖墳的那對父子，其實哀慟可能超過她。但他們如此沉默。整個天空、延伸的灰綠田野、風吹的裂帛聲、遠一點海潮沉鈍的背景聲，或是關於那身軀已僵硬、發出腐臭味的黑狗，展開的關於死亡的這件事，全都被收縮、牽引進那陀螺形的空洞，他們正奮力挖鑿的那個墓穴。

他有一種印象：他們父子一邊挖著土、鏟著土，一邊輕微地、細碎地指導對方，那個邊角不要再鑿過去了，那裡埋著水管管線；這個切角再鑿幾鎬，不要變寬，讓坑呈現長方形；到時他們幫那狗釘的簡陋木棺放下時，不會卡到……

但其實他們沒有說任何一句話。D像在對無法爭論的，這狗的死亡，賭氣或是自責地，一鏟一鏟挖著。

他在一旁，用塑膠打火機點了根菸，古早年代，對於這將死亡之軀掩埋進土裡，似乎總要焚燒一些什麼，空氣中似乎要有一些紙灰或煙的氣味，才混糅那泥土、草根、屍體、活人呼吸……那無聲的嘵嘵不休，充滿說不出的話語。

當年，一個女人將黑狗阿默交到他手上時，大約一歲，已經有一種荒野靈魂、黑人爵士樂的氣質。在那流動的黑所形成的感性河流裡，有一種牠自有的、神祕的、但或許牠自己也不知此生會是怎樣的流速、波紋、或細碎的聲音。牠不信任人類，但問題是你不知道牠之前怎樣被遺棄，到牠出現在女人那幢大樓社區，這樣的時光，牠如何創造，翻撿垃圾桶裡的廚餘或捏綴的麥當勞紙袋裡的雞骨；穿梭、藏躲、晝行夜出、吃光那些愛貓人放在巷子角落的貓飼料和水；那女人說：「如果你不收留牠，這裡有一些住戶說要叫捕狗隊來抓牠了。」

他應該是第一個，以靈長類高於犬類的智能，迫近時巨大一些的身軀，制伏牠，踏進牠那純淨自由黑河流，攪亂那純淨的時間，建立出屈從、依戀、屬於的倒影。他將牠帶回那小屋，將掙跳的牠像柔道寢技壓制住，幫牠洗澡，甚至細心地洗牠的生殖器，一邊柔和地對他說話。「以後你要聽把拔的話。」

他豢養牠，餵食牠，他不讓牠進屋內，裡頭還有一個美麗的女主人，和兩個幼年期的小孩。他們都是牠的主人。牠住在這小屋的小前院。白天他們會開著一輛車離開，傍晚他們會開著那輛車回來。牠會在小院裡歡欣跳躍，繞著打圈。噢，噢，主人你們可回來了。但其實那些只有牠獨守的白日，牠會長手長腳攀那牆籬出去，在那老山莊外頭的公路彎道旁，埋伏著，然後飆衝而出，追擊那些駛過的車輛。牠已將這山丘上布建的這些小屋巡過一遍，這個老社區裡盡是一些孱弱枯槁的老人，和後頭推著他們輪椅的黑女孩。牠將原本占據地盤的狗群，全部打趴。牠衝進山坡邊的雞圈，獵殺那些即使拍打金色雜黑翅膀想上樹，卻仍被牠半空攔截的大公雞……

但一年後，他還是將牠遺棄了。

他解釋著：「因為我們要搬進城裡，那個公寓的房東不准我們養狗。這裡有山、有大自然，你有自己的房子，這是你的家。把拔會每個禮拜回來看你一次。」有一輛貨車來，兩個工人上上下下一整天，從那屋裡搬出一箱一箱、或巨大的物件，然後他們就全部消失了。

他拜託隔壁的越南阿姨，每天餵牠，幫牠水盆加水。很多年後，那越南阿姨被移民署的人逮捕遣送——她的老闆讓她在黑狗阿默家隔壁的小屋，照顧一個中風癱瘓的老媽媽，但後來「老闆」的便當生意倒了，人跑了，丟她跟那像個蒟蒻的老媽媽，捱了半年沒有薪水。有一天她也跑了，由另個越南落跑阿姨提供門路，跑去桃園一家地下麵包工廠做「非法外勞」，成為幽靈人口——他和妻子到移民署領人，幫她作保，出機票，陪她去機場（當時押送她的女警還讓她戴著手銬，他還在機場劃票櫃臺前和那女警大吵）。第二年這阿姨又換了個名字，申請來臺，又逃跑，又鑽進那剝削她們的地下工廠做「非法外勞」。有一個除夕夜來他們家（後來城裡的那公寓）過年，說起牠：

「那個阿ㄇ啊，好聰明的啊，我走下山莊，到街上市場買菜，牠就翻牆出來跟在我後頭，我趕牠回去，牠就鬼頭鬼腦隔著馬路，有一段距離那樣走，好像牠是走牠自己的，跟我沒關係。等我買完菜，往回走，一轉頭，發現阿默嘴裡叼著好大一條魚，從魚販那偷的。真是聰明，精……」

其實那時牠像從自己那條深邃黑色河流甩著水花上岸，年輕力壯，但感覺那河流裡關於遺棄的漩渦，像要把牠扯進胸膛要爆裂的哀傷和迷惑。牠守著那個小屋。成為喪家之犬。不理解那是怎麼回事？是關於回憶的倒影或是削去法嗎？他會回來嗎？還是這是永久的遺棄？阿姨，老人，山莊裡其他的狗，牠趴在那看從鼻前抬著一隻黃蜂屍體列隊歡欣而過的螞蟻，偶爾有個郵差騎著機車從門外丟進一疊什麼信件……

之後，D出現了，其實這個故事，之後便和他一點關係都沒有了。是D和黑狗的故事。相較他那潦草、朦朧，似乎只為遺棄牠而鋪哏的一年，D真正收留了牠後來的十年。D說，當他住進那小屋時，有快兩年的時間，他從不覺得阿默是他的狗。牠總是多疑地、保持一段距離地看著他。他讓牠進屋，那時那屋子的狀況已很糟了，樓梯間的黃燈泡照著白堊牆上的壁癌，牠瘦長身軀躡手躡腳就像道長長的黑影，溜著上樓。一樓堆著所有D搬來的數十只大紙箱，裡面是書和各種器材；二樓的小書房還保持著從前女主人書房的模樣和擺設；小臥室的木床上則堆著D各種沒洗過的衣物、雜誌、信件；D真正作息是在三樓那違建鐵皮屋。幾張桌子、所有的電腦、衣箱、在鋼架下吊著一只練拳和踢腿的沙袋、各種模型、獎座……。D在大窗臺邊鋪了個臥鋪。牠還是每日攀牆而出，在公路彎道邊追擊那些快速駛過的車輛。山莊所有的狗已認牠為老大。但牠如此孤立不群。像瀝青的高溫幻影游梭在這日光、曝晒時光靜止的小山莊裡。D將牆加高，牠仍然像忍者不受阻礙地攀爬出去，後來D火了，整個買材料：鐵條、粗鐵絲網、花了一整下午施工，將那圍籬架高到像籃球框那樣的高度，牠才被關禁住。

這樣的牠的故事，他是在後來他們哥們，在臺北的PUB相聚，聽D閒閒淡淡，破碎印象說出的。那時D忙於拍片，軋戲，想存錢拍一部自己夢想的戰爭電影。跟他們哥們相聚的周期，拉長到一年碰到一次。他問起黑狗阿默（他內心想：牠是不是已經死了，不在這世上了），D像說著一部自己在遙遠陌生國度祕密拍攝的電影，這個國家沒有人知道、或想像，那樣一部不可思議的電影：「你們知道嗎？阿默現在已經成為，臺東鹿野鄉的傳奇。我因為拍片，常常一禮拜回那小屋一次，顧不到阿默了，就找一次一路飆車下臺東，把牠放在鹿野鄉我當初玩飛行翼那些哥們家，那裡是整片的田野。阿默去到那裡，三天內咬了十四個人，所有境內大狗小狗全被牠咬過一輪（其中還包括那種身軀比牠大兩倍的獒犬），我那朋友說：阿默現在是鹿野鄉第一犬，他們的看板。許多阿伯阿婆，會騎著機車，到他們消防隊外面，比手畫腳，就為了來看『那隻超會咬人的黑狗』。」

克里姆王說，除了我之外的所有時間，都飛逝吧！在那個近乎瑜伽的神祕靜觀時刻，只有他可以在慢速中預測到所有人在未來的運動軌跡。所有將會發生的事對他而言都是已發生過了。他說：「真實的頂點，就在我的能力中！」

但是「黃金體驗鎮魂曲」卻將之放逐在時間之外的，永遠的漂泊流浪。他對克里姆王說：「你已經哪裡都去不得了……而且……你絕對永遠無法達到『真實』。」

像那些傳說中自殺者的鬼魂，永遠被禁錮在死亡一刻的無數次重播。在那夢中之夢的恐怖顛倒世界裡，他一次一次地死去，一次一次感受到內臟爆裂、肌肉被冰冷割開、骨頭折斷、血漿滴流的劇烈痛楚。但時間鐘面上的秒針始終顫抖著未往下一跳跳。在那時間的無重力世界裡，他像迷失在一條掛滿超現實畫的走廊，或是走進以死亡為魔術的馬戲團，在他的那一瞬感受裡，他得永劫回歸地體驗著人類亙古以來，各式各樣的死法：礫刑、上吊、凌遲、火燒、在河畔下水道被不良少年刺死，在醫院急診室被手術刀切開解剖，被車輪輾斃，在恐懼中活活被拳頭打死。中毒時喉頭灼燒緊束、溺斃前肺囊裡脹滿水爆炸而噴出鼻血的那一刻……像反覆重奏的賦格曲，他「永遠無法達到真實」，甚至永遠無法讓時間推進一格，真正的死去（把那無間地獄般的痛苦結束吧）。

後來阿默，又怎樣被D再一路飆車，從臺東送到北海岸，D的父親在一片空荒曠野開墾的那個小鐵屋的畫面裡呢？阿默怎樣慢慢老去，但每日仍固執走好幾里、到那無人海邊，在浪潮沖刷的岩礁上跳躍，愈來愈進入一絕對孤獨的感悟？那片荒原太遼闊了，使得頂著烈日或勁風的老人，在那灰綠地面上拖著鐵鋤行走，像是即使以一生的時間能量，也頂不住這慢速的暴力，似乎下一秒便會自燃成一蕊微弱的燭燄，然後消失成一縷輕煙。

D之於黑狗阿默，是否一如他？變成將牠棄置到另一個人類的小屋，那黑色的河流倒映牠繼續流動的體悟：這種直立的靈長類，出現在牠生命裡，將氣味定位在牠鼻後嗅神經叢到腦額的顯影刻畫版面，只為了離開牠，讓牠訓練一種等候的長時間意志，有時他的身影會逆著光出現，蹲下，溫柔憂鬱地撲牠。但其實那個和遺棄對抗的意志，早已崩解散潰？

有一次D對他說，即使過了四十歲，那種不是出自心智的思辨，而是身體底層的什麼？還是有一種想死的衝動。譬如在一條筆直的鄉野公路騎著重機，時速飆到一百八十以上，他會閉上眼睛，在那只聽見風灌聲的靜止幻覺裡，數一到十，慢慢地，穩定地數。再睜眼時，他還是在那高速的飛行狀態裡。他會心驚膽跳，像鎮壓一場血腥叛變那樣強力壓制住再閉上眼的想望……

他年輕時讀過一些文學作品，在描寫到女人的陰部時，總會寫「她的傷口」。那使他蒙上了一層驚悚的印象：當然和性有關，但很怪，它不是像更早些時高中同學傳閱的文字粗俗低劣的黃色小本，寫的「插入」、「抽插」、「塞進那小蜜穴」；而是「傷口」。那感覺身為男性的他，或許有不自知的，胯下掛著的，並不是一副歡愉的器官，像花朵的雄蕊，上頭布滿金黃的粉末。而是一柄鎢鋼的大砍刀。女人原本那麼光滑、柔細、完整，是男人的這柄刀將之割開一道裂口。痛的意象，應該癒合卻在時光中像要留為證據，她們始終沒讓它癒合，藏在兩腿間那樣行走坐臥於日常。而且，除了變態狂或外科醫生，好吧，或許還有殺魚（譬如在澎湖港邊見過那些婦人戴著塑膠手套，割開白色烏賊的腔體，剝出浮鰾）或殺豬的人，沒有人會把割開的傷口，再用手指撥開它，或用其他器官往裡頭探，「進入傷口的裡面」，像進入西斯汀教堂，穿過迴廊和許多神聖隱祕的房間。傷口不應是一座迷宮的入口，但女人的陰部是。因為那美麗的入口（他的廢材哥們會在這個哏上，貪玩耍起嘴皮：旋轉門。按鍵電梯門。捷運驗票閘口。演唱會排隊入口），將我們設定在一個「外面」的世界。我像潛水員潛進那一百多年前沉沒在深海海床的船骸。摸索。用手電筒光束探照那範圍極小的細節。珊瑚。水草。魚骨。螺貝。搖晃著。散潰著。他聽過不同的女人，在哀慟欲絕之境，說過這樣驚悚的話：

「我要把他生回來！」

「我要在我的小說中寫死他！」

他到很後來，很後來，才領會：這兩種像猙獰、忿怒、淫慾、空寂之母，創造同時滅絕一個幻覺宇宙前的恍惚時刻，嗡嗡從胸腔，不，更下方一點，發出的咒語，其實是同一句話。

在挖墳的這個動作和他們純然的哀傷後面，有沒有一種即使已用一種宗教祭祀般的嚴厲壓制，卻仍魔鬼藤蔓冒出的念頭：如果這是一部作品。他們當然不是換手運球，故意在最初將阿默遺棄再承接，阿默暗去的眼裡，如果有一組攝影機，可以取出裡面的檔案。那是不是一部，比小津，比溫德斯，比雷奈，比阿莫多瓦、塔克夫斯基都要屌的電影吧？雖然他和D

都非常謹慎，有意無意將阿默稱為「你的狗」。對方的狗。但那條黑色的神祕河流裡，時光更久遠一點記憶更模糊一點的他；或是那經過一次一次不侵犯牠的孤桀，像男子對男子，且也是幾次搬動的D；在牠臨終眼睛將渙散闔上之際，這兩個人類同時出現，那在牠將熄掉的大腦屏幕，出現了什麼意義？

那是什麼？

●

那時，他獨自一人待在那屋裡，外頭風雨如晦，一片昏暗。突然地震了，不，或許不是地震，是出現《聖經．啟示錄》那將一切毀滅的飀風，他感到那屋子像遊樂場的旋轉木馬，漂浮在半空中，窗外的景致以三百六十度快速旋轉。他貼著沙發，感受那離心力造成身體骨骼，朝單一方向被拆解，血液朝腦門竄的暈眩。窗玻璃都破了，電視、書櫃裡的書、不知哪來那麼多鞋子、立燈、電扇，全像一個看不見的漩渦，亂飛斜滾。他想，房子之後會像吸飽水的衛水紙，四分五裂吧？奇怪這屋子沒有地基嗎？怎麼會這樣就漂浮飛起呢？這或不是真的發生的經驗？只是從那部講太空人在大氣層外修理人造衛星而人造衛星失速旋轉的好萊塢片（《地心引力》？），或是庫柏力克那部經典（《二〇〇一太空漫遊》？），得到的視覺，乃至耳半規管的感官暫留？

但那屋子接著就落下了，像有裝避震器一樣，彈了兩下安穩著陸了。他從身旁這扇窗向外看，那棟貼近的超高大樓還在原地，但感覺整個結構受到重創，看起來像一根被吹風機吹著的冰棒那樣脆弱，暫存於這一刻的勉力撐立狀態。各層樓的帷幕窗碎得亂七八糟，多處牆面崩塌灑下粉塵和碎磚。他覺得這棟大樓等會就會像巨人膝蓋骨被打碎那樣垮下吧？如此他這小屋絕對跟著遭殃啊。

他跑出屋外，另一邊那棟較低的六層樓公寓已整個塌毀，只剩一堆踩爛蛋糕般的磚壁疊合物。遠近的城市大樓全像遭到大轟炸，一疊疊冒著黑煙、白煙、灰煙，還有不同高低處的火光。天空的尺度變寬闊了。那些倒塌或半倒的廢墟上，爬著螞蟻般的小人們。此刻風雨驟停。「這他媽是遭到M族飛彈攻擊，還是龍捲風哇？」他喃喃說。如果是龍捲風，怎麼房子全像八級地震侵襲後那樣的倒法？

他的父親母親跑來找他，他們像死去的人一樣，脾氣變好，表情變柔和，喔不，像紙糊冥人一樣，兩頰都塗了兩坨紅紅的胭脂。他們沒有說一些雞雞歪歪讓他更心煩意亂的話。他沒想到這一生，會和他們在這樣的場景裡相逢。他母親說了一句：「啊還不是你把牠寫成這樣。」他父親立刻像她說了什麼犯忌諱的話，狠狠瞪她一眼，並用手踑她的一隻手。如他所料，一隻小黑狗，歪歪斜斜從一面倒塌牆磚的凹缺口出現，牠的眼睛濕漉漉的，尾巴像小孩甩跳繩那樣一圈一圈旋轉著。牠將一隻前腳舉起，放下，再舉起，像再乞求，或像敲一扇不存在的門。可以讓我進來嗎？他的父母說「是阿默啊？是阿默小時候啊。」他彎下腰時，那小黑狗不知怎麼移動的，一忽兒就翻著短絨毛的肚子在他腳邊撒嬌了。他摸到牠的心臟，因為緊張忐忑，搏跳得那麼快。

他想，這一切都會倒塌，他沒想到他那麼想牠。

——原載《短篇小說》二〇一五年十月號，二十一期

初始與沙

——賀淑芳

一九七〇年出生於馬來西亞吉打州。曾任工程師和馬來西亞華文報章《南洋商報》副刊專題記者。

二〇〇八年政大中文所碩士畢業。曾獲中國時報文學評審獎、亞細安青年微型小說首獎、聯合報文學獎評審大獎。曾於馬來西亞霹靂州金寶拉曼大學中文系執教（二〇〇九～二〇一二年），目前就讀新加坡南洋理工大學中文博士班。著有短篇小說集《迷宮毯子》、《湖面如鏡》。

我想要把這一章，原原本本地保留下來，日後不再更改。我這麼講，彷彿這是什麼值得保留的文物似的。然而又曉得，生在這個地方，寫書就像把字寫在沙上。

在我的老家，有一張可供十二個人一起吃飯的桌子。在母親過世三年後，那張桌子就塵化了。手指一碰就塌成粉，連一塊木料都不剩。舊書也一樣，我妹妹想把樓上舊櫥櫃裡的書本收一收，結果只抓到滿手粉屑和幾隻書蛀蟲。我母親生前常拿火酒把樓板淋得東一片西一片，在她過世後，白蟻還是把家具一件件地蠶盡了。

我叫方家佑，簽名時畫兩劃，又。阿又。朋友們這麼叫我。我朋友很少，但都珍貴。在很年輕時，我並不知有誰會真正懷著善意對待別人，她們似乎跟我一樣也對此沒有信心，但或許稍微比我好些。我挨近她們，就像早晨的壁虎爬上給太陽晒暖的石頭那樣。我對人的信心，如同我家店舖裡裁衣櫃後的窄道，或廚房後邊那條用來晒衣的窄巷，一天大部分的時間，說暗不暗，說亮不亮。後者是一種略灰的，靠著門邊尚可看書的光線。至於前者，它暗得可以藏蛇匿鬼。

某年某日，我窩在裁衣櫃臺後邊，在脖子上纏了很多布條，使盡力氣把零頭碎布扭拉得緊緊地、緊緊地打結。

來賣貨簽批發單的男人剛好看到了，他驚奇地說，她在搞什麼 fashion 啊？父親說，她是想自殺。母親說，傻人才自殺，都說她比印度人還要傻。父親就說，要不然什麼叫著人頭豬腦？

雖然自覺淒涼，但似乎也沒人覺得我淒涼。我忘記了那天到底發生什麼事。童年家人們叫我阿老，他們覺得我緩慢遲鈍，也不像正常兒童的緣故。

我常和其他孩子一起爬小鎮後面的穀埃山。當他們不想放風箏時他們就奔向這座山。穀埃沿著小腿往後瀉成漩渦。當我爬到一半時就怕起來，害怕時就不敢往下看，只能吸著滿臉穀埃粉繼續往上爬。

這座穀埃山在晒穀場的後邊。由於這緣故，我們就常說那擁有這座晒穀場的一家人是富裕的。它高高地圍起籬笆，上面滾著尖刺鐵絲網。鐵門打開時，我們跑進去玩。在晒穀場後邊，排埃管吹出一座黃色的山。那是幾乎跟塵屑一樣輕的穀埃。煙囪在高處跟雷鳴一樣響。

一日將盡，這座穀埃山尖尖地頂著天空，好像等待一把湯匙把它挖起來。它有時會變矮，有時一個黃昏就消掉大半。那時大家就耐心等待，等它蓄到某個高度，直到它看起來比工廠還要高。

有時我會留在山下帶著輕微的妒忌，呼叫其他小孩，不要爬了，下來。但他們沒聽到，他們像一群固執又大膽的山羊，越高越小懸在背風的這一邊。

似乎誰也不怕埋在穀埃下面。米較廠的女兒說，爬爬爬，掉進穀裡死掉才知道。風把掉落的聲音往後送走。

從來沒有那種死法。被車撞死，被人強姦，或被抓走的恐懼，都比較平常。

●

有一晚，後尾路其中一家寫萬字的女兒沒回家吃晚飯。後尾路有八戶人家，當中就有五家偷偷寫萬字，賺頭能有多少可想而知，若被警察抄查還得到監牢吃咖哩飯。他們家看似開雜貨店，但貨櫃裡頭大都是空的，除了幾十瓶罐頭和擦鞋用的黑油之外，就沒再賣別的了。

手電筒在夜裡一直晃動。彷彿有一場熄了的火災在後尾路。人們一直重複地說可憐。

人們鬆弛的手臂彎曲，插著腰說，可憐。這詞語掉在膝蓋凹陷的裙兜裡，像旱季早枯的欖仁，一顆接一顆地掉落在下巴底下。迷惑籠罩每個人。只有一兩個女人陪著她母親流淚。眼睛鼻頭紅紅的互相安慰。最初好幾天，她母親和幾個家人一直在哭。從他們家的廚房傳進後巷裡的聲響，那些吵架、責罵與小孩的哭叫，跟爆裂的煤氣一樣，彷彿有什麼毀了，在這個十年如一日的地方。

她還沒上小學。我記得那天她跟我們一起爬過穀埃山，大概也一起抓過那捆放風箏的繩筒。她也跟我一樣，膝蓋腳趾都黑烏烏的，又黃粉粉的像剛從穀屑底下爬出來。

該看見的一切是看不見的。

整整好幾個月，她母親很不快樂地懸掛著她，比剛死了女兒的姑母更加傷心。她們家廁所後面擺了很多盆九重葛，全都朝向那片晒穀場的漆綠籬笆，午後的陽光從那裡照射過來。我有時晒衣，要找地方掛，當鐵線都掛滿後，會一路找到她們家後面。四周圍的空氣是受傷的。機器在嗡嗡地細響。那股嗡嗡的聲音顫抖著落下。重重的。一直降落的穀埃使我不斷地擦拭眼睛，所見到的一切都是不夠的。我說不上要怎麼樣才足夠。這磨掉穀殼的機械聲音持續很多年，要一直到八〇年代我離開時才停止操作。有什麼感覺給剝掉，餘下黏膩的麻癢附在皮膚上，很久以後，就這個黏黏麻麻的感覺我不會忘記。

沒有人想要傷心。她的母親也不是不會笑，有時罵起小孩來，起勁高亢得好像那樣做就可以使她提振精神。她會轉頭跟旁人笑。沒有人敢問她那件事。很多年以後，在我家裡，她跟我母親說起，她說不見就是不見，只要不去想她是不是還活著在哪兒受苦，就可以過日子了。

每次穀埃山削平後，底下只有穀殼渣與一叢叢枯草。

平靜地接受消失與死亡是種沉靜的修行。反之任何魯莽的舉動，都是膚淺可笑的愚蠢行為。我依然在讀著布朗肖。

但我知道我有另一個性格。因為這個緣故，我要把這章原原本本留下。作為起點。這樣我會知道，自己還有一個願望。

我知道有些事情，我感覺到的，說出來就是災難。因為我沒有可以轉圜的語言，我想說，想一掏而盡，又堵住了，拴在我體內，把我帶向言不及義。我怕這樣一來，所寫的就都是笑話了。但想說什麼的欲望還在那裡。那種說出來之後，彷彿就會把體內的滯泥變成清風。就算面對面，恐怕也只能說些無關痛癢的，彷彿一直有一道阿基米德的難題擋在眼前。我感到像你這樣，或像其他人那樣語言卓越的人，是無法知道我這種人的苦處的。那種只要一語言，就會造成鴻溝的絕望感。生活裡的開闔與靜閉，彷彿定時拉起與落下的閘門那樣，此消彼長地流轉。大約是十年前左右，這閘門又落下了，起初我還啪啪地敲門。門後沒有回應，就不再叩門。於是這內外很快就不分彼此，說不上是誰對誰關閉往來。長久地不開信箱，長久地不與人交流。那個想要深深交流的部分，好像變得麻麻的，就不會痛了。經常到河邊散步，一直看著河水。午睡醒來，聽見鳥聲啁啾與啪地掉落屋頂上的果實。聽我丈夫說話，自己跟自己說話。這種日子過久了以後，也就不太想要去過別的生活了。另一扇門就打開了。它黑黑的，好像夜間火車那樣不知要把人載到哪裡去。每天醒來，可以清楚地記得夢境。我就跟丈夫說了我的夢，他感興趣地聽著。

那時候我只是安靜生活，卻沒想過死亡。很奇怪的是，在那樣寡欲的日子裡，我很有信心自己可以活到七、八十歲。像瑪格麗特．莒哈絲或馬奎斯那樣長命地寫作。

但現在我卻覺得這一切是不肯定的，火車彷彿把我扔在陌生的車站，儘管，我已經回到了這個像我老家的小鎮。它們如此相似，以至於我感覺到自己好像已經回家。就連這條石子路和它通向的殘舊水壩，也跟我童年時倚靠過的水壩一模一樣。它旁邊也有一座破舊的木樓梯。尤其在這黃昏，樹影斑駁籠罩水壩前面的斜坡。這橋墩也蓋得略高，土地也隆起一大塊。像得真是不可思議。

越過橋墩走下來時，我想起小時候大病初癒的黃昏。

也許因為我已經中年。時鐘叫我往下望，仔細看著斜坡走路，我之前說，不能把慾望和愛捻熄，那就像捏死自己的孩子。這孩子的死會使黑影擴散，那時我就不得不在這黑暗裡生活了。我那時是那麼想的，現在也經常反覆地這麼想，直到它在我想像裡，如同天黑一般自然。其實也不該害怕的，既然它來了，就去迎接，像把遺棄遠方的孩子接回家。時間將能幫我適應這一切。如布朗肖說的，一切都是從死亡中來的。

要開始回憶起各種各樣的親人的死，這想法奇異地使我感到安寧。

我們到餐廳裡吃晚餐。有一桌年輕的臉龐在笑，一邊看手機，一邊跟旁人心不在焉的。櫃臺的老闆娘同時做三件事，一手按計算機，一手飛快揮舞，嘴裡急速說話。像海潮退遠似的，所有餐廳工人的動作、晃動的人、街燈投落的樹影、碗筷輕碰，全變得透明，像隨時可以懸掛在半空停頓，我想起這個句子：「時間一逝去就凝固了」。他問我在想什麼，我就說，一切還會繼續。他就露出一個古怪而無奈的表情。我也靜靜地注視著他的臉，想像著他以後的樣子。尋思人們如何可能了解死後的世界，世界將沒有什麼改變。現在的門框、積塵的板縫，將會持續地腐蝕、剝落、敗頹、塌下。

像我這樣年少過得規矩的人，就算活到這個地步——尤其是在最焦灼不安的時候——也依然凡事想到秩序。秩序就是收拾，布置，像有一條線劃過空間，安排先後。在這個小鎮上，我計畫要寫一本懷帶善意的書，卻不肯定自己是否真能完成。如果最後能夠在這個世界留下什麼東西，我希望它會是好的。但我並非天生就懂得跟世界和善相處，妒忌、憤怒、自怨自憐與悲傷還更熟悉一些。難道世界對我不良善嗎？它也沒有不友善的意思。只是有時會覺得一切都寡淡，好像四周圍隔著冰涼的鐵條。有時又覺得這冰封消融，周遭熱情萬狀。反反覆覆，彷彿人在罐子裡做夢一樣。

我們吃完飯後走回家裡。沿著石子路走，沿著這些看起來像老人一樣矮縮了的房子走，想到未來好幾個月要住在這裡，這景色實在讓人沮喪。我說還好太陽下山了。還好我喜歡聽樹葉的沙沙聲。

彷彿一棵樹就是一大叢時間碎隙。枝葉搓挲如海。沒有過去永不再來，因為它分岔地長。但與此同時，我又不太相信變化。蛻變是多麼地不可靠。越過了，就萬事洞悉？再來一次，就能夠比較成熟？就能撫平那些揪心的妒忌、渴望、占據和恐懼？我覺得這些揪心的，這種種騷動也許就如一頭頭動物那樣，窩在那些不知名的洞裡，那藏得最隱密的，別人看不到的深穴。我這麼說，彷彿在這片覆蓋的地表之下，藏著固執的本質等著露出來，彷彿歲月不會改變人，讓人帶著與生俱來的本性，沒有什麼改變與作為地度過一生。

真是這樣嗎？我丈夫問。我說是這樣的，起碼我覺得自己應是這樣的。難道你不是這樣嗎？他說他不知道。他很少去想這種問題。

其實也不是完全沒有改變，只是怎那麼少，明明學了很多知識，卻不見得真能改變質地。你驚奇有所謂內在的固執之物，難以撼動似的。但或許那不是本質而是硬殼，看起來像本質的其實是容器。抵達這個小鎮之後，彷彿扭亮的是跟四歲時同樣的一盞燈。童年那謎樣的脆弱，又再如沙那樣在不明的碎隙之間搓響。

得一個人住在這裡了。

可以吧？他問。我說當然可以，我本來就是從鄉下來的。

但我離開鄉下已經很多年了，成年後就一直住在城市，幾乎十數年。沿著巷子走，看到的是電線桿、車子、電線桿、車子。還有垃圾。這些地方都是很熱的。說到底，城市也跟鄉下一樣，午後到處積沉昏慵的氣息。有什麼東西正蒸騰在屋簷下，凝滯在那些氣窗給密封了的牆壁之間。生活彷彿急轉，卻又哪兒都沒去。青春終於只剩下了綠色，我從喬治．斯坦納的書裡讀到這句話。是了，初始的季節過去了。青春的垂戀殷殷漫入中年。你要什麼？還想什麼？你是什麼？你——？

在河與屋子之間有石子路。

我常陪著姑媽散步。我那時肯定不到十三歲，因為那之後她就搬走了。我告訴她我決定以後不要結婚。她說每個女人都要結婚。但我感到婚姻裡有一種極恐怖的未來。我問她如果一個女人愛上一個男人，而那個男人卻不只愛她而且還愛很多個女人，那怎麼辦？我覺得很不快樂。她說，如果你足夠愛他，而且對他好，這就不會發生。

我不知道自己為何會有這種恐懼，因為我的父親很愛我的母親。他是整個鎮上最愛妻子的人。這恐懼沒道理。

愛是什麼呢？它是一種對待的方式嗎？承諾？同時發生的喪失與獲得？下墜與飛升？一種漂浮？

我曾經把愛情寄託在一個我認識最久的陌生人身上長達七八年。但是我並不認識他。有一天，大學放假，我父親剛剛去世，他過來探望我。我們已經很久沒見面，圍著家裡那張飯桌客客氣氣地講話。我忽然對他說，這個行業不適合我，畢業後我絕對不走這條路，然而又得養家，不知如何是好。他就說，文學當嗜好是可以的，不要沉迷。

我不知該說什麼，就低頭讀起手中的小說。不是因為生氣或什麼，我本來就經常如此招待來訪的客人。

那張飯桌子後來就變成粉末了。

小時候睡過的木床也變成了粉末。

我曾經躺在那張木床上，想像著緊得無法喘氣的擁抱。起碼在十二歲以前，我還和兩個妹妹一起橫躺在床上。他們說以十二歲的女生而言，我已經很高了。所以我的膝蓋睡時得蜷曲起來。

貼著床頭，那冰涼而滑的木。底下多數是綠紋格子圖案的床單。有一盞小燈在氣窗的紗網後亮著，它好像穿透了我緊閉的眼皮，直直撲進看不到的未來。

我滿腦子在一個從未謀面的人懷裡擰轉，我們親吻，愛著對方。我們啜著對方的方式，彷彿那場熱吻永遠不會停止，時間不夠長得讓它結束。我喜歡對方的親吻，無論是溫柔的、抑或凶狠的，把嘴唇咬得發疼。胳膊纏著胳膊，肩碰肩，腹部貼著腹部，我們像一雙孿生子那樣愛著，互相舔咬。他會非常地愛我，我繼續愛著他，我們裸體，親密擁抱，兩人像剛出世的孩子那樣乾淨，天真無邪地享受這私密的愛。也許在別人看來有點奇怪，但我覺得我們其實是一對有點傻笨的人。被雪白色的被單裹著，捨不得離開，互相餵對方吃東西，晝夜膩在一起。

箱子和行李四處散落。地板也是木的。房裡有張雙人床，床架有些舊了。我想起我的母親，她後來一個人睡在地板上。

往鏡裡看。這身體已經變得鬆弛，不再均勻，下體太肥胖了。

我有很多祕密，或許會給他知道，或許不。

其中一個祕密是我叔叔的房間。那也是其中一個母親翻起蓆子淋火酒的房間，當我們幾姊妹陸續搬出那小房以後，母親把它變成了儲藏室。房裡囤積了一箱箱的雜物，就在這些紙箱壓著的蓆子下面，一大群白點穿梭蠕動爬滿樓板。

它曾經是精緻的新房。我叔叔要結婚之前，家裡就動工搭起了小房。本來樓上只有兩間房，那兩間房外有一排木欄杆。早上我從廚房門前，昂頭往上看，可見母親提著水壺走出臥房，那時屋子上下簡直像是透明的。過後木欄杆拆掉了，搭起了一排排橫梁。橫梁又被木板覆蓋，罩上三夾板。樓上就變得祕密起來。父母和我們同睡的房外暗了大片。樓上黑黑的，新房擋住了光。

在我叔叔的房裡，一般新房該有的家具都有，紅紗罩桌燈，梳妝臺，囍字粉紅大床。內鑲穿衣鏡的衣櫥，衣櫃裡有半透明的蕾絲紅睡袍。

下午無人時，我帶著妹妹溜進去，我們輪流換上那些性感睡衣。三夾板牆上的窗口，朝向屋內，看得見高高的鋅版屋頂，屋頂上方有剪開的天窗。方形的光斜落室內，把防蚊窗紗照得黃澄霧亮。我們躺在床上撫摸對方。揭開那鬆蓬色情的衣領，我們的手指摸過對方的胸部，肩膀，手，一圈一圈地。嘴對嘴地親吻。那時還嫩的胳膊。

有人告訴我說，我之所以能夠出生，是因為你的父母怎樣怎樣，接著就一堆髒話。我懶得在這裡重複那些話。我看過他們擁抱的樣子，迷迷糊糊的，在早晨。他們的身體巨大。愛有很多種。有些人的愛懷有慾望。我母親對我沒有什麼期望，至少童年時看起來是如此，她只希望我不要去煩她。

她從來沒有想過自己什麼時候會死。她到死的前幾天，也沒有放棄希望，她仍然恐懼於死亡，她不准孩子們離開她，稍微離開一下子上廁所，都會挨罵。最後一天早上，人家說她母親會來看她，她就睜著眼睛在床上等，也不肯睡。不過如今她是一個死人了。不在了。在她死去以後，那些餐館照舊營業，照樣有切細的辣椒端在小碟子內，照樣有筷子穿過菜汁之間。吹風筒依然在大氣層裡嗡嗡地響。

我已經不再生氣她了，她是個可憐的人。我知道她羨慕我的生活。但我想跟她做相反的事，我以前覺得自己可以活很久，如同莒哈絲與馬奎斯。但我現在覺得自己應該立刻去做點別的事，比如寫這樣的一本書。本想規定一年完成它，但後來又覺得不該規定時間，任何寫作都不能限定日期，應該像莎赫札德那樣懂得延續。莎赫札德懂得要存活就得消解國王的怒氣，比方說，消解心裡的暴君。

我想起很久以前，從外邊完全退出時，那時心裡仍然知道，溫度太冷，什麼也沒爆炸。而現在它像一道零度的底線了。在瞬間曝亮，之後又將密合於荒蕪。彷彿什麼都沒發生。時間不管先後。

我要原本地留下這一章。把我所有的毛病、拙劣的疙瘩與缺陷都留下來。我從前未曾想過寫作是需要善意的。但善必然由愛帶來。這對於莎赫札德來說將是挑戰。惟有如此，我才能同意，也許自己並非無能克服那些先天缺陷的本性，繼續生活。

由於人們慣常於以結尾斷定意義，但我寧可把它看成更碎的拼圖。在某個時候，我從下斜坡散步時也確實感到愉快。無意識地玩著腳步，想用腳步填滿白線之間的虛空。儘管這只是一種無甚意義的重複。路邊一排墨綠色的樹冠如水墨潑灑。黃昏的天上，有一座白色格陵蘭島斜掛樹後。只有一點和我家鄉不同，這裡沒有嗡嗡的聲響。現在這些樹叢黑黑漆漆的，火車經過的軋軋聲響劃破鄉野。暮色彌漫，遠方有鳥啼叫如回音。

——原載二〇一五年一月二十、二十一日《中國時報》副刊

彷彿穿過林子便是海

——黃錦樹

黃錦樹 Ng Kim Chew，一九六七年生於馬來西亞柔佛州，一九八六年到臺灣留學。臺大中文系畢業，淡江中文所碩士，清華大學中文博士。曾獲中國時報文學獎等。現為國立暨南大學中文系專任教授。著有小說集《夢與豬與黎明》（一九九四）、《刻背》（二〇〇一）、《土與火》（二〇〇五）、《南洋人民共和國備忘錄》（二〇一三）、《猶見扶餘》（二〇一四）、《魚》（二〇一五）等。論文集《馬華文學與中國性》（一九九八）、《謊言與真理的技藝》（二〇〇三）、《文與魂與體》（二〇〇六）、《注釋南方》（二〇一五）、《華文小文學的馬來西亞個案》（二〇一五）等。

女孩在慌張的奔跑，車緩緩駛離，南下的長途巴士。米色洋裝，奔時裙襬搖曳，有魚的姿態。她看起來非常年輕，至多二十來歲，長手長腳的，五官細緻，異常白皙，反襯出街景的灰色黯淡。她氣喘吁吁的向車上某男子猛揮手，紅著臉頰，微張的薄唇豔紅，脖子淌著汗，倒有幾分情色的意味了。你不由羨慕那男子，他就坐在前座，側影看來也很年輕，髮黑而濃密，耳旁蓄著短短的偽裝成熟的鬢鬚。

她一度差點被異物絆倒，迅速爬起來，重新調整步伐。那男子一度站起身，但隨即坐下。

雖然車已緩緩開動，但如果他向司機要求下車，應該是來得及的，但是他沒有。

你猜想他們說不定剛經歷一夜繾綣，盡情的纏綿，彼此身上都還留有情人的溫度和氣味，女孩因而眷戀不已，但伊醒來時男人已悄悄離去。

一定是不知而別。

下一次見面將在許多個日子以後，甚至難以預期。未來令她憂傷。

車窗經過她面前時，你看到她流下淚水。她的目光一直緊跟著他，高舉著手，終至掩面。他也側身，朝窗外揮手，一直到看不見為止。那楚楚可憐的目光也曾掠過你那面窗。雖無意停留，但卻已在你心裡深深留下刻痕——不應該是那樣的，不該讓那樣美麗的一個女孩傷心。你彷彿也共同經歷了，也彷彿對她有一份責任。絕美的傷心。傷心之美。

但你不曾再見到她，不知道他們後來還有沒有故事。那也許是分手的告別。你會在自己的故事的某個時刻想起她。就好像你也愛過也傷害過她。她是所有傷心的女孩。

你會再度遇見她。另一個她。

經過那樣的事後，也許她再也不是以前的她了。

不會再那樣單純的愛，單純的傷心。

但願別就那樣枯萎了。

我會想念妳的。

也許
最好的時光已經過完了
剩下的只是午後的光影
乾涸殆盡的水漬
風過後樹葉的顫動

路漸漸暗下來了。

兩旁的樹影也變深，樹葉被調成墨綠色，變得目光也難以穿透。遊覽車開著大燈，但路仍是彎彎曲曲的，車燈無法照得遠，燈光老是被阻隔，而滑過坡壁。

車前方好似飄過一陣煙，那是初起的薄霧；迅速沿著車體散開。稠密的夜包覆過來，有一股濕潤的涼意，從敞開的車窗滲了進來。同行的六個人幾乎都睡著了，睡得東倒西歪，甚至還流著口水。除了她，即使睡著了也還能維持矜持。

之前的活動太緊湊了，天又熱，每天都晚睡，一再的開會討論、記錄，為了做好一個專題，讓年輕的你們都累壞了。

那是個被歷史遺忘的群體。你們偶然從文獻中瞥見他們的蹤跡，但那是已然被不同的力量刷洗得形影黯淡的，近乎傳說或幻影那般的存在。家住在國土北陲的友人，信誓旦旦的說，在他們的家鄉，那並非大腳山魈般純粹軼聞般的存在。他們早已化身平民百姓，像一片葉子消融於樹林。只是那稍微顯得莊重的服飾——不嫌熱，深藍或黑色的袍子，幞帽，布腰帶，黑布鞋——彷彿在為什麼事維持著漫長的守喪，像披著黑色頭巾的阿拉伯人。像日本人那樣多禮，寡言，像影子那樣低調。他們自稱 hark，自成聚落。他們務農。種稻、木薯、番薯和各種果樹，養雞豬牛羊和魚。他們破例讓你們在山坳裡住了幾天，只是你們得簽下守祕的同意書，他們拒絕被報導——拒絕被文字表述，也拒絕被拍攝。

但你覺得他們和你們其實沒有太大的不同，只是對現代生活刻意保持距離。那彷彿就可以維護了一種時間的古老刻度，藉此守護什麼他們認為最值得珍視的。像古老的守墓人家庭。

變化也許不可避免的發生著，但有一堵無形的牆讓它變慢了。高海拔，恆常有一股涼意。雲往往垂得很低，沿著山壁上位置高低不同的樹冠，與浮起的霧交接。

每每有飛鳥在那古樹的最高處俯視人間煙火。

那裡的女人的青色素服（青出於藍的青）特有一種守喪的莊嚴之美。在雲霧繚繞的古老青山隘谷裡，她們默默的低著頭，鑼鼓鐃鈸嗩吶，領頭的搖著金色神轎，那確實像是神的葬禮。多祭。大員的唐番土地神，因水土不服又死了一次。

再重生。再死。

那隊伍的末端，青衣少女垂首走過，綁著馬尾，偶然抬起頭，微微一笑。你發現她們竟然有幾分神似——伊聽罷即給你一個重重的拐子：

——是啊。那你去追她啊。

——那你去問她們肯不肯收留你，讓你可以留下來和她一起生活。你可以跟她們說，你最會洗刷馬桶了。還好他們都不用抽水馬桶，不然你就沒機會發揮專長了。

在告別的營火會上，你還真的打趣著去問了那女孩，她俐落的烤著沙嗲。年少輕狂。

——想留下來也可以的。她竟然輕鬆的回答。火光中，臉頰燒得通紅，雙眼映著幾道火舌。

——只是再也不能離開了。我們的降頭也是很厲害的。

她嫣然一笑。口音如異國之人。然後紅著耳朵小小聲的說：

——而且一定要行割禮。

她頑皮的揮動雙手，比了個提刀切割的大動作，朝著伊眨眨眼。

次日臨別，她在你耳邊小聲吹著氣說，千萬別讓姊姊傷心哦，別忘了你已經吃了我們的降頭。她又露出那頑皮的神情。

彷彿不經意的，送你一根黑色的羽毛。像是拔自昨天吃掉的那隻黎明叫醒你們的公雞，又有點像烏鴉，但她說是犀鳥背上的。

所有青春美麗的女孩都相似。那時你如此認為。

同一與差異。差別的也許只是溫度和亮度。

恰巧，歷史翻過了一頁。

那些以為消失在歷史暗影中的人重新走了出來，走到陽光下，都是些略顯疲態的老人了。

失去的時光無法贖回，曾經青春年少，但四十年過去後，生命中多半再也沒有什麼重要的事。所有重要的事都過去了。

四十年，一個人可以從零歲成長到不惑。

你聽到他們在反覆的訴說過去。過去。重要的都在過去。然後，幸或不幸，你們遇到了那自異鄉歸來的說故事者。他的故事有大森林的雨聲，猿猴的戾叫，犀鳥拍打羽翅的撲撲響。他說了多個死裡逃生的不可思議的故事。他是那歸來的人。從死神的指掌間。

……奮力一躍，行李先拋過去。像鹿，或像猴子那樣，躍過一處斷崖，幾百尺的深谷，過去就是另一個國度了。黑暗中什麼都看不到，只聽到小小的水聲，在很深很遠的地方。邊界線，自然的斷界。那夜很冷，起著大霧。但敵人已然摸黑逼近，前無去路。只好拆了帳篷。膽小的、體弱的、衰老的、腳軟的、主義信仰不堅定的、衰運的，就大叫一聲掉下去了。底下是河，鐵一樣硬的大石頭，斧頭一樣利的石盾，身體撞上去就開花了。運氣好的抓到樹枝，或跌到樹幹上，但很難在敵人亂槍掃射下倖存。

「我那時還很年輕的美麗妻子也掉下去了。死在兩國邊界線上。流水邊界。」

微微哽咽。火光映照出他脖子上的疤痕，一道道曾經的撕裂，粗略的縫合，寬廣薄嫩。

其後經越南遠走北京、莫斯科，見過胡志明，毛澤東，史達林，冰天雪地……。

你看到她聽故事時眼裡的迷醉，同情的眼神，悅慕的笑顏。

風吹過紫陽花。

騙子！你心裡喊道。營火搖晃間你看到他眼角閃過一瞬狡獪。兩鬢灰白，多半是個老練的勾引者。用他的故事。

車行過深谷。灰色的樹冠在雲間緩緩移動。

難得有這麼一趟漫長的旅程讓你們好好的睡個覺。你也反覆在昏睡與清醒之間，覺得脖子幾乎撐不住你沉重得失控的頭了。睡時爛睡，還多夢，紛亂零碎的夢，像午後葉隙疏落的碎光。

清醒好似只有一瞬。那一瞬，即便是在黑暗的車箱裡，你每每還是能看到她目光炯炯的望著窗外，那美麗沉靜的側顏，若有所思。

咫尺天涯，曾經如此親密，但而今冰冷如霜。那常令你心口一陣陣抽痛。你原以為那是夢的局部，然而當她起身，搖晃走向駕駛座，把那顯然也睡著的馬來司機喚醒，給了他一片口香糖，在駕駛座旁的位子坐下，和他有一搭沒一搭的聊起來。她的聲音隱隱約約傳了過來，黑暗中熟練的說著馬來話的她彷彿是另一個人，甚至笑聲也好似轉換成另一種語言。

馬來青年變得健談起來，單詞和語法被風剪接得支離破碎，但語音中有一股親暱的氣味，也許是在盡情的挑逗。他們有四個妻子的配額。

你知道那不是夢。你心口有幾分酸楚，唾液大量分泌。霧濃，車窗外已是牆般的黑。夜變得不透明，深沉而哀傷。但你也知道，只要車子轉彎時一個微小的失誤，你們就可能墜崖，早夭，成為深谷裡的遊魂。某個瞬間，你發現車裡沒有人，司機的位子也空著，方向盤也剝落了。除了你，其他人都不見了。椅墊殘破，鐵骨鏽蝕，處處生出雜草。有樹穿過車體。白骨處處，套在殘破的衣物裡。

未來與過去、虛幻與真實迎面而來，摺疊。

她說，我要搬家了，到更遠的南方。我們也許不會再見面了。

那裡的海邊平靜無波。

沙子潔淨，風細柔，馬來甘榜裡什麼事都沒有發生。椰樹一動也不動，人悠閒，大雞小雞安定的覓食。

不知何故，每個路過的華人小鎮都有葬禮。有的還只在自家門口搭起藍色的帳篷，道士撐撐嗆嗆的打著齋。老人的葬禮。或者已然是出殯的行列，披麻戴孝黑衣服，垂首赤足，為首的孝子捧著靈位，幾個大漢扛著鮮亮的棺木。漫長的送葬行列堵滿了最長的一條街，幾代孫子隊伍越是排在後頭衣服的顏色越鮮豔，有幾分喜氣。冥紙紛飛，好像那是小鎮本身在為自己辦的葬禮。

好像有什麼糟糕的事情已然發生過了。

事情都發生過了。

她在夜裡翻了個身，像魚那樣光滑的肉身，末端彷彿有鰭，輕輕拍打著你的背。

你乃聽到海濤之聲。

暴雨崩落。

你忘了那個颱風的名字。

那一年。落雨的小鎮，彷彿每個巷口都在辦著悲戚的葬禮。

□□：

……今天又鋤地植草，遇到下雨，弄得一身泥巴，疲累得沒心情洗。反正妳也離開了。就那樣一身泥巴上了公車，上衣褲子都有一層厚厚的泥。司機竟然沒有阻攔，他不怕我弄髒車子？遇到個好心腸的年輕人了，載著頂藍色鴨舌帽，年紀看來和我差不了多少。好像在做夢。

其他乘客都像看到鬼一樣，我一靠近，連阿婆都給我讓座，讓出好幾張塑膠椅。可能是懷疑我剛從墳墓裡爬出來。我不客氣的一屁股坐下去，屁股「糾」的一聲，從兩旁擠出一灘泥巴水。我知道我頭上、臉上都是泥巴，泥巴水弄到眼睛會有點刺痛。實在太累了，我把流到眼睛的水抹掉，脫下沉重的黏黏的泥鞋踩著以免它們逃走，閉上眼，抓著鐵桿，就流著口水呼呼大睡了。

到站拎著破鞋下車時，我看到我身上流下來的泥水在地板上留下一道刺眼的軌跡。回頭一看，我坐過的位子到處是泥巴。如果我是司機，我一定不能忍受。這司機真是個菩薩。說不定是個泥菩薩，也許是怕被我砍。他不知道我其實是個心腸很軟的人。

所有的乘客不知道什麼時候走光了。好像沒有新乘客上車，但我印象中車子一路停靠。雨也一直下著。多半以為車上載著的是一具屍體吧。我後來是橫躺在三四張椅子上，是我平生坐車最被「禮遇」的一次。

車一停下，我就赤腳衝進大雨裡。可是大雨沒能洗淨我身上的泥巴，只是讓我變得更濕而已。

那時很多事還沒發生。但有的事還是提早發生了。你還不懂得時間的微妙。它不是只會流逝，還會回捲，像漲潮時的浪。

然而你的人生好像突然也到了盡頭。宛如車頭駛出了斷崖。

你看到她毅然轉身離去。

也許你也該隨她回去。過一種更其安定的日子。

附近的廟又清清嗆嗆的不知道在慶祝什麼。古老的小鎮，廟和電線桿一樣多。那些小廟的神好像老是在慶生。好似一年到頭都在重生。每根電線桿都不務正業。或警世：天國近了。信主的有福了。或放貸：免抵押，低利率，輕鬆借。或租賃房屋，貼著一整排的電話號碼，裁成一條條的，有的還限女學生。

你曾經找到過那樣的一個房間，四面都是挑高的灰白的牆，沒有窗。你喜歡那種監獄的感覺，也許終於可以專心讀書，發呆，學習寫作。

□□：

我又夢到騎腳踏車去找妳。

真奇怪，我從這裡出發，騎沒多久，轉一個彎，就到了。我喜極而泣。忘了我們之間隔著一個太平洋，要見個面談何容易啊。

同樣奇怪的是，一處鐵柵門的入口，高處掛著鐵絲扭成的「新加坡」三個生鏽的字。但妳明明就不在新加坡啊。

妳沒在夢裡出現，但如果我的喜悅是煙，妳的存在應該就是那火。也許輕易的抵達就夠讓我的歡喜充塞整個夢了。

□□：

我在這裡的工作是幫忙搬石頭，在地上挖洞，砍樹、植樹。

我們住的地方都沒有新的報紙可看，所有的報紙都是過期的，都是昨日，昨日的昨日，的昨日。

但對我來說沒差，昨日的新聞就是純粹的故事了。紛紛擾擾的政治，情人換來換去的演藝界，交換著的交配網絡。

反覆的凶殺案，故事的結構都大同小異。

因為是舊聞，還滿好看的。人一死，就掉到故事的外邊了。

舊報紙就是廢紙了，論公斤賣的，老闆買它來也不是為了讓我們看的，包盆栽用。

每天都在等待妳的信。

和看門的小黃一樣，都認得郵差的嚤哆車聲了。總是失望得多，因此只好重複讀妳的舊信。但我不能一直就妳舊函應答啊。

如果那樣我就是瘋了，也就掉進昨日的深淵裡去了。

□□：

妳的信怎麼都那麼簡略呢？

都只有幾行，字又大，而且沒有細節。

常常每一封都差不多一樣，最大的不同是日期。

每天都過得像昨日？

看不出妳的生活究竟是怎麼樣的。

□□：

妳每一封信說得最多的是我未曾謀面的妳的外婆，妳年幼時她照顧了妳幾年，妳說了又說，好像那樣可以讓她重新再活回來。

說她一直在昏睡臥床中，一兩年了，早已不認得人。

以為她就要死了，以為她會在夜裡死去，第二天去看又是好好的呼吸著。

但對我來說她只活在妳的話語裡。

這是唯一重要的事嗎？

她終於死了。

妳說那是個解脫。我當然同意。活到那樣真是沒意思。

活著有時真沒意思。

有時晚寄的信先到，收到她的死訊後，又收到她活著的訊息。時間真是奇妙。

妳的事業經營得如何？

聽說返鄉以後妳追求者眾——

突然看到月光。月牙高掛，月光清冷。夜更奇冷了。

車子轟隆的駛過一片空闊的地帶。右邊是片廣大的水域，看不到對岸。水面泛著粼粼光波，涼意更盛。挺立在水中的，是一棵棵猶然堅毅的死樹。那巨大的水壩，大得像這新世界本身，快速吞噬了大片古老的森林。水面上升後老樹逐一絕望的被淹死，但枝幹猶高傲的挺立，只有鳥還會在枝幹上頭駐足、棲息。

山影像巨大的盆沿，盆水盛著綠樹的倒影，枯樹的前生。

水裡盛著的是一個顛倒的世界。

那前生也只不過是回憶。

就好比那回你們決意穿過一座島，那是座由繁花盛放般的華麗珊瑚礁環繞的、南太平洋上小島。沿著小徑走了一段路，經過一處小甘榜，迎面而來的村人無一不和善的微笑致意，男女均裹著紗籠。

路旁好多葉子稀疏的樹上都盤著蛇，蜷曲成餅狀。午後酣眠。

流向海的清水溝裡，枯木下，淡水龍蝦自在的探頭探腦。

沿著字跡剝落的路標，高腳屋旁潮濕的小徑。你們沿著許多人走過的舊徑，反覆上坡下坡，兩旁是雨林常見的植被，挨擠著、甚至交纏著密密的長在一塊。處處是猴子與松鼠，不知名的野鳥。

沒多久就置入小島古老蠻荒的心臟。

小溪潺潺，深茶色的流水，溪畔有垂草，溪底有落葉。當樹越來越高，林子裡就忽然暗了下來。濃蔭沉重。你雙眼一疼，眼一眨，口中一鹹，那是自己的汗水。上衣濕透。你聽到自己咚咚的心跳聲。好像這世界只剩下你和她。世界暗了下來。你聽到自己沉重的喘息聲，你聽到她的呼吸，她的體溫。淡淡的森林野花的氣味。鳥在樹梢驚呼連連，猴群張望。你們走進一條分歧的，更其隱蔽的小徑。

你好大膽。女孩說。

樹的高處閃過一團黑色事物，輕捷如豹，葉隙間，一條黑色尾巴上下擺動。

不可能是貓。

竟然出現數十棵橡膠樹，疏疏的散落於高低起伏的坡地間。不會是野生的吧？她說。那些樹看起來很老了，祖先的樣態。身軀巨大瘿腫，疤瘤累累，大片泛黑如遭火炙。刀創直入木心。你看得出持刀的人技藝低劣，唯利是圖。老樹已受傷沉重，多半榨不出什麼汁來了。

有幾棵波羅蜜。你聞到果香。

灌木叢再過去，是一片褐色水澤，黃梨似的長而多尖的葉子如蟹足。那是你那時尚不知其名的林投。

濤聲隱隱，那時，穿過林子應該便是海了。但小徑沿著那一灘隔夜茶般的積水，裡頭有倒樹枯木，有大群魚快速游動。你們仔細看，那是古老的魚種，會含一口水，準確的噴落水面上方枝葉上的昆蟲，再縱身一口吞下。

許多水泡咕嚕咕嚕浮起。水底落葉裡或許有大魚蠢動。

落葉被撥動，那是四腳蛇熟悉的腳步聲。

看到海了，不止是濤聲。就在不遠處，但走了好一會，都被一片雜木林和水澤阻隔。看到馬來人的高腳屋了，疏疏十數間，想必是另一個小村落。有的房子就搭在海上，你看到多座伸向海的簡略木構碼頭，像簡潔的句子，沒有過多的動詞和形容詞。

遠得像是蜃影。

應該有一條路可以穿過去的，還應該有道小橋，那就可以快速的穿越。即使是棵倒臥濕滑、留不下腳印的枯樹。但小徑卻異常固執的只是沿著、繞著而不穿越，像一篇寫壞的文章，因過於年輕而不懂得技藝的微妙。

你猶豫著要不要退回去。但那時你太年輕，也太瘋狂固執了，只會一意前行，即便那路已不像路——也許是條被遺棄的路，早已被野草收復，只隱約留下路的痕跡，也許更像是路的回憶。

新生而尖銳的茅草芽鞘且刺破你的腳緣，血滲出。

但她的身影已遠遠的消失在路的那一頭，其後更出現在碼頭的盡頭，像一個句點。

你甚至不知道她何時已然轉身離去。

村子被遺棄，高腳屋傾斜崩落。

潮水已退到遠方，深色的礁石裸露，像一片天然的廢墟。

海的氣味黏黏的，像魚鱗那樣生硬，令你泫然欲泣。

風吹過葉梢，如膨尾鼠在樹枝間高處走動。

她一身白衣白裙，從蒼苔階梯上款款走下。朝陽給她身緣著上一層明淨的光。她身後是林立的大樹，雜草和灌木，其間有霧氣擾動。風吹過，裙裾微微飄動。草花上有露珠，蜘蛛結網於草間，網得水珠晶亮晶亮。

女孩的形象映現在水珠球形的表面。

樹影的紫陽花沿階盛開，那藍色帶著笑意。

穿過水霧，那是父親葬禮的鑼鼓嗩吶。沒有人哭泣。

如果有冬天會更好，最好是降雪。然而連雨都沒有。乾渴的故鄉，風捲起沙塵。雲太遠，太高，而且不成形，不成象。只是百無聊賴的散布在天空，看起來有點髒。母親說，你還是回來吧。故鄉餓不死人的。

但故鄉太熱。像一口鍋。像籠子。

那尖鼻的女孩呢？母親問。

好熱。她說，快被煮熟了。

她騎著腳踏車，進入林中小路。也許太多樹根橫過，她不適應那不斷的彈跳，而速度放得極其緩慢，始終和你離得遠遠的。你老是得停下來等她，尤其是上坡時。藍色的裙子，一棵樹一棵樹減去的旅程。

衰老的家，破敗的舊鐵皮被陽光錘打得發亮，像是全新鑄就的。

她說，很好奇呢，沒收過膠。

沒燒過柴火。

沒從井裡汲過水。

體驗林中極致的暗夜，昏暗的火。

那麼多的果樹，紅毛丹熟果紅垂了枝，山竹果轉褐了藏在葉的蔭影裡。

還有小溪。溪中有魚。有蝦。螃蟹。適合讓孩子成長，就像是個土地之子。

可以學習生火。烤番薯。爬樹。

愛上榴槤、紅毛丹與芒果。

一抔土在悠悠的冒著煙。有人在朽餘的樹頭處生了火，再覆以草，覆以土。

內側的土被燒紅，燒黑，有的遂逐漸崩落成灰。

土中的草率先被燒成燼，煙乃沿著那黑色的縫竅徐徐升起，一縷縷白煙如魂魄。

最後的家土。

黑色羽毛夾在傳承久遠的標點版典籍裡。

母親的葬禮。豔陽天。

火車南下，火車北上；天明以前，黃昏以後。響動如暴衝，沒入森林，穿過小鎮。鋼輪狂暴的咬嚙著鐵軌，拚了命的震動。三等車廂裡瀰漫著尿臊味，一整排敞開的車窗，微涼的夜風也吹不走它。隨時煞車停下。在某個熟悉或陌生的站。

她睡著了，頭往你肩上靠。她醒過來，尷尬的笑笑。光穿過窗來，照著她臉龐。一時明，一時滅。

就如同那次的營火會。

你們都太年輕了，還不懂得愛，不懂得珍惜，不懂得悲傷。

雨後夜裡，風沁涼，溫婉的曇花奔放的張開雪白的花瓣，優雅的顫動。

花氣薰人。

她說，頭好暈。

我會想念妳的。

你心底那根脆弱的紘在顫動。

那個午後，白鷺鷥在新翻土的稻田覓食。爛泥味。燜熟的稻草野草有一股極致的衰敗氣味。爛芭味。生命在那裡滋生。

車子轟隆的駛過一片空闊的地帶。右邊是片廣大的水域，看不到對岸。死去的百年老樹，枯枝伸向清冷的夜空，無言的吶喊。繁星晶亮晶亮，有一鉤孤獨的刃月，寒氣浸透你膚表，疙瘩像愛撫。

水裡盛著一個顛倒的世界。

我會想念妳的。

祝你幸福快樂。

——原載二〇一五年三月二日至四日《中國時報》副刊

蛞蝓和它的鹽

——袁瓊瓊

一九五〇年出生於新竹市，原籍四川省眉山縣人。專業作家與電視電影編劇。早期曾以「朱陵」的筆名發表散文及新詩，更兼及童話故事。曾獲中外文學散文獎、聯合報小說獎、聯合報徵文散文首獎、時報文學獎首獎。著有散文《滄桑備忘錄》、《看》、《繾綣情書》、《孤單情書》、《紅塵心事》、《隨意》、《青春的天空》，小說《春水船》、《自己的天空》、《滄桑》、《今生緣》、《或許，與愛無關》等多部作品，極短篇《袁瓊瓊極短篇》、《恐怖時代》等。

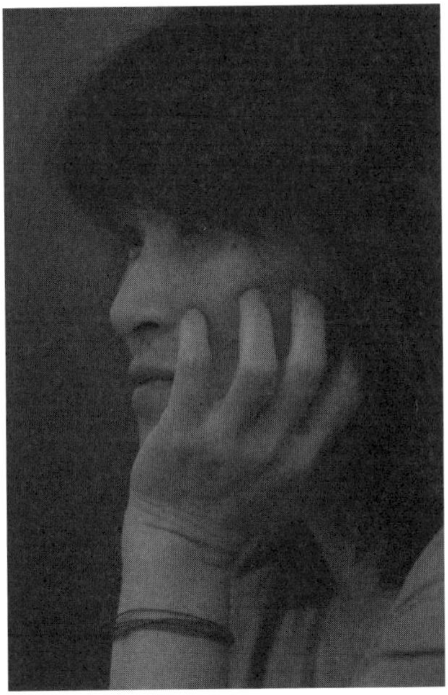

「我這一生最奇怪的事，發生在我和我閨蜜的身上。」

她說。怕我不懂，輕滴滴一笑說：「閨蜜意思你懂吧？內地流行嘍！」

我說我懂，姊妹淘，而且是關係特別緊密的姊妹淘。不比一般的。她又笑了。

極輕極清脆，幾乎是小心翼翼，說：「當然，你是作家。」

她是我小學同學。我們認識的時候，才只十歲。之後從未見過。有一天我臉書上她留話：「我是你小學同學。」寫了她名字。

她名字很特別，叫「馬一一」。馬一一全校知名，不全是因為名字。在我那個年代，她是傳奇。她功課好，人漂亮，從上了小三就一路作班長。我知道，因為我和她一直在一個班上。小時候的馬一一，似乎比同年齡的孩子個頭要高，身段苗條修長，非常不典型。其他孩子都憨頭土腦的，女孩也一樣，腦袋頂「童花頭」，俗稱「馬桶蓋」。粗布裁的白衣黑裙，衣服全都上漿，僵硬直挺。如果站著不動，裙子自動撐得蓬蓬的。跑步的時候唰唰響，像一路踩著枯葉。

馬一一不然，當時流行赫本頭，她的短髮是赫本頭。俏皮服貼，小臉襯得秀氣且亮眼。她且生一雙大眼睛，慧黠，古靈精怪；笑起來一口白牙，兩顆逗點似的小酒窩嵌在臉頰上。她的學生裙是昂貴的特多龍，免漿燙自然直。上衣也是。

那年頭還有初中聯考。學校每周舉行模擬考試，仿真正的聯考，考完會發布榜單，表揚狀元。每周六考試，隔周的周一，在朝會上頒獎。馬一一連續拿了兩年的狀元。

每周一的朝會，在全校師生面前，馬一一會輕俏的跳上司令臺：墨黑的及膝學生裙，雪白制服上衣，黑皮鞋嶄亮，白色短襪上頭是細瘦筆直的長腿。她總是嘻嘻的，露出小酒窩。鞋跟一併，跟校長行舉手禮。校長把沉重的獎牌交到她手裡時，音樂老師就開始彈奏校歌。在那兩年裡，那成為夢魘般的景象。因為馬一一是這樣容易便達到了如此的高度，每個老師都講：「馬一一都做得到，你們怎麼連她的百分之一都趕不上！」

並沒有人恨她或討厭她。我們那個年代的人心思單純，通常腦袋裡不放太多東西。在十一歲的時候，只放一件事，就是努力避免挨打。無論學校或家裡，體罰無所不在。我們過去不知道兒童這玩意是有人權的。

沒有人妒忌她，沒那個心思。我們覺得她像電影明星或童話故事裡的公主，非我族類。誰會去跟鑽石或者鳳凰計較什麼呢？我們的計較都只跟那些值得計較的對象，比我們好一點點的，或者我們比他好一點點的那些人。

我跟馬一一，在小的時候，沒有交集。她成績好，又是班長，雖然個子高，老師喜歡她，准許她自己挑位子，她就總坐在教室一進門，第一排第一個位子上。座號是一號。老師一進教室，她就跳起來，用清脆的聲音喊：「起立！」全體學生轟然起立，待老師走上講臺，馬一一喊：「敬禮！坐下！」於是大家轟然落座。

有一年，老師突發奇想，要馬一一，她是班長，自己挑班上的幹部。馬一一點名了風紀股長衛生股長學藝股長康樂股長……被點名的都乖乖站起來，後來她喊了我的名字，要我作副班長。

我死也不肯站起來。

當時，那個十一歲的我，到底心裡是怎麼想的呢？相隔多年，實話說，我猜不出來了。或許只是害羞，不想面對那樣多的注目。也或許只是偷懶，不想負責任。總之，我坐著，一動不動。

馬一一繼續喊。我沒反應。她又喊兩次之後，人走過來，想把我從座位上拉起來。我不肯。死扒住桌面。她扯動我時桌面搖晃椅子搖晃，整個教室安靜無聲，只有桌子椅子腳撞擊地面的格登格登。我不看她，死盯著窗戶外頭。白色天空上，藍色的雲無事飄過。

我問她記不記得她挑我作副班長的事？她有點茫然，帶點驚異，詫笑：「有這件事？」是有的。她問：「那後來呢？」後來我沒作副班長。不過我沒回答。就笑笑。馬一一說：「太久了。好多事都忘了。」

她不是來跟我敘舊。她在我臉書上留話：「有事想跟你談談。」下一行：「重要。」再下一行：「請務必幫忙。」

我通常不跟人來往，而數十年前的故人，幾乎是陌生人了。我很遲疑。雖然她說務必幫忙。不過年紀大了，我學到「自私」和「自愛」差不多等於同義詞。不管愛或照顧，基本上都得「自給自足」。扶持或幫助，對老年人是很昂貴的，得挑人來分配。

我去看她的臉書。她的臉書什麼也沒有，大概就只為了留話給我才開帳戶。我看那留言看了兩天才回話。她很快就邀我見面。

現在的她，很奇妙，居然還帶有過去那個女孩兒的影子。她依舊苗條修長。長髮披在肩上，看得出身上那套衣裝是名牌。沒化妝，臉上素淨，想到她跟我一樣歲數，實在覺得不可思議。

我誇她保養得好，她抬手在臉上虛虛抓了一把：「非保養不可。我做這一行的。」她遞名片給我。是一家知名的美容連鎖機構，上海北京香港舊金山溫哥華都有分店。她改了名字，名片上是「馬依伊」，頭銜是上海分店總裁。

她解釋：「原來那名字太難聽了。」名片印成直行，別人老喊成「馬二」，印橫的她嫌難看。她說：「請人算過筆畫的。」長方形，塗了珠光粉紅指甲油的手指彈鋼琴似的點了點名片。

「我就是想跟你聊一聊我跟我閨蜜。」她說：「我想不明白。」

兩個人大學同學。住同寢室。閨蜜很多人追，總在約會。——那時候專心念書，戴六百度眼鏡片。總在熬夜，總在吃零食，人很胖。不修邊幅。閨蜜每次碰到同時兩名追求者上門的時候，就叫一一幫她應付。

一一會拿了書出去，對那個人說：「楊詞熙出去了。」然後就掛起大眼鏡看書，一邊「喀嗤喀嗤」咬外頭沾滿糖粉的大圓硬糖吃。一一的責任是看好這一位別去房間裡探頭探腦，並且留在原處。她會倒杯水給對方。看到男人開始看錶，心神不寧的時候，便說：「她馬上回來。」

她是穿著寬大套頭衫，掛著眼鏡，眉不清目不明的，龐大的存在，因為太明顯而模糊。沒有人注意她，從來沒人問她的名字。她就坐在那些男人的旁邊，相隔一張茶几，或一張單人沙發。翻著書，「喀嗤喀嗤」咬碎糖果，偷眼瞧他們的焦躁不安或憤怒。反正她也沒處可去，詞熙正在寢室裡應付另一名追求者。

那些不同的男人，老實的，滑頭的，浮躁的，謹慎的；他們坐在椅子上，摸自己的頭髮，抓下巴，把襯衫第一顆鈕釦解開又扣上，扣上又解開。清喉嚨，醒鼻子，發出聲響。拍自己的膝蓋。兩手交握，大拇指搓來搓去。摸喉嚨，手掌下滑到胸口又升上去。用指頭彈自己的嘴唇，輕微的巴搭巴搭。腦袋向左轉，稍停，之後向右轉。像一臺快報廢的老風扇。

沒有人跟她講話。

房間裡沉靜如古池水。她或許像蜉蝣生物，雖然遍布整個水面，跟不存在沒有兩樣。她的動靜不能稱之為動靜，因為沒有人有感覺。她模糊，龐大，無所不在，但又是隱形的。男人們獨自坐在房間裡，坐在他們的失意和迷惑中，他們不離開，因為一一會說：「詞熙馬上回來。」她像報時鐘，輕巧平穩的重複這些語句，直到詞熙進來。

詞熙從門口進來，她總是從門口進來。打發了屋內的追求者之後，她會從窗口爬出去，之後從會客室正門進來。兩頰通紅，髮絲紊亂，眼睛亮亮的，笑得像展開來的華麗裙襬。她說：哎呀對不起啦我差點忘記了跟你約的事，我從圖書館飛車趕回來。

男人剎那活了，迎上前去。沒有多餘的動作，直立在詞熙面前。一一便水黽般無聲無嗅點擊著水面離去。她是蜉蝣生物，而現在這裡已經不是古池塘了。

她先結婚。嫁的男人和她一樣安靜。詞熙問她：「這男人有什麼好？」一一說：「他跳脫衣舞給我看。」詞熙大笑起來。那或許是嘲笑，不過一一不在乎。

她說的是真話。她的男人很安靜，人胖胖大大，不過許多事不是外表可以看出來的。這個不愛說話的男人，在人多的場合總是微微抿嘴笑著。用最節省的字句對付一切寒暄和交談。他只說「嗯。」「是。」「什麼？」還有「耶。」之後抿嘴微笑。好脾氣的，安靜的，沒有笑聲。

但是他喝了酒就變成另一個人。他把一一揿在懷裡，啃她的臉啃她的頭髮，在她身上嗅來嗅去，說我好想吃了你。在她面前脫衣服，一件一件，脫下來的時候用手舉高甩圈圈。之後扔到一旁，像大熊般撲過來圈住她，把她壓在飽滿結實的胸口，咬她的手指咬她的腳趾，咬她身上帶肉的部位，說我好想吃了你好想吃了你連皮帶骨。

一一結了婚十年之後詞熙才結婚。她和一個有妻子的男人戀愛。兩個人是同事。發現丈夫外遇的妻子到辦公室來找詞熙。詞熙正在午間休息，趴在桌面上小睡。女人用手提包重擊詞熙腦袋，之後抓住她頭髮，拉起頭來再重重往桌面撞擊。同事們來拉，女人不放手，扯掉詞熙一把頭髮，之後扯裂詞熙衣裳。人們拖著女人從詞熙身上離開。詞熙跑掉。女人不知怎麼掙脫了追過來，在整座大樓辦公室裡追逐她，高聲喊叫極度難聽不堪充滿挑釁和侮辱的話語。詞熙在整座建築物裡奔跑，識與不識的各部門的人員看著她。她在不停奔跑，感覺整個辦公廳大得驚人，永無止境，而女人的聲音充斥整個空間，幾乎就像貼著她的耳朵叫喊。

後來主管叫詞熙去問話。管理階層在十一樓。詞熙坐電梯上去。在電梯的鏡子裡看見自己額頭上亮亮扁扁一片橢圓形的紅，倒像是胭脂。胭脂在第二天轉成青紫，之後變藍，變黑，成了胎記。她頂著那記號在辦公室裡無事般來去。跟人說笑，照樣跟男同事拋媚眼，女同事盯著她的時候就甜蜜蜜的一笑。她不記得記號什麼時候消失的。她有意不去注意這個。她把裙子穿得更短，口紅塗得更豔。她對一一說：「我跟他拚到底，看看到底誰死誰活。」

一一原本以為她說的是男人的妻子，後來才知道，詞熙指的是那個男人。

在老婆大鬧辦公室的時候，男人不在場。之後許多天都沒來上班。之後來上班了，與詞熙不見面。主管把他調到了另一個單位。在新單位裡，男人繼續發展戀情。詞熙依然追求者眾，下了班跟同事出去喝酒，高聲笑著，在經過男人辦公室的時候笑得格外嬌媚，大聲。

表象如此，但是兩人私底下持續見面。男人不肯離婚。他們在房間裡大吵，摔壞賓館裡的電視，檯燈，貼牆落地鏡面，紅絲絨座椅，黃梨木八角形茶几。之後抖落床褥上散布的玻璃和木屑碎片，帶著眼淚和怨恨擁吻，激烈的做愛，睡去。

詞熙說：「都到這地步了，不整到底我不甘心。」

有一次，詞熙在睡夢裡醒來，看見男人坐在床邊，邊抽菸，眼灼灼的看她。男人說：你為什麼不死？他噴煙，白煙在他冷淡的表情前散去，他說：「我看了你好半天，一直在想，該不該一手把你給掐死。」

詞熙說：「你掐呀。」她翻身睡去。

半年之後男人終於離婚，詞熙進了門，成為兩個男孩的後媽。

詞熙現在有了個家，如果她曾經對自己的婚姻有過任何想像的話，現實比她的想像，多了許多。這個「多」不僅止於孩子，還有公婆，還有那個前妻所布置出的家的規模。因為有老人家，東西不准扔也不准換新。她新婚，但是除了她的身分，周圍沒有任何一樣新的東西。她和老公在飯店度過新婚之夜。回到家的第一夜，她感覺另一個女人無所不在。他們的臥房裡，那張有點鬆垮的木頭床，雖然床罩被褥全都換新，但是躺上去，和翻身時，床鋪發出咿呀聲。她沒法不覺得那是一種示威：這張床在倒帶，重播曾經在床上發生過的事情。

男人很快睡去。詞熙睡不著。半夜裡她去廚房裡找酒喝。灌了半打啤酒。之後在雲霧狀態中回到床上。

生活裡有許多需要灌酒的事情。婆婆每天下廚，堅持大家晚上都要回家吃飯。詞熙不管多晚下班，婆婆一定等著為她熱菜。東西好不好吃還在其次，老年人省儉，只要食物沒吃完，第二天一定熱了繼續吃。她完全吃不下，看著那黑糊糊的一團，配著啤酒，吞藥一般嚥下去。

她決心要證明自己比原來的女主人更適合這個家。她早早起床給孩子們做早餐，準備便當。很快接手家裡頭的所有開支。公婆有退休金，那是他們的。詞熙不但不花他們的錢，每月還固定奉上零用金。對孩子也是這樣。她參加所有「家長」應該參加的活動。家裡頭老老小小的任何紀念日，不但準備禮物，還有額外的紅包。男人完全不管事。

不久，詞熙就明白了：一直以來，這個家是如何運作的。女人不堪負荷的時候，萬一有所埋怨，男人就逃到外頭去，通常是其他的女人身邊。詞熙自己曾經是那個「其他的女人」，詞熙很清楚。

但是她不讓自己成為男人前妻那樣的女人。她用另外的方式來排解，或許是更糟的方式，不過，至少她平衡了。

她開始恢復婚前的生活，就像她還是單身。

只要男人躲到一旁去悄悄講電話，或是中午休息時辦公室裡見不著人影，詞熙就打電話。打給那些婚前的追求者。安排晚上去喝酒或者唱卡拉ＯＫ。她不跟他鬧也不去抓他的姦，她只是自己也出去玩，比他玩得更凶。

有一件事是連詞熙這樣的情場老手也萬萬沒想到的，就是，成為人妻之後，她似乎更加炙手可熱。幾乎任何男人她都可以手到擒來。那個在她被追打時召她到十一樓去訓戒的主管，帶她出差。晚上喝了酒到她房間裡去。男人脫了衣服只穿內褲爬上床，皮膚慘白，像一頭巨型的大蛆。尖尖腦袋，肥滿的身軀。詞熙把他踢下去，用擦了紅色蔻丹的白嫩小腳，像芭蕾舞演員，撅直了腳尖，把男人踢下床去。男人又爬上來，她再度踢他。抓起床頭櫃上的菸灰缸打他腦袋。男人護頭，說：「不要這樣。不要這樣。」說：會痛呢。詞熙又踢他下床，男人抓著她的腳尖爬上床來，一邊親吻，說：「小傢伙你要把我弄瘋了。」

她跟一一說這些事，一邊試衣服。

她在一一家裡放了許多漂亮衣服鞋子，如果晚上有約會。她下了班就到一一家裡來。在她自己家裡，她是完美的賢妻良母。背過來的那一面，她留在一一這裡。她在出遊前到一一家來換衣服。也有時候是玩了一晚上，到一一家來洗澡，把身上噴的香水味和酒味洗掉。

一一那時是道地的黃臉婆。因為發胖，衣服總揀遮身材的穿。看著詞熙那身打扮，往往生起悃然之感，也不知是遺憾還是嚮往。她抱著四歲的女兒倚在門上看詞熙把自己打點得花枝招展，七歲的大兒子就總在她腿邊探頭探腦。

詞熙並不忌諱，小傢伙在旁邊看著，詞熙會喊他：「Willy。」一一的兒子不叫這名字，是詞熙取的，說這小鬼長的就應該叫這名字。她把 Willy 叫到身邊來，派給他解釦子或拉拉鍊的小差使。小傢伙站在詞熙身後，嚴肅的板著臉，把小圓鈕釦解開，替詞熙把拉鍊從臀部直拉到後背上，詞熙笑著哄他：「Willy 好棒！Willy 好厲害。」她噴香水，順便灑他幾滴。

Willy 說：「等我長大，我要開一家店，專門替女生解釦子和拉拉鍊。」一一和詞熙都笑開了。詞熙忍住笑，去逗他：「一定哦。我幫你出錢開。」煞有介事的跟 Willy 勾手指頭。

兒子非常非常喜歡詞熙。詞熙在的時候他總繞著她轉。相反的，一一的丈夫不喜歡詞熙。詞熙的事他聽一一講太多了。每次聽的時候都面無表情。之後說：「我不懂你怎麼還跟她混在一塊。」他不愛說話，這就算他最嚴厲的批評了。

詞熙也不喜歡他。給他取外號叫「周饅頭」。當面也叫。表面上是因為他的長相，實際上，詞熙的註解是這樣：「食之無味。棄之也不可惜。」詞熙有種慣性，見到男人就變了樣子，倒是在周饅頭面前完全本色。

一一停了下來，忽然若有所思。她半啟脣，垂眼看著前方一塊空白。我問：後來呢？

實話說，故事雖然精采，我到現在沒聽到什麼真正奇怪的地方。我估量她故事還沒說完。

一一發呆，好半天才說：「我是離婚後改名的。」離婚之後她出來做事，原先靠丈夫養。我問：你離婚跟你閨蜜有關？

她點頭。我感覺自己猜出端倪了：「她跟你老公外遇？」

「沒有。」一一皺起眉來，詫笑：「不可能。我老公不是那種人。」

但是，一一婚姻破裂，確實是因為楊詞熙。

那天是詞熙的結婚周年紀念日。

詞熙跟她丈夫沒有那種熱烈的爭吵了。兩個人似乎各安其位，雙方都知道對方在幹什麼。有時候女人打電話來，詞熙直接抓了電話接聽，笑嘻嘻說：「我歐，我素 mary。」用奇怪的腔調回答：「耶。耶。」之後說：「wait a minute!」她丈夫從詞熙手上接過電話。兩個人眼對眼。男人說：「我媽嘛……年紀大了。菲傭。是啊，新來的。」詞熙笑吟吟看著他，男人面無表情，毫不閃避與她對看，兩人就像共謀者，設計著奇特的陰謀，是加害者，也是受害者。

詞熙沒有這種情形。她的男友們不會打電話到家裡來。她老公似知道不知道。他們現在相敬如賓。他頂多一句：「裙子怎麼不再短一點？」或者：「多露一些啊。」他瞪著大眼，非常公平和無情的說出這些言語，既不自卑也不自傲。詞熙就把衣服往下拉一點，或把裙襬往上拉一點。純粹為了侮辱對方，透過侮辱自己。

詞熙的紙婚宴跟她的結婚典禮一樣轟轟烈烈。這時候，她除了還在公司上班，另外兼做房地產仲介。席開十來桌，有三分之二是她賣房子的客戶。她把老公帶到每一桌敬酒，跟人誇讚自己的男人天下少有地上無雙。男人說，向著那一群認識他妻子的男人：「我老婆謝謝各位照顧了。」或者：「請各位多多照顧我老婆。」完全聽不出除了字面之外，還有任何別的意味。

結束後，詞熙送一一夫婦回家。她開車。她老公坐在司機座旁。男人攤著，不說話。或許是醉了。詞熙跟一一聊天，不過說些尋常事情，那位陳老闆花了她兩禮拜才做成生意，不過佣金就賺了一百萬。游桑是土財主，非常討厭，每次要在桌底下摸她大腿，他有手汗，摸過的地方就像被一條大舌頭舔過，濕黏帶腥味。不過他出手爽快，詞熙的業績有一半靠他。

詞熙非常會賺錢，能耐超過她老公。自然也超過周饅頭。一向如此。老朋友了，一一明白她不是在誇耀。她靠在自己丈夫溫暖龐大的肩膀上，半睡半醒，宴席上也喝多了。周饅頭狀況也差不多，整個車上唯一清醒的大概只有詞熙。她似乎急躁，尖著聲音，零零碎碎，報著那些人名，那些對一一而言接近虛無的龐大數字。詞熙或許用這些字句音節讓自己保持清醒。她事實上也喝得不少。

遇到了紅燈，車子停下來。這時候，大家以為睡著了的，詞熙的丈夫，忽然從座位上直起身來。他對詞熙說，慢慢的：「你不要以為我不知道你在幹什麼！」說話的他非常清醒。他說：「你—這—個—賤—女—人！」一字一句，鏗鏘有聲。他打開車門，大聲：「你給我下車！」

詞熙沒有反應。車上其他的人也都沒有反應。男人這時扭身越過詞熙，開了她那頭的車門，他推攘詞熙：「你下去！」

「你下去！」他說：「你下去！你下去！」

詞熙不動，雙手壓在方向盤上。一言不發。男人推攘半天沒有結果，說著：「你不走我走。」他下車，出來時顛躓。一一看明白他醉了。她和周饅頭下車去勸。半夜裡。馬路上沒什麼人車。空曠曠。陰藍色柏油地面，反映著路燈的光，水幽幽的。男人往馬路上衝，被周饅頭拉回來。又往路邊衝，路邊是水溝，雜草叢生。周饅頭又把他拉回來。他整個的不辨方向。卻又力大無窮。拖扯著兩個人這邊去那邊去。拖到了路燈底下。一一這時看到他就像瘋狗似的，嘴裡吐著泡沫，往下巴滴口涎。長長的，透明的，畸形的涙滴，像是活生生的東西，不會斷，拖拉著，發著銀色微光，在他的下巴上，胸口上，晃過來又晃過去。

他不肯回車上來。

詞熙的車在一百公尺外，冷靜的亮著尾燈。死了般沒有動靜。後來她按喇叭，輕微的：「逼，逼。」又按：「逼，逼。」像喘氣。小心翼翼的。一一夫妻倆回到車旁邊。詞熙開車門，說：上車。

一一說：「他喝醉了，不能放他不管。」周饅頭不發話，同意一一的看法。詞熙只說：「他沒事的。」她說：「上車。」

兩個人上了車。車子慢慢的往前開，經過那位抱著路燈柱的男人。燈光直射到他臉上，曝光過度，白得似乎失去了五官。一一最後的印象是男人放開了燈柱，往馬路上的黑晃蕩過去，臉孔消失。而似乎有車輛正疾駛而來。

但是他沒有出事。

兩口子繼續相敬如賓。不過那個家越發讓人待不住了。詞熙每次約會完了就來找一一，半醉著述說她那一晚的經歷，吃吃笑著，說那些男人如何把她摁在牆壁上，手從她的腰間往上蠕動，塞進她的胸罩裡捏她的乳頭。或著探進她裙腰裡，在抵達欲去之處時被詞熙死死摁住。她從來不讓那些男人得逞。詞熙說：她只是逗得他們硬起來。隔著裙子隔著褲子，感覺他們在進入她這個行為上的慾望和無能為力。她用手掌使勁壓住男人的器具，用幾乎要鏟斷或掰斷它的力道。堅硬的推擠，把那明顯的東西推回男人腹腔裡去。之後，感覺對方開始柔軟，流體似的化了，變成軟綿綿的一片，與體溫融合，消失於無形，像是他們原本就沒有這樣物事。

詞熙來的時候，周饅頭往往先去睡。一一陪她談話。她聽得太多了。很難明白詞熙究竟是在誇耀還是發洩。一一的生活裡沒有這些。她和周饅頭是尋常夫妻。她聽得太多了，多到她厭煩起來。不同的男人，有名有姓，有臉孔有軀體，他們一體在詞熙的壓迫下屈服。詞熙用詭異的方式保持貞潔，淫蕩和汙穢的貞潔。她知道她的男人沒有守住。有女人打電話給她，說自己懷孕了。詞熙平平道：「你沒聽過月經規則術嗎？」她提供那女人三家流產診所的電話。

兩個人都玩。但是她沒有失身，她依舊貞潔，就在這件事上贏他。

但是一一厭煩起來。她聽膩了詞熙搬演的情色畫面。她對詞熙說：「你有沒有想過，這些男人只是在玩你。」

那時候詞熙正在講述某個對象把舌頭伸進她嘴裡，一邊抓著她的手塞進自己褲襠。詞熙說她咬了這個男人，男人跳起來，但是她的手還在他褲子裡，他脹起來了，褲襠變得很緊。她高興的笑著，像個在遊戲中得勝的孩子。

她聽到了一一的話。笑容沒收，依舊是一臉幾乎是淘氣或快樂的笑容。過一會，她說：

「誰玩誰還不知道呢。」一一說，出於極大的厭煩：「總之他們對你不是認真的。」她並不是惡意，也並不想指責詞熙；分享了她那樣多的出軌情事，她差不多等於共犯了。她只是累了。時間已經很晚，而且她已經聽得太多。

詞熙不答，收了笑。把桌上半杯紅酒喝了，然後說：「我去尿尿。」

一一坐在客廳裡等她。期望她這是告辭的意思。

她等了許久，詞熙沒有出來。

她到浴室去找。浴室裡沒人，飄著花香，幽魂一般，濃烈的花香。粉粉的，熱熱的。在半夜裡，意外的花香，幾乎像某種靈異現象。她不明白為什麼浴室裡會出現這個味道。

她到書房去找，詞熙不在。她到廚房去，開門看屋外頭。猜想詞熙或許不高興，自己走掉了。

但是都沒看到詞熙。

事後回想，一一總是詫異於自己的無知無覺。竟然毫無預感。這個影響她整個人生的事靜悄悄發生，她像盲人走在黑夜裡，一無所覺。

後來她回房間。臥室裡全黑。周饅頭習慣關燈睡覺。一一站著，忽然有種毛毛的感覺。隨即，她明白為什麼會有這種異樣感。她聞到了花香。浴室裡的花香。濃濃的，粉粉的，熱熱的。那氣味氤氳在房間裡。甚至這時候她也還沒多想什麼，她只是站著。

眼睛適應了黑暗之後，她看到床上周饅頭躺著，身軀異樣龐大。而她的手比腦袋更迅速的意會到有事情發生了。她啪地開了燈。看到詞熙躺在床上，和自己的丈夫一起縮在被窩裡。而周饅頭摟著詞熙，兩人腦袋黏在一塊。

詞熙並沒睡著。她醒著，非常清醒。燈亮之後，她看著一一，兩眼發亮，之後大笑。那是勝利的眼神。她推開周饅頭，掀被子下床。周饅頭這時候才清醒。他睜開眼，之後坐起來。

一一和詞熙回到客廳。她什麼也沒說。不知道要說什麼。詞熙一直笑著。清脆的跟她說再見，之後離開。

回到房間之後，她問周饅頭，氣急敗壞：「你們剛才在幹什麼？」

周饅頭說他不知道。他只是燈亮了，又聽見詞熙大笑，所以被吵醒。一一跟他說自己看到的事情。但是周饅頭否認。他說絕不可能，沒有這種事。他根本不喜歡詞熙。

之後數年，周饅頭一再否認這件事。而且只要一一提起，他就生氣。斥責一一無聊，胡思亂想。「我早就叫你別跟她一塊混。」還有：「你去問詞熙啊。去問她到底有沒有這件事？」一一不問詞熙。一次也沒問。而因為周饅頭斬釘截鐵的否認，而她明明白白的看到，她沒完沒了的總是要提，總是要述說，似乎重複述說，周饅頭便會同意這件事真的發生過。

許久許久之後，那時候兩個人已經離了婚，她才理解，周饅頭為什麼始終否認。在他，睡夢中會鑽進被窩裡來的女人，只有自己老婆。而那個女人如果縮進他懷裡，摟住他，甚至親吻他，他所做的亦只是習慣性的回應而已。

在他，一一所看到的畫面的確沒有發生。

但是，當時一一不明白。她不懂周饅頭為什麼不承認。她相信是詞熙預謀了整件事，在去找周饅頭之前，她把自己洗得香香的。她也懂詞熙是要傷害她，為了報復她說的那些話。她不怪自己的丈夫，她甚至不怪詞熙，她只是沒法接受自己眼睜睜看到的事情，竟無法證明那是真的。

這件事開始往詭異的方向演變。一一不能懂，周饅頭有什麼不能承認的？這樣簡單的事。只要他承認這件事發生過，夫妻倆就可以共同來抵抗詞熙，去辨認詞熙的惡毒和眥睚必報，把整件事付之一笑。但是周饅頭不肯承認，這事件就成為了某種劇毒之物，發著臭氣，在沉默中腐爛。

更有甚者，或許為了表示自己清白，周饅頭反倒與詞熙感情好起來。他那些批評詞熙的話再也不提了。而詞熙，忽然與周饅頭異常親熱。她那套對付其他男人的作表，現在使用在周饅頭身上了。聊天的時候，她時常繞到周饅頭背後，摟著他，對桌對面的一一微笑。那整個畫面，表達的訊息很明顯：「我要誰都可以。」她用各種舉動表達這意思。她會擠坐在周饅頭大腿上，講話的時候偎在周饅頭肩上，或是告別時輕倩的去啄一下周饅頭的面頰。

一一視而不見，她裝作視而不見，因為不知道要怎麼辦。周饅頭則毫無反應，似乎不受詞熙的作態所干擾，卻也不拒絕。——感到絕望。她確知周饅頭與詞熙沒有什麼，她更確知詞熙對周饅頭根本毫無興趣。她只是在玩。她自己說過：「還不知道誰玩誰呢。」

總之，她的婚姻就是這樣毀掉的。每次跟詞熙見過面之後，她把怨氣發到丈夫身上。她埋怨周饅頭不避開詞熙。言語越來越尖刻。避不開詞熙，詞熙是她最要好的朋友，某些模式已然確立。她習慣了半夜來按門鈴。習慣了在——家進進出出。習慣了到每個房間去坐或臥，像那是她自己家裡。

——和丈夫不斷的爭論，但是兩個人都不願意去面對詞熙。兩個人都不去質問她或拒絕她。他們不停爭吵，把所有不愉快的情況歸罪到對方身上。到後來他們放棄對話。面對面坐著，連看都不想看對方。

有一天傍晚，有人按門鈴。不知道是誰。——忽然恐慌起來，她開始哭，不許周饅頭去開門。不想讓外頭的人知道屋裡有人，她不出聲的哭著。眼淚滾滾而下，如同某種惡症，眼前一片模糊。她的丈夫站在面前，他要去開門時——阻止他。他站在她面前，既龐大又模糊，似存在又不存在。兩個人聽著門鈴響。——哭的像水龍頭。後來鈴聲停了。周饅頭離開。他甚至沒興趣來安撫她。

——得了憂鬱症，感覺整個世界在以一種自己無能為力的方式旋轉，不知道正確的方向是哪裡。她整天在家裡睡覺，拉著窗簾關著燈，沉溺在無邊無際的黑暗之中。

有一天，她床邊坐了一個人，黑而朦朧，跟她說：「一一，你不可以這樣下去了。」那是詞熙。詞熙勸她離婚。勸她把孩子留給周饅頭，之後照顧她，直到她恢復。又替她找了工作，帶著她到上海去。

她們是閨蜜。從年輕到年老。雖然詞熙對她做了那樣的事。滑稽的是，她從來沒跟詞熙提，也從來不說自己婚姻的破碎起因正是詞熙。她不是原諒詞熙。反過來說，詞熙或許也沒有原諒她。兩個人只是不提，把那個奇妙的夜晚發生的事束之高閣，沒有人知道是否存在是否被記憶是否有傷害有疤痕。

這就是馬一一，不，該說是「馬依伊」這十來年的生活。她漸漸習慣了單身，恢復了身段和容貌。交往過一些男人，也分手過一些男人。詞熙則成為了寡婦。她丈夫癌症死去，她又成為完美的未亡人。照顧那個其實和她並無血緣關係的一家人。她沒有生育，保持著年輕時的嬌小身段，相貌則依舊鮮嫩：她從不提她是如何維持的；以及年齡層更廣闊的男友群。

依伊長年待在上海，詞熙全世界到處跑。兩個人其實見面不多。不過詞熙是不會變的，她總是那樣，嬌美，潑辣，對男人手到擒來。什麼也傷不了她。她就像活在一種奇妙的時空裡，周圍有詭異的結界，歲月無法侵犯她。

大約半年前。依伊去美國看兒子。就是詞熙叫他 Willy 的那個男孩。他現在英文名就叫 Willy，Willy 周。兒子快四十了，還在念研究所，念完一個又換一個。他讓自己是永遠的學生，因此而不必長大。他住在校外，一棟木造樓房。對一個還在念書的學生而言，這地方明顯超出他的能力。兒子說自己跟女朋友一起住，房子是女朋友的。依伊說：「把她叫來讓我看看啊。」Willy 說：為你好，你還是別見她吧。

她不該追問下去，不過，她一向不敏感。離婚之後，她與兒子相處的機會不多，一年見個一兩次而已。她並不了解 Willy，也聽不出他是在說笑還是講真話。依伊追問：「怎麼，不能介紹給媽媽？」

Willy 十二歲就出國，作風已經很美式了。他看住母親，完全不想遮掩和隱瞞，挑起一邊嘴角，笑了：「我警告過你了。」他那種淘氣的不在乎的笑容非常熟悉。依伊那時就像腦袋裡定時炸彈爆開來。她說：「你不會是和楊詞熙在一起吧？」

兒子坐在沙發上，搭著二郎腿，兩手撐開放在長沙發椅背上。微笑著，篤定，掌握全局，他說：「為什麼不呢？」

依伊感覺自己被某種惡意所包圍。她不相信詞熙愛 Willy。她只覺得詞熙在報仇。毀了她的婚姻不夠，還要毀掉她的兒子。而只不過是因為自己當年在她誇誇而談時說了幾句不中聽的話。

她感覺自己完全不認識這個女人，交往了快一輩子，她並不認識她。她不明白楊詞熙為什麼要這樣對付自己。

她想了一個晚上，決定把詞熙的「真相」告訴兒子。詞熙的婚姻，詞熙的男友們。她與周饅頭離婚的原因。

在這樣短的時間裡，把一生托出來。忽然，許多事變得明顯。依伊開始明白自己於詞熙，不是什麼閨蜜。於詞熙，她不過是一個好用的，便利的什麼，她那樣柔順，方便，不拒絕，隨召隨到，而且，最重要的，她從來沒發現這一點。她甚至感激詞熙，在某些事情上。她是詞熙身邊那個永遠忠心和愚蠢的朋友。而詞熙不在乎她，不在乎她的想法，不在乎傷害她，滿不在乎的奪取屬於她的東西。

她有種自己的生命被整段拿掉的感覺，原本相信的，甚至依靠著存活的那些信念崩毀了。她沒有再和詞熙聯繫。而詞熙比她更快速的，更直接的切斷了兩人間一切的通路。她永遠是贏家，從來如此。

詞熙和 Willy 仍然在一起。至少臉書上看是這樣。她偶爾會去看兒子的臉書。有 Willy 的照片，和詞熙合照。生活照。詞熙化大濃妝，露出乳溝，長髮披肩。無情和輕蔑的挑起一邊嘴角微笑。Willy 也一樣，兩個人相同的表情，相同的姿態。她自己的骨血，現在和詞熙比她更像一家人。兒子也跟她切了。Willy 拒絕見她，拒聽她的電話，她打到美國去，那頭往往不發一言切斷。她永遠不知道電話那頭是誰。是 Willy 還是詞熙。

「但是那些都不算什麼痛苦，我現在知道。最大的痛苦是我的孩子恨我。」

她說。

她知道，而且她相信，事情一定是這樣：Willy 現在跟詞熙住在一起，她會把對自己的恨意病毒一樣傳染給 Willy，並且把兒子養育成更像詞熙自己。

她沒有流眼淚。很平靜。或說冷漠。

她說她買了我的書。她把書從袋子裡拿出來，翻到那一頁。她說：我看到這一段，所以想來找你。

我看著我自己的句子：

我爬過我的沉默
透明的沉默
像蛞蝓在鹽上行走
一邊死亡一邊分解一邊活著
並且融化　在身後迤邐出漫長的，玉色的道路

她說：「我正在那玉色的路上，和我的鹽一起，一邊分解一邊死亡。」

——原載二〇一五年三月二日至四日《中國時報》副刊

春天別來

張怡微

一九八七年生於上海，現就讀於國立政治大學中文系博士班。著有長篇、短篇、散文十三部，最新代表作為《哀眠》。

曾獲紫金「人民文學之星」散文大獎、時報文學獎短篇小說組首獎、臺北文學獎散文首獎、香港青年文學獎小說高級組冠軍、《上海文學》中篇小說大賽新人獎、時報文學獎散文組評審獎。

一

我再次見到潔西，已時隔兩年。她上臺北來面試幾間銀行，都過了三面，躊躇滿志。潔西穿便裝坐在我對面時，很有禮貌地關閉了網路，將「愛瘋」放在桌邊。這一連串的動作令我感受到流逝的時間裡，她身上新生的老成及其與往昔所創生的隔閡。我在短時間裡恐怕難以習慣這種微妙的變遷。畢竟隔著海峽，我們既不是耳鬢廝磨的閨蜜，也因周知的原因當不成「臉書朋友」，我們於是僅僅是——前室友。說遠不遠，說近不近，還好久不見。

我的兩位臺灣室友，另一位在那年已經因故離世。後來我都一個人住，如今已經第四年。有些房東並不樂意將房子租給大陸人，我也是聽好心的臺北人說起過這中間的「潛規則」。房東最喜歡的客人是年輕的臺灣夫婦，其次是本地的臺灣大學生，最不喜歡老人和外國人。我兀自體會了一下，倒也覺得情有可原。搬到臺北以後，我的住所是比鄰學校的一棟老宅，原本的套房被隔成好幾個房間。同樣的價錢，我在臺中可以睡上一張四面不靠牆的大床，寫上一個比裁縫的桌子還大的書桌。然而這就是臺北，美中不足之處不只是多雨的天氣。

潔西眼前碩大的白色餐盤顯得我們的餐桌好小，但潔西喜歡西餐，我心裡記得這件事。她念本科時帶我去吃的所謂的「臺灣美食」幾乎都是義大利麵，不然就是牛排，再不然就是漢堡、鬆餅、霜淇淋、馬卡龍……每次都讓我感到好笑又困擾。凱莉要比她圓融早熟得多，她知道區分「我喜歡」和「外地人喜歡」之間的差別，也知道怎麼打發我這樣充滿問號的異鄉合租人。而潔西搞不清楚這些門道，她和凱莉同齡，卻顯得比她小，凱莉有時會沒好氣地白她一眼，那個眼神我至今都記憶猶新。只是我享受凱莉的幫助短短兩個月過後，她就不在了。在經過了最 shock 的一個月後，我和潔西似乎有了默契，誰都不再提及這段悲傷往事，為此，潔西居然連本科畢業照都沒有 po。不只是有凱莉一起的，哪怕是四年後早就沒有凱莉的，潔西都沒有上傳臉書，可她那麼愛拍照。所以，很難說我們倆在後來的四年中沒有受過影響，也很難說沒有那件事我們可能都成為了另外一個人。

此次見潔西時，我忽然有些傷感，起源於我隱隱覺得，四年前我和她在朝馬轉運站的那次道別已是一切道別的開端，往後則會是漫長的散場。如今的我們，只是遊樂場裡宿命會飛流直下的「激流勇進」船，剛過半空軌道，未來會分秒泛起更為充沛的水花與涼意，沒有第二條路。離別將至未至，這種感覺對這些年來的我來說很熟悉，像預感到愛情要結束，經年以來積累的豐富經驗告訴我，此時此刻會是最佳終點。

二

臺中鮮有雨天。但四年前的那個明媚天卻顯得那麼悲傷。潔西、莉莉還有潔西的其他的朋友在那裡送我，替我拿包，幫我買票、看錶。潔西緊緊握著我的手，只因為我隨口說你下次見到我時，我一定已經身傍十萬人民幣觀光押金啦。那些錢即使在四年以前對我們都如百萬英鎊般遙遠，我只是隨便說了個數字，以為會嚇死別人，現在想想倒是快把自己嚇死了。

但我很確定，當時的潔西其實並不清楚我到底在說什麼，或者說我在暗示著什麼，她只是對我的拙劣玩笑感到傷心，意會到我短期內不會回到島嶼，更不會回到臺中這所偏遠的大學。我們真的要分別了，也不知道是不是永別。我踏上的國光號，也不知道是不是太平輪。她還滿眶含淚對我說：「我以後再也不要跟大陸人一起住了。」像個小孩子在發糯米嗲，聽得我心都碎了。

臺灣人將「發嗲」說成「塞耐」，「耐」要發成第一聲，我第一次聽到這個詞時就想到了潔西，覺得很適合她。潔西本來就像個小孩子一樣，圓臉、雪白、微胖，但充滿了明媚的朝氣，講話時聲音很「耐」，形體也很「耐」。經常撲人，周身像棉花糖一樣柔軟。她聽不太懂別人在說什麼的時候，就會爆發出甜美的笑聲來搪塞，這樣的時候往往很多，她就顯得格外可愛。且她十分善用此地經典的三段論應付與我的聊天：蛤？真的假的？然後呢？

然後我就繼續佯裝大她幾歲的「歐巴桑」，對她說些故鄉的奇聞異事。我聽到她尷尬甜美的笑聲，就能大致知道她撐不了多久場面。我知道她對我的全部興趣不過到此為止，我說多了她也會感到困擾。但我從不與她頂真，我挺喜歡她的單純。譬如很久以前，有天她忽然問我：「你們那裡是不是教南京大屠殺？」我說：「教啊。」她說：「沒有吧！我們老師都說你們沒在教。」我知道她說的不是南京大屠殺，但還是對她說「是日本沒在教吧？」她就笑了，「咯咯咯咯是哦咯咯咯咯真的假的。」我也不知道笑點在哪裡，但她真的很可愛。

兩年前我以訪問學生身分回過一次臺中，去學校做什麼倒不記得了。只記得我打電話給潔西時，她聽到我的聲音就登時大呼小叫、叫我一定要站在原地等她。

我的原地是一棵樹。

但我還是老老實實站在了那裡，像一個在百貨公司裡迷路的男人。半小時後，潔西踩著高跟鞋，著一身套裝「噠噠噠」跑來就擁抱我。如果我真是個男人，大概也要融化了。她說：「艾米米！我好想你啊！你都不來看我！齁！」說得我快要哭了，可我明明已經來了。緊接著潔西就拿出愛瘋來自拍，我擦擦臉有些尷尬，也不知道轉臉該看鏡頭的哪裡，雙手又應該放在哪裡。她問我這個好不好，那個好不好的時候，我都說：「好好。」

潔西就繼續大呼小叫，說：「哎呦好想你內，再來一張好啦！」

那天據說她也在面試。也許是頭一次穿套裝很興奮。萬幸的是，她好像已經忘記了十萬塊錢那件事，這令我感到些許安慰。

三

在遇到潔西的前一周，我在臺北還見了莉莉。凱莉車禍去世後，潔西帶我認識了許多新的臺灣人。莉莉是其中和我走得最近的一個。我想如果我們一起長大，一定會成為閨蜜。她那麼乖巧、敏感，會是個很好的女朋友。很長一段時間裡，我們雖然做不成「臉書好友」，但她加了我MSN，雖然後來陣亡。又加了我LINE，雖然我忘記了密碼。還加了我Instagram，終於穩定下來，她也是唯一一個follow我大陸帳號那麼勤快的臺灣女生。日復一日裡，我看得到她拍的美食西點，與朋友們拿著乳酪提拉米蘇談笑風生的畫面。一切同樣毫無臺味，總令我錯覺她是潔西翻版。難道臺中年輕女生都只愛西餐？我雖然充滿問號，還是給了她很多讚。

我和莉莉約在永康街一間德國餐廳見面。她來了以後說：「你怎麼知道我喜歡這個！我不吃辣也不吃海鮮耶！這個剛剛好！」我有些尷尬，因為這真的只是巧合。我認識莉莉的時候，她是潔西的朋友。潔西要考研究所，悲痛欲絕的當口，還找了一個外國男友複習英文。我們的房間於是只剩下我一人，潔西怕我會害怕，於是找了正在考郵局公務員的莉莉陪我。莉莉有時坐在潔西桌前，有時坐在凱莉桌前，沒有避諱，也不是無心。其實莉莉認識凱莉，幾面之緣，還一起拍過畢業照，雖然那時她們都沒有畢業。臺灣有這樣的傳統，可以在畢業季租學士服和想一起拍照的人佯裝一起畢業了，我後來也做過這樣的事。想到過四年前的她們。

那時，凱莉的桌子已經淨空。她出事當天，家人就來搬走了所有的東西。有時我晚上開燈，見到凱莉桌上空無一物，會錯覺她從來沒有在我的人生裡出現過。那裡從來都是莉莉的桌子，而莉莉在那裡複習考試，莉莉每天陪我打發沉悶的三餐間。沒錯，是三餐之間。莉莉不太與我吃飯，但吃完飯會來陪我，我從來沒有問過為什麼。其實我並不需要任何人陪。我早就好多了，我最無情。

在永康街吃飯時，莉莉對我說，她已經很久都沒有見過潔西。我很驚訝，問到底多久，莉莉說：「兩、三年吧。」我說：「怎麼可能，可是我下個禮拜要見她誒！」莉莉並沒有太驚訝，只是淡淡說：「是哦，她現在都很難約啦。她的工作很忙。」

我後來知道，莉莉現在的工作，是在西餐店打工，服務業假期很少，她自己才忙。收穫是莉莉學會做不少西點，還差要考個證。只是在腦海深處我依稀記得，我認識莉莉那年她大三，兩年以後聽說她還在考公務員，不知那三年裡她怎麼過的，難道一直都在考郵局？我不敢問。也不知道這兩年她過得好不好，我以為 Instagram 上美食當前她是顧客，原來她是學徒。

其實說真的，這也不錯。

「等我以後有了自己的店，你會來看我嗎？」莉莉後來問我。

「一定啦！」我高興地回答。

「那時候你已經有十萬塊了吧？」莉莉問。

「好棒喔！」她又補充說。

其實我並沒有來得及回答。我有些尷尬。我沒想到記著這些沒用細節的人是她，一個那麼善良、溫情的準蛋糕師。

四

這四年裡究竟發生了多少事呢，其實我們每個人都感到一言難盡。關於我為什麼會來，經過多少偶然，政策、金錢、人情推波助瀾……時間久了，我自己都記不清楚，也就喪失了言說的意義，總之都是天意。難得和她們匆匆見上一面，往往也沒什麼可說，只顧著沉浸在往昔的幻覺裡，幻覺裡又有揮之不去的惘惘的威脅。兩年前我回臺中時，曾經的學長還帶我去了一間麻辣鍋老店，告訴我：「你一定會覺得比鼎王還要讚。」我滿懷憧憬，打算雪恥打不進鼎王電話的遺憾，但去到那裡我發現，原來這間凱莉帶我吃過。她還教我把麻糬丟到麻辣鍋裡，夾起來再沾花生粉。

忽然想起，才知道是真的忘記。人最無情。凱莉當時的表情裡充滿了禮貌招待異鄉人、手把手教導的仁慈，我記憶猶新，但無論凱莉心底到底怎麼想，至少在那一刻我還是挺想念她的。

後來我不知道該怎麼對學長啟齒這段瑣碎往事，尤其眼看他期待我說些什麼的表情。但我的味覺暫時退化為斷片的記憶，再比較不出上下來。只能一個勁說：「真的很棒，好好吃。我超愛這家。」

還好後來的後來，鼎王也沒落了，新聞輪番播送鼎王湯底作假的那段日子，可見此地真的太平無事沒新聞。但物是人非，大概就是這樣的意思。

像如今我帶潔西吃西餐，有些輪迴的感覺又不強烈。潔西看我的眼神裡也都有些閃爍，不知道在逃避什麼，又克服了些什麼。但人不能總活得那麼細膩，對旁人會是傷害。我們彼此都幼稚，卻彼此都知道要盡力地互相慰藉。

「我記得你跟我說，你爸爸每次來接你和你妹妹，你問他爸比累不累，你爸爸都說，接你們不會。還滿感人的。」我對潔西說。

「咯咯咯咯真的假的然後呢？」她笑著說。

「然後你就請我吃杏仁豆腐、杏仁條、杏仁糕，我一直沒告訴你，我其實不吃杏仁。」

我以為時過境遷，說點這樣的話剛剛好。

潔西果然笑得很開心，還說：「那時候你還想當個作家，所以後來你有沒有紅？」

那段瘋癲的影像一直還躺在我的佳能照相機裡。這臺照相機後來隨我跑過兩次影展，三個書展，見了島內大大小小作家、明星。我與它倒像古時候人與戰馬的情誼，它適時幫助我，才讓我有今天。但那段遙遠的「真心話」遊戲，像殭屍一樣躺在我的記憶卡裡，我再沒有打開是因為，那可真是一頓團圓飯。

「或者我該寫本書叫《我的名字叫還沒紅》。」我回答。

「哈哈哈哈哈太扯了！」潔西笑道。

我知道她沒有 get 到那個原著哏，不過也沒差，的確挺好笑。

「你比以前成熟多了。」我對潔西說，「有很多眼神跟以前都不太一樣，以前你就是個小孩子。現在長大了。」

「是哦！怎麼會？哎呦……」她又發出一堆我這樣苦命的外地人發不出的感慨詞。

「你知道我之前面試的那一家銀行啊，我其實拿到 offer 也沒有去。因為我還想試試看別家。後來我去了花旗面試，面試官問我有沒有遇到過什麼挫折？我就想，想好久好久，我都沒有想出來。我只能對她說，我人生最大的挫折是國中的時候考試沒考好。後來就被刷了。後來我回到家想了一會，你知道嗎我想出來了！」

「蹬蹬蹬等」潔西自顧自伴唱道。

「凱莉？」我問。

潔西忽然楞住了。轉而又說，「沒有啦，是失戀啦。」

我笑笑，有點尷尬。好像一切暫態間被我搞砸了。

但潔西又說：「你知道嗎，那天我和凱莉去逢甲夜市一間超有名的塔羅牌店。我們預約很久才拿到號碼牌，我們去算愛情運。那個人說我會遇到一個外國人，是真命天子！說凱莉下個月會有一個身邊好友愛上她……」

「後來呢？」我問。

「後來沒有下個月。我和那個美國人也分手了。我再也不相信塔羅牌了。」

是哦。我回答。

「可是你知道嗎，後來我遇到了真正的神。他是全臺灣只有兩個的……那個佛的其中之一，超厲害的。我遇到他之後，哭了好久好久，我才終於知道，原來我的靈和我的身是分開的。所以才會遇到很多很多不好的事。但是後來我去聽了他的很多分享，我變好很多。我來臺北啊，有三個 offer 等著我要拿。你要不要來聽聽看，我可以帶你去，真的，我看你也不怎麼開心的樣子，去了以後人生會變很不一樣。」

我只聽到她「哭了好久好久」，其實我也是。

潔西眉飛色舞的樣子，正是她從那麼「耐」到不那麼「耐」之後的轉變，說實話我還不太適應，但我努力告訴自己，她還是那個單純、可愛的她。她努力勸說我的樣子，比四年前要自信多了，也比兩年前要更執著。這樣的變化，不知道我們共同的室友在天上是不是看得到。

潔西吃完全部薯條的那一刻，我才覺得她其實一點都沒有變，還是我固執以為認識的那個她。後來她又勸我幾次約我去聽分享會，我都沒有答應，也沒有拒絕。只是我忽然覺得，我們的「激流勇進」船已經衝過了最危險的地域，直落平地，濺起一船水意。春天還沒有來的時候，才會感覺比較涼。

——原載二〇一五年三月八、九日《自由時報》副刊

小人物之旅

川貝母

本名潘昀珈，一九八三年生，成長於屏東滿州。朝陽科技大學視覺傳達設計系畢業。專職插畫家，喜歡以隱喻的方式創作圖像，作品常發表於報紙副刊，亦受美國《紐約時報》、《華盛頓日報》之邀繪製插畫，並登上報刊封面。

近期開始文字故事的創作。著有短篇故事集《蹲在掌紋峽谷的男人》，並入圍二〇一六年臺北國際書展大獎小說類年度文書。

「快看 Google Map，爸爸出現在上面。」姊姊打電話跟我說，不時興奮地笑著，說好難得啊，在跟友人介紹老家時意外發現了爸爸，沒想到照進去了，看著看著愈來愈高興，所以決定打電話給我。姊姊還很好奇地沿著街道搜尋，想看看還會不會有認識的人，尤其是我和媽媽，但都只是路過的摩托車騎士而已，連半個鄰居也沒看到。

「只可惜爸爸的臉模糊了。」姊姊說。

爸爸在去年夏天過世了。那一天忙完果園的農事之後，他說有點累想去躺一下，就這樣離開了我們。平平淡淡，讓我們都忘記該怎麼流眼淚，過了好幾天才真正理解到這件事確實發生了。姊姊說她是第三天晚上吃著湯麵的時候流下眼淚，吃著吃著，情緒終於找到了窗口宣泄了出來，儘管嘴巴裡仍然有未咬斷的麵條。

媽媽說她一開始是哭給鄰居看的，沒眼淚讓別人看到總是不好，她說，真正開始難過哭了出來是在整理照片的時候。一本泛黃相本和一盒夾心餅乾鐵盒，就是爸爸所有的回憶。而我們也是在看這些照片的時候才發現，原來爸爸的照片這麼少，合照停留在我國中時期，之後便很少有家庭合照了。

所以，大概可以懂得姊姊在谷歌街景地圖上看見爸爸的身影時的那種心情，那是最靠近爸爸後期時的樣子。但這樣彌足珍貴的影像卻是由谷歌的機器捕捉到，讓我感到有些羞恥與不孝。不孝子女的我和姊姊只顧著拿著相機自拍身體的成長，卻忘記了記錄漸漸變老的爸爸，還有媽媽也是。仔細想想，我們從未關心過他們什麼時候多了那些皺紋和白髮，我們是否太過於自私了？我躺在床上不斷想著這個問題。

我打開電腦，想再看一次爸爸。街景地圖上的爸爸站在房子門口，雙手扠著腰地看著前方，我想應該是下午接近傍晚時刻，那時他總是會在門外繞繞，也許因為谷歌的攝影車剛好經過吸引了他的目光，因此拍攝到注視前方的爸爸。這種感覺就好像爸爸正在看著我，他一直在那裡等著我和姊姊一樣。

繼續用谷歌街景地圖逛起了家鄉，一步一步走過以前的道路，有多久沒這樣走了，似乎是離開家鄉之後就沒有像小時候那樣，用雙腳親自去建立出自己的地圖。現在都只是路過，不再探訪捷徑祕道，祕密基地早已荒廢，路邊也沒有能引起驚奇的東西，所有的驚奇都在網路上。

我打上我現在的居住地址，想想從未搜尋過住處的街景，然後看見了我站在門前，跟爸爸一樣。我的心臟跳得好快，厚重的鼓聲在身體裡一陣陣扎實地敲擊著，像是要暴烈衝出胸腔一樣。雖然臉打上了模糊效果，但我認得我的小腿與短褲，以及那短小的身體。摩托車在一旁，是啊，那是我沒錯。我竟然和爸爸一樣，站在門口注視著前方。

我想著自己的作息習慣，若沒特別的事，就是早中晚的外食時間，我把街景往右拉，點了下一段路，我看見自己走在路上，我又出現在地圖上了，但我並沒有印象哪一天有看見谷歌的街景車出現，且又剛好和街景車同速度與方向，持續出現在它拍攝的鏡頭裡。我繼續點選往前方的道路，我一樣出現在道路上，然後看見我在早餐店買著早餐。這樣看來，拍攝的時間是早上。

谷歌的街景車等速地跟在我後面。

早上我習慣走路到兩百公尺左右的早餐店點份蛋餅或吐司，然後到便利商店買杯熱美式，再繞過那一區塊的房子回到住處，當作一種晨間運動，順便思考今天要做的事。我沿著這樣的路線搜尋，谷歌的街景車都拍到我，若不是超強運的巧遇，那麼，難道谷歌街景車在追蹤我嗎？

街景地圖繞回我的住處，我依然站在那裡看著前方，突然閃過一個念頭：也許我可以進去房子裡面。畢竟已經出現這麼怪異的事了，再多這一點也不無可能。但若是真的，那將是非常可怕的一件事。心臟的聲音已蓋過我全部的聽覺，沒想到身體的聲音可以這麼巨大，也許肉眼就能看見我的胸腔正在劇烈鼓動著。我移動滑鼠，繞過街景裡的「我」，點選背後的門。

進去了。畫面像俯衝進扭曲的空間一樣短暫地歪斜，我站在一樓的樓梯口背對著鏡頭，正準備上樓梯回到三樓住處。無法相信眼前的影像，像是在玩第一人稱視角的恐怖生存遊戲，每跳躍進入到下一個畫面，心裡的緊張感與衝擊就愈來愈多，彷彿會有什麼變種的嗜血生物突然跳出來一樣。到了住家點選大門，進入了客廳。連房子裡面谷歌都進來了。我背對著大門站在電視與沙發之間，下一個轉角是通往三個房間的走廊：臥室、書房和儲藏室，我點選房間的方向，裡頭只有床和雜亂堆疊的衣服，我並未在裡面。用街景視角環顧自己的寢室很詭異，我想起臨終前靈魂出竅的故事，瀕臨死亡的人靈魂飄至空中，由上而下地俯瞰自己的狀態。

我沒有在房間，那最後我可能出現的地方就只有書房了。我把街景鏡頭轉向書房的位置，點選進去，看到背對著鏡頭的我坐在電腦前。我發現今天的衣服恰巧跟街景上的我一樣，桌上的擺設也差不多，放大一點看，物體的角度和現實中的我都一樣，電腦螢幕裡也正在看著街景。

這難道是現在的我？我猛然轉身回頭往背後看——

「爸爸?!」我大聲叫了出來。

「有沒有水？我又餓又渴的。」爸爸說。

爸爸穿著平常的打扮，白色 POLO 衫和黑色西裝褲，身後背著厚重的機器，向上延伸出一個管子，最上面是一顆圓球，好幾顆鏡頭藏在裡面。那可能就是谷歌街景地圖的人體裝置，是用來探測街景車無法到達的地方的裝置。為什麼爸爸會穿戴這些裝置？而且爸爸已經死了啊。

爸爸把遞給他的水一口喝了下去，喉結上下擺動，水卻從他的雙腳流了出來，在床底下蔓延成一個小水窪，但我並沒有問他怎麼回事，我只是驚訝地看著他，他是爸爸，真真實實的爸爸，雖然背上戴著愚蠢的谷歌街景攝影器材，但那是爸爸啊。

「唉，還是沒用啊，我又餓又渴已經一年多了。」爸爸說。他看著我驚訝充滿疑惑的臉，又補了一句：「我想你，擔心你。」他雙手一攤，好像小孩做錯事情一樣。

「我死了，我是鬼魂，現在幫谷歌工作，負責街景地圖拍攝。谷歌的地圖都是世界各地的鬼魂做的，不相信嗎？否則哪來那麼多人和街景車跑完全世界的大街小巷，而且完成速度這麼快，這些都是鬼魂和谷歌之間的協議。谷歌透過某種管道，招募了死去的鬼魂來完成這項任務，條件是可以回到自己親人身旁一陣子，這樣的條件對於剛死去不久或意外死亡的人來說，當然是求之不得的事情，我們都想再回到親人的身旁，看一看也好，陪伴在身旁安靜守護著。但是來看自己親人的代價，就是要付出好幾倍的時間到荒郊野外探勘。背著機器或開著車，一個人孤獨地上路，噢，應該說是孤獨的鬼魂。城市街道是基本的，最重要的是那些無人探險的祕境，谷歌需要鬼魂的幫忙。」爸爸說。

「所以，我來看你們了，」爸爸一副虧欠的樣子，「但也意味著我將真正地離開，到遙遠未知的地方去，死後真是一條漫長的道路啊。」爸爸苦笑著說。

「爸爸之後會去哪裡？」我問。

「到北方的西伯利亞。谷歌打算探索那一大片荒原，地處偏遠環境又惡劣，野生猛獸棲息的地方，只有鬼魂才可以辦得到。我沒去過那裡，所以其實有點期待，雖然又餓又渴，但基本上不會再受到任何傷害了。我人生的第一個壯遊就從死後開始，這是我覺得該向谷歌道謝的地方。幾年後，當谷歌宣布西伯利亞已可以使用街景服務時，就代表我已經完成了任務，屆時你就可以上網看看我走過的足跡。某方面來說，我就是你在西伯利亞的雙眼。」爸爸帶點驕傲地說。

「每個人都可以透過谷歌地圖看到我嗎？爸爸不想見媽媽和姊姊嗎？」我說。

「不，我故意讓你看到的。這就像一種儀式，發動條件，我必須透過這樣才能見到你，這個地圖限定在你我之間，我離開之後就會消失。但我特別向谷歌請求，希望之後保留你站在門口的樣子，因為覺得我們父子倆相呼應滿有趣的，呵，希望你別介意。同時也讓你留作紀念，一個爸爸曾經在死後回來找你的紀念。至於媽媽和姊姊，因為技術上的問題，我只能策畫一條路線，你們三個住在不一樣的地方，所以我便選擇了你。我想只要你知道我過得很好，這樣就可以了，我已經很滿足了。」爸爸微笑著繼續說，「我年輕時曾讀過有關於小獵犬號的書，當時就對於探險很著迷，但始終沒有付諸行動，就這樣突然死去。我很羨慕達爾文可以經由那樣的冒險，觀察到許多未知的生物。雖然路線不一樣，但西伯利亞應該仍然有許多未知的動植物吧。想到這裡，就跟小時候要去遠足一樣地興奮期待著。」爸爸說完後，背後的機器發出了聲響，提醒爸爸時間所剩不多。

爸爸給我一個擁抱。我們從未擁抱過，我感到自己有點生硬，但爸爸卻意外地熟練與熱情，死後的爸爸似乎有著我不知道的變化。

「噢，好懷念的溫度。」爸爸說。

爸爸好冰，像是剛從冷凍庫裡走出來一樣。我們看著彼此一段時間，沒有說話。之後發現自己最懷念的是這個時候。

爸爸要離開了，我隨意地抓起書房裡一個陶瓷熊偶，希望他帶去西伯利亞放在某個地方，如果地圖有將它照進去，那麼我就會用自己的力量把它找出來，我想跟著爸爸的腳步探索西伯利亞。

爸爸笑著將陶瓷熊偶收起來，說會藏在很隱密、也是最美的地方，等著讓我去尋找它。說完爸爸便轉身離開，背後的人體街景車發出些微鈴鐺般的聲響，接著便一片死寂，只留下床底下的那一灘水。

——原載二〇一五年四月六日《自由時報》副刊

本文收錄於二〇一五年五月《蹲在掌紋峽谷的男人：川貝母短篇故事集》（大塊文化）

泳池

鍾旻瑞

一九九三年生，臺北人，師大附中畢業，目前就讀政治大學廣電系。曾獲臺北文學獎、臺積電學生青年文學獎、林榮三文學獎等。作品曾選入《九歌一〇〇年小說選》。

少年依然記得，升大學的那個暑假，他不明所以地，有了變壯的欲望，於是這無所事事的每日，他便去健身房做各種重量訓練。健身房的月費雖不貴，卻也不便宜，少年遂在家裡附近的私人游泳池應徵了暑期救生員，游泳隊的經歷使他輕鬆地錄取了，沒想到過去教練要求他們去考的救生員執照，竟在此時派上用場。救生員分為早午晚班，早班已被一個正在寫論文的研究生占去了，晚班則是游泳池的管理人（一個退休的中年人）親自上陣，於是少年別無選擇，只得選擇下午的時段。他早上在健身房運動，用過午飯，便來到這泳池。這樣亦挺好，中間沒有需要打發時間的空檔。

那研究生是個高大的男人，少年目測他的身高大概有一百九十幾公分，手長腳長，身材練得很好，卻總是駝著背，裸著上身、穿著泳褲，坐在那救生員椅上，讀他那些大部頭，看起來艱澀的理論書。每天上班時，少年站在救生員椅下喊一聲，研究生慢慢地沿著梯子爬下，少年看著他臂部和大腿的肌肉上下動著。研究生戴著厚重的眼鏡，眼睛在鏡片後被縮得小小的，他們不知道彼此的名字，所以研究生擅自決定叫他小弟。「小弟，今天真熱啊」、「小弟，你考上哪所大學」。

曾經少年以貌取人，看著研究生笨拙的樣子，覺得他大概也不是個多聰明的人吧，因此總懶得和他搭話。但有一次，少年發現長相感覺和文學扯不上關係的研究生，竟然是念英文系的，少年於是便好奇地開口問，「你為什麼念英文系？你喜歡讀小說嗎？」研究生回答：

「在大學前我並不讀小說的。」少年接著問，但你都念到研究所了，想必是後來喜歡上了吧。研究生卻說：「並不是這樣的。」

研究生考大學的成績並不差，卻也不是充滿選擇機會的頂尖，文科較為突出的他，落點便來到了英文系，起初他念得極痛苦，一輩子不讀小說的人，被迫讀著那些數百年前所寫成、語言和現在充滿距離的文學，必然如同修行一樣念誦著經文。直到一日，他和女友分手，心情低落，便在課堂上和教授爭執，他說他不明白他所學一切究竟有什麼意義。那教授平靜地對他說，在英文系能夠學到最多的便是解讀文本，若他能把人生看做是一個巨大的文本，他或許能看見生命的祕密，這就是文學的意義。

研究生的父親在他尚小的時候，在溪邊釣魚，被暴漲的河水沖走了，他的母親終日哭泣，好像眼淚永遠流不完似的，後來診斷得到了憂鬱症，嚴重的時候甚至會幻聽。從小他看著母親便覺得人生很艱難，想著你所得到的幸福，有可能在一瞬之間就消失了，終究也開心不起來了，研究生這輩子發生任何好事，總是戰戰兢兢的，無法發自內心地快樂。然而，那天他聽了教授的話突然豁然開朗，他想著若他能解讀人生這個無止無盡的文本，或許他能夠找到解救母親和自己的方法，便一路努力地讀書到了今日。

研究生說完故事，指著椅子說：「該你上去囉。」便駝著背搖搖晃晃地走掉了，研究生總是這樣，稀里呼嚕地把自己想說的都說完，就掉頭走人，這是他第一次仔細聽研究生講話。少年看著他的背影，想著有些人駝背，或許是因為他們身上所背負的東西較為沉重。

少年爬上了救生椅的頂端，游泳池雖然是附屬於這座高級社區，但泳池的建築是獨立的，採光極好，頂部的設計使得太陽光會先轉彎才照進建物，光的性質在此時就變得很像粒子了，少年想像一顆顆小小的光球，在平面上反彈後才掉進室內，這樣迂迴的方式，讓游泳的人們不會在不知不覺間，背部就被烤熟。

每到五點，泳池的管理人會出現，少年便知道自己下班了，於是高椅換人坐。少年習慣在工作結束後戴上蛙鏡泳帽，跳進水道裡來回游個幾趟，那是他一天中最喜歡的時刻，在水裡的時候，他總會深深相信自己真的是從海中的魚慢慢演化成人的，這就是為什麼他對水這麼有好感，游泳到後來，心跳加速後，在水中就可以聽見自己的心跳聲傳來，噗通噗通，那聲音令他感到安心。

從泳池起來後，他會站在更衣室的鏡前，看著自己一整天下來運動的成果，他的身體漸漸地被畫上線條，因而立體起來，在這種時刻，他便深深地感受到自己是身體的主人。

但有一天，他在工作結束後游泳，卻突然不再感到原本自在的氣氛，背著天空，面向水底，在池裡往前划動時，他總覺得背部有一種麻痹的感覺，人類對他人的視線是很敏感的，儘管沒有看到對方在看你，你也會隱隱約約地感受到目光，那是動物原始的本能。那天他所感受到背部的不適便是這樣的感覺，他在自由式的滾身之間，不斷地往岸上瞄去，他發現，當他在泳池中來回游動時，也有人在岸上跟著他來回地走動。

在游過他為自己所規定的最低距離一千五百公尺時，他停了下來，一個男人站在岸邊，朝他走近。因為輕微近視的緣故，他無法將男人的五官看得很清楚，他抬頭，充滿防備地問：「有什麼事嗎？」男人看著他說，「我看著你游泳許多天了，你游得很好。」少年不知道該回答什麼，他抹了抹臉，水珠從他的睫毛上滴落，他小聲地回答：「我是游泳隊的。」

男人便接著問，「你有在接家教嗎？」少年從低處看著高處的男人，覺得充滿壓迫，便說，「可以等我先上岸再聊嗎？」男人點點頭，少年兩隻手臂撐著地面，施力從水中爬上來，他離開水面的時候，水「嘩」的一聲從他的泳褲落下，泳褲瞬間失卻了水的浮力，縮緊起來，咬住他的臀部和大腿，使得他的陰莖浮出形狀來。他感受到下體的變化，趕緊用手將胯下的布料拉鬆，尷尬地抬頭，發現男人正盯著他的動作。

直到上岸，少年才看清楚男人的樣子，他穿著合身的西裝，看起來像是剛結束工作的樣子，雖然因為即將步入中年，男人臉部的肌肉不再緊繃，許多地方也冒出了細小的皺紋，但這卻讓男人充滿存在感的五官溫柔許多，可以看出，年輕時的男人是一個非常好看的人，少年想，簡直是模特兒的長相了。因此，裸著上身站在男人面前，竟因此而羞赧起來。男人或許感受到他的不自在，在此時這麼說：「你身材很好，有在健身嗎？」

努力健身的成果被看見，少年自然是開心得不得了，壓抑著高興的情緒，又重複了一次：「我是游泳隊的。」等到少年不再是少年以後，他想起他們兩個相遇時的情景，覺得年輕時的自己單純得可笑，男人講的那句話簡直是勾引的最基本開場白，竟然能讓他發自內心高興起來，能夠如此直接地接受讚美，不去拆解語言背後的意義，大概也只有年輕的時候做得到了。

男人說，他是這個社區的住戶，有一個八歲大的兒子，想讓他學游泳，但那男孩十分怕生，無法上團體的游泳班，問他可否擔任家教，隨後開出了沒有理由拒絕的價錢。少年一時之間不感到抗拒，高中時也有教過親戚的小孩，覺得大概是份好差事，便點頭答應了。男人說：「好，你五點下班對不對？明天五點我會帶他來，可以給我你的電話號碼嗎？」少年問他需不需要拿張紙記下，男人說，「不必，我記得起來。」少年於是直接口頭地念出了自己的電話號碼，男人點點頭，便轉身離去。

少年總有一件事情始終想不透，那就是，男人到底是怎麼找上他的？他日日在泳池，從未見過男人游泳。少年回想男人遇見他時所說的第一句話，卻是：「我看著你游泳許多天了」，難道他每天就在泳池走來走去觀察游泳的人們嗎？還是為了替兒子找游泳教練，而特地來泳池尋找泳技合格的人嗎？男人難道沒有更有效率的做法嗎？

隔日五點，男人便牽著男孩前來了，男孩身材瘦小，遺傳父親的長相，非常可愛，有雙大大的眼睛，緊緊抓著爸爸的手掌，不自在地四處看著，當少年和他對上眼時，便緊張地將視線移開，像是受驚的動物。

男人穿著棉質的休閒服，搭著男孩的肩膀，有些嚴厲地搖搖他說，「向老師打招呼。」男孩用幾乎聽不見的聲音說了老師好，男人表情有些困擾地對少年苦笑，像是在說「我向你說過了」。少年走近，蹲下問他的名字，男孩害羞地說了，他對自己講出自己的名字似乎感到很不自在。少年叫男孩去更衣室換上泳衣，男孩踩著小小的步伐走去了，男人依然站在原地，少年問他，「你不陪他去嗎？」男人冷靜地回答：「不必。」

少年簡單地做了些暖身操，接著脫下上衣，當他準備要脫衣服時，回頭看了一眼，男人竟目不轉睛地盯著他看。少年慢慢地進入水中，雖然是盛夏，但水的溫度依然使他打了冷顫，男孩穿著泳褲、提著袋子，從更衣室走了出來，瘦小的身體，肋骨一條一條的將皮膚撐起，好像火車鐵軌的枕木。少年朝他招招手，男孩便往梯子走去，卻在池邊停了下來。

少年朝他的方向移動過去，一邊安撫著他「下水吧」，男孩卻堅決地搖頭，等到少年走到他腳前，看見他僵硬的四肢，才發現原來他極度恐水，少年努力地試圖讓他安心，但他卻不願意妥協，依然緊握著拳頭站在池邊。

「下去。」

男人坐在靠牆的椅子上，聲音卻遠遠地傳了過來，男孩聽見父親的聲音抖了一下，終於往前踏了一步，少年尷尬地看著男孩與男人，他被男人的態度嚇到了，無論如何男人都可以再溫柔些。儘管他現在多麼喜歡游泳，少年卻深深明白剛開始學游泳的恐水是什麼感受，那年他七歲，爸媽為他報名了國小的泳訓班。泳池的深度並不很深，但對於一個不過一百二十幾公分的男孩而言，大概也可以是汪洋了，雙腳踩不到底，只得抓著岸邊害怕得流著眼淚。現在回想起來，那是他人生裡面第一次感受到死亡。

男孩轉過身來，背向少年，慢慢地踏上梯子，進入了水中，少年從背後扶著男孩小小的背，感受到他僵硬的肌肉。因為緊張和突然進入低溫的水中，男孩開始發抖起來，他打著顫，上下排牙齒甚至發出互相撞擊的聲音，少年要他試著在水中跳動，藉著運動來產生熱能，並習慣水的溫度，男孩聽從他的話，臉色蒼白地上下跳著，終究漸漸冷靜下來，不再顫抖，但臉色還是一片慘白，好像失去了血液。少年問男孩，「你還好嗎？」男孩看著他，眼睛充滿了淚水，大概是不想被爸爸聽見，他用唇語說：我害怕。

少年看見男孩的樣子，心中突然產生了一股巨大的溫柔，他便脫口而出，「我會保護你。」他不曾對任何人說過這樣的話，但有一刻，他卻和那男孩產生了連結，彷彿他能夠穿越時空保護過去的自己。

男孩起初極為緊繃，甚至無法好好地控制自己的呼吸，幾度嗆水，趴在岸邊用力地咳嗽，發出幼犬般的咽嗚聲，每當此時，少年總會一面安撫著男孩，一面用眼角餘光觀察男人的表情，但那男人總是一臉淡漠地看著這一切發生，並無露出任何擔心的表情。男孩經過一段時間的練習，終於習慣了在水中的感受，漸漸地放鬆了，雖然偶爾還是害怕地抓著少年的肩膀或手臂，深怕沉入水中，但終究也能好好地和少年說話了。

課程的最後，少年要男孩和他做一件事，他們兩個戴上蛙鏡，手牽著手，在水面上將空氣吐光了，往後一仰朝水底躺去，失去了肺裡的空氣，身體失去了大部分的浮力，因而能夠順利地往水裡潛行，兩人就這樣到了水底，肩並肩坐在游泳池底，他感受到男孩的手害怕地抓緊，四肢用了力，兩腳一蹬要往水面去，少年輕輕地朝他的手掌用力，將他拉了下來，男孩害怕地隔著蛙鏡鏡片看著他，他對他點點頭，兩人在水中維持了這樣的姿勢約莫十五秒，而後站起身，離開了水面呼吸。

少年將蛙鏡拿下，抹抹臉，轉頭問男孩，「還好嗎？沒這麼可怕吧？」男孩撐在岸邊，看見他將蛙鏡卸下，也把自己的蛙鏡卸了下來，一雙眼睛因為戴蛙鏡太長的時間，被蓋上了紅色的圈圈，好像一隻小貓熊。男孩喘了幾口氣，終於用顫抖卻又有些興奮的聲音回答了：「我還以為會死掉。」少年說：「但我們都沒有死吧。」男孩點點頭，他們兩人都笑了。

第一次的游泳課就這樣結束了，他和男孩一起去更衣室換下泳衣，兩人隔著淋浴間一來一往的談話，男孩害羞，不會主動開啟話題，多半都是少年問問題，而他回答。兩人一起走出泳池，正是夕陽西下時，男人背著光，站在門口等待他們，成為一道剪影。男人問了男孩：喜歡上課嗎？男孩遲疑了一下，才看著少年，深謀遠慮地點頭，男人拿出錢，將酬勞給了少年，對他說：「那我們便這樣定了，以後每天五點上課，我會來泳池將錢交給你，好嗎？」少年說好，男人便牽著男孩，往家的方向走去。

於是，這件事就這樣子小小地改變了少年每日的作息，他也又多了一筆為數不小的收入。他們每日這樣持續地上著課，男孩終於與他越來越親近，他發現男孩並不如他原本所想的那樣怕生或沉默，而是在父親面前無法自在地說話，男人有時會來看著他們上課，有時則否，當父親缺席時，兒子的話語便打開了，他會變得開朗些，願意說出心中的想法。

他原本有些擔心，隱隱猜想著或許男人有對男孩施暴，才會導致兩人緊繃的關係。因此總在上課時，偷偷地觀察男孩身上有無受傷的痕跡，然而男孩毫髮無傷，只有一身如陶瓷般潔白、易碎的肌膚。在談話間，少年亦不斷地試探，男孩平時與父親的相處情形，出乎意料地，男孩不斷地透露自己對父親的喜愛，並提到了因為父親的外表，家長會時，老師和其他同學的母親們，是如何期待著看見男人的到來，男孩講這些話時沾沾自喜，於是少年明白了，男孩是因為對於男人的崇拜，因而在男人面前總顯得緊張。

男孩從來不曾提到自己的母親，但一個男孩總有一個母親的。少年總是從各種蛛絲馬跡中捕捉各種可能性（離婚？喪母？在外地工作？），但他從未得到真正的解答，亦因為害怕刺探了什麼祕密，不敢開口詢問，只知道男孩的母親沒有和他們同住。

一個下午，少年一如往常地等待著上課，但男孩沒有出現，只有男人來了，男人說：

「對不起，我兒子發燒生病了，今天恐怕是沒有辦法上課了。」少年客氣地說沒關係，他說：「你其實可以打電話告訴我的。」男人笑笑說：「但我今天並不只是來請假而已，我想請你到我們家用晚餐。」

到那時為止，少年已經為男孩上課一個月了，時間走入夏天最盛之時，穿著背心的身體流下汗珠，少年想著，自己對男人了解甚少，僅知道他擁有一家室內設計事務所，年齡三十幾歲，除此之外一無所知。男人散發一種無可拒絕的態度，少年問他：「他是因為上游泳課才感冒的嗎？」男人則回答：「他本來身體便不好，我讓他學游泳，也是希望他強壯些。」少年看著男人精緻的五官，他問：「我可以去探望他嗎？」

男人說當然，少年拿了背包，他們便一起走進了社區大廈內，經過電梯，到了男人的家。男人一進家門便喊著男孩的名字，說：「老師來看你了。」他走入男孩的房間裡，病懨懨的男孩對他微笑說：「老師對不起。」誠誠懇懇地道歉。他搖搖手：「沒關係的，你好好養病。」說完，他便拉了書桌前的椅子，在男孩的床旁邊坐下了。男人站在門口，對他說，「我先去做飯，你在這邊陪他一下吧，我等一下再把陪他的錢給你。」少年聽見他的話覺得極為不妥，深怕傷害了男孩的心，原本他坐下，就是直覺地想要陪伴男孩，而未曾想過這也是可以領到薪水的工作，在心中想著該如何化解時，男人已離開房門口，向廚房走去。少年嘆了一口氣，向男孩解釋說：「不是你爸爸找我來陪你的，我自己想來。」男孩看著老師緊張的樣子，竟呵呵笑了起來，對少年說：「老師沒關係，我習慣了，爸爸有時候很忙，沒時間陪我。」少年訝異男孩的敏銳和早熟，於是問：「除了我以外，你還有其他的家教老師嗎？」男孩點點頭。

平時臉色總是蒼白的男孩，竟因發燒的緣故，臉上有了血色，兩頰紅潤。他觀察男孩的房間，從門邊的穿衣鏡，少年看見自己端坐的樣子，房間四處放了各種各樣的恐龍模型，看得出男孩是個恐龍迷，男孩解釋著，只要他表現得好，每個月他爸爸會給他一次機會挑選自己喜歡的模型。在男孩的床頭，貼了一張風景的海報，他看著下面寫的英文字，是蘇格蘭的尼斯湖。看見他在盯著那張海報，男孩說：「湖裡面有一隻恐龍。」少年點點頭說，「我知道，牠很有名。」男孩說：「有一天我長大，不再那麼怕水，我就要去那座湖裡潛水，找那隻恐龍。」少年笑笑回答：「你不怕牠一口把你吃了啊？」男孩眼睛裡閃著光芒，「那也沒關係，牠可是這世界上最後一隻可能活著的恐龍。」

男孩問他：「我游得還好嗎？」少年說：「你偶爾還是會太緊繃了，游泳跟其他運動不一樣，你的肌肉越是放鬆，你會游得更好，不過你已經學會蛙式了，學自由式一定也可以很快的。」少年伸出手拍拍男孩的頭，同時發現他的額頭非常地燙，便問他要不要喝開水。

男孩接過水杯，喝了一口，說：「很快我的生日就到了，到時候我就九歲了。」少年和他開玩笑：「你是在暗示我要送你禮物嗎？」男孩又發出那樣乾淨好聽的笑聲，他說：「才不是呢，老師，你不是十八歲嗎？等我九歲，我就變成一半大小的你了。」少年思考著他說的話，人的年齡可以用乘法計算嗎？十八歲的人，會是九歲的人的兩倍成熟嗎？

男孩又接著說，「我爸爸三十六歲，我是一半的你，你是一半的他。」

男孩說了這句像詩一樣、意味不明的話，少年聽了，在心中重複著，我是一半的你，你是一半的他。

「你的乘法學得很好。」少年說。

離開男孩的房間，男人做好了菜，義大利麵，配上看起來非常高級的燉牛肉，一邊還放了紅酒。男人看見少年走來，突然啊的一聲，然後說：「我忘了問你吃不吃牛，應該還可以吧？」少年回答：「可以，但你不必為了我煮這樣好的菜。」男人輕鬆地說：「我喜歡料理，我沒有這樣燉過，你吃吃看，當我的實驗品吧。」聽在少年耳裡，實驗品這句話顯得莫名地刺耳，不知道是自己太過敏感還是如何，他從話裡感受到一種侵略性。

男人招呼他坐下，沒有問過他便為他倒了紅酒。

少年喝了酒後，吃了一口牛肉，男人興致勃勃地問他感想，少年點點頭說好吃，男人叫少年不要客氣，直接說出想法，讓他有改進的空間。但少年說的是實話，那牛肉真的非常美味，他甚至想不起來有吃過比它料理得更精緻的牛肉了。

男人搓搓手，滿足地說：「那我就成功了。」接著也開動。

男人在飯局間，問著少年在學校的生活，問他加入什麼社團，考上什麼大學。少年被動地如實回答著，在一來一往間，少年漸漸地感到害羞起來，臉開始泛紅，到了後來甚至不敢直視男人的眼睛。男人看他的樣子，以為自己給他喝太多酒了，但其實少年只是覺得在男人面前說著自己的生活，聽起來幼稚而愚蠢，男人哪會在乎自己在校慶晚會表演過呢？但男人卻始終以興致盎然的表情聽著少年說話。

晚飯過後，男人將剩下的水煮麵調味得清淡一點，拿進男孩的臥室餵他吃完，並哄他睡覺，離開房間前嚴肅地對男孩說：「我十分鐘後進來你房間，你不能是醒著的。」接著關上房門。少年看著兩人相處，感到困惑不已，男人同時有著父親的無限溫柔，在話語間又偶爾表現得無情。少年主動幫忙洗碗，卻被男人婉拒了，使他一人尷尬地獨坐在客廳。男人洗完碗，拿起皮夾掏出幾張鈔票，交給少年：「謝謝你願意來陪他。」

少年搖搖手拒絕了，他對男人說：「我覺得你不該總是在他面前拿錢給我，這樣很不好。」男人楞了一下，將錢收回皮夾，他說：「你說的沒錯，但我只是想讓他從小就知道，他得到的許多東西，是交換而來的。」少年有些生氣地說：「不只是這樣的，我今天就是自己想來看他的。」男人說：「不是為了我的牛肉嗎？」

男人一面笑著，往後一躺，攤坐在沙發上，他們兩人對看了幾秒，少年有些尷尬地別過頭，往窗外看去。男人從茶几上拿起一個小小的鐵盒，打開裡面放著幾張紙和一些深褐色、像是木屑的東西，他拿起一些，在手中撥弄著。少年好奇地盯著他的動作，男人問他：「你想要嗎？」少年充滿戒心地問：「那是什麼？」

男人停了數秒，用那雙深不見底的美麗眼睛，看著少年說：「大麻。」

少年楞住，說不出話來，男人等了一陣子才輕輕地笑著說：「只是一般的捲菸，你要嗎？」少年搖頭：「我不會抽菸，如果我學會抽菸，我爸媽會氣炸的。」男人說：「你十八歲了，你可以決定自己想做的事。」

不等少年回答，男人已經為他捲起了菸，他閉上眼睛，用舌頭舔過菸紙上了膠的部分，模樣看起來像在做夢似的，完畢，將菸交給少年，少年將那根菸夾在手指中間，摸起來濕濕的，有男人的唾液。少年將菸含入嘴脣間，男人也為自己捲好了菸，並拿出打火機，給兩人點火。

少年的菸點不起來，男人指示他：「你要吸，火才點得著。」少年照著他的話做了，煙於是一下灌進了他的口中，和想像中的苦澀不一樣，竟有水果的甜味，少年困惑地皺起了眉頭。男人說：「那是藍莓口味的。」他吐了一口煙，繼續說：「但你剛才沒有抽進去，你要先吸進嘴裡，再吸一口氣進肺裡。」

少年嘗試的結果使他嗆了幾口，但應該是成功地吸進肺裡了，因為他隨即便感到暈眩了，男人問他：「有嗎？感覺如何？」少年回答：「暈暈的。」男人點點頭說：「那就是了。」少年又試了幾口，他摸索著學習控制吸進去的量，終於不再咳了，只留下暈眩的感覺。男人吞吐著煙霧，看著少年做著迷幻的實驗。

男人問：「我抽的是別的口味，你想試試嗎？」

漸漸漂浮起來的少年，閉著眼睛回答：「好啊。」

男人吸了一口菸，湊過去，吻了少年的嘴脣。

男人的嘴脣非常軟，少年過去曾經有和女生接吻的經驗，閉著眼睛感受，兩者並無太大差別，但這次少年的陰莖卻激烈地勃起著。男人吻了非常久，直到少年抓住他的手臂，男人才退開，他口中的菸，是薄荷口味的。

兩人的嘴脣分開，少年又吸了一口手中的藍莓菸，他對男人說：「我想我以後不會再抽菸了。」男人疑惑地問他說：「為什麼？」少年解釋：「我喜歡游泳，如果繼續抽菸，我的肺活量會變差。」他將抽到一半的菸捻熄，丟入桌上的菸灰缸裡。

男人說：「至少你嘗試過了，你以後隨時可以做出選擇。」

少年將抽完菸的手指湊近鼻子前聞，被熏上了味道，手指竟聞起來有些像爆米花，頭腦因為暈眩而轉速變慢，少年不經思考，脫口而出地問了：「你太太呢？」

問句一出口，他便感受到空氣中有什麼事物，被微妙地擊碎了，男人過了許久許久都沒有回話，少年開始後悔起來，就在他想著要不要道歉時，男人終於開口：「她不住在這裡。」男人往前，將手中的菸直接地丟進菸灰缸裡，任憑它在裡頭冒著煙，他面無表情地說：「時間不早了，你該回家了。」

少年尷尬站起身來，拿起裝著泳具的背包，往門口走去，男人說：「我有些累，不送你下樓了，謝謝你今天來。」

在電梯裡，少年隔著短褲觸碰著自己的下體，想著剛才究竟發生了什麼事，卻只是一片混亂，他將那樣的混亂歸咎於抽菸的緣故，放棄再去思考，電梯快速地下降，他的靈魂卻好像還留在方才那個屋子裡。

若少年的暈眩真的是尼古丁造成的，那他勢必抽了一支非常濃的菸，他暈眩的感覺持續了許多天，在和男人共進晚餐的隔天，他竟打破了平時如鐵般堅固的作息，睡過頭沒有去健身。恍恍惚惚地走進泳池，研究生看見他，打了招呼，從高椅上爬了下來和他聊天，小弟你來了啊我跟你說下周開始有一個安親班租下了泳池要在這邊上游泳課你的時段人可能會很多你要注意一下不要讓小朋友不戴泳帽就進泳池喔不要讓他們在池子裡尿尿喔……

少年嗯、喔地回答著，完全沒有聽進研究生在說什麼，只覺得那是一段毫無意義的聲音，直到研究生拿起手中的書輕輕敲他的頭，問他：「你有在聽嗎？是不是身體不舒服？」他才回過神來，隨口騙研究生自己昨晚熬夜，很睏，便爬上救生員椅，研究生困惑地搔搔頭，轉身離開。

少年坐在救生員椅上，看著上下搖擺、晃動的池水，心中想著前一晚的事。事件必須被共同記憶、討論，才能確定那是真的，距離那一個吻越久，少年便越來越懷疑那會不會只是他的錯覺，男人根本沒有吻他，這樣的錯覺只要一出現，就會不斷放大，到了後來，少年已經搞不清楚什麼是真實。

游泳課停了幾天，男孩的感冒需要幾天康復，在此期間，少年偶爾會有這樣的念頭：不再出現，從此離開游泳池的工作，如此一來他就不用再面對男人了，但他又總會想起男孩興奮地說著自己要去尋找恐龍的表情，總覺得不捨。終於男孩的病痊癒了，他獨自一人來上游泳課，看見少年時，竟興奮地衝向前去抱住了他，少年感到欣慰。

小孩學習新事物很快，男孩很快便學會了自由式，雖然還是偶爾失誤、嗆水，但終究也會熟練起來。每當男孩因嗆了水而在少年面前咳嗽，少年總會想起那一晚，他學著抽菸，也是這樣生疏地呼吸困難，他不自覺地將兩件事連結在一起。

男人很久沒有再出現在少年面前，兩人再度聯繫上，是某個周末，不用當救生員，也沒有游泳課的傍晚，少年接到了男人的電話，男人在電話裡語氣輕鬆地邀請了少年去用晚餐。男人雖然聽起來一派自然，但話語背後很明顯地是在粉飾著什麼，少年有了上次的經驗，知道這次有可能會發生什麼事，他在那電話的對話裡嗅出了危險的暗示，但他還是跟隨著他在內裡怦然心動的本能，答應了男人的邀約。畢竟再怎麼樣，屋裡還有男孩在，男人能做的事大概也不會比親吻更多。

然而，當晚少年走進男人家時，才發現男孩並不在，他有些慌張地詢問男孩的去向，男人說：「他今天生日，去他媽媽那裡慶生了。」少年此刻才得知男孩的生日，男孩今天滿九歲，他在心裡想著，同時間，他也從男孩的缺席，確定了今晚將會有什麼事發生。少年到時，男人已備好晚餐，這次雖僅是普通的家常菜，卻依然精緻，擺盤和配色都毫不馬虎，男人露出充滿歉意的表情：「真抱歉，周末我總是把平日剩下的食材隨意做來吃。」但少年卻覺得男人僅是試圖用平常的料理來消除緊張感，他們都知道彼此間的氣氛並不單純。

整個晚餐時間，少年都一直惴惴不安著，他的心跳比起往常快許多，他害怕即將要發生、他從未體驗過的事，然而，他也觀察到了男人並不比他放鬆多少，舉手投足都失去了原本的自信，在此事面前，兩人都是一樣忐忑的，這令他感到公平而放心。

飯後，男人又坐在客廳，拿起桌上的鐵盒捲起菸來，並行禮如儀地問他要不要一根，少年忽視他的邀請，忍不住發問：「有件事情困擾我很久了，上次我來你家時，你吻了我嗎？」

男人停下了手中的動作，不解地看著少年，他說，「我一直以為你會問我為什麼，而不是發生與否。」他將菸放下，「今天找你過來，我是要向你道歉，那天吻了你，你的反應太冷靜了，而且你問起我太太的事，那讓我害怕起來，我以為你會拿此事來要脅我，或向我的兒子說什麼。」

「那你還讓他繼續來上課？」

「過了幾日，我的焦慮漸漸緩和下來，我總覺得你並不是那樣的人，而且，他的病也好了，一直吵著要去上課。」男人轉頭，又用他那雙難以拒絕的眼睛看著少年說：「他真的很喜歡你，就這點我很感謝。」

少年繼續問了：「為什麼他這麼乖巧，你卻總對他這麼嚴厲呢？」

「他很崇拜我，」男人說，他低下頭，又把桌上的菸拿起來繼續捲了起來，「在他還不懂事的時候，我對他的母親做了非常過分的事，那是你無法想像、惡劣至極的事，因此她才決定離開我，我害怕與他親近後，他會發現我是怎麼樣的人，甚至是變成跟我同樣的人。」他將捲好的菸收進鐵盒內，「很抱歉，這些事早在那一晚就該好好向你解釋了。」

男人說完心中的話，身體的線條突然放鬆下來。男人問：「你想要看他的暑假作業嗎？裡面全是你。」男人站起身來，帶領少年往男孩的房間走去，男人從男孩的書包內拿出了暑假作業的周記，交給少年。

少年站著翻開周記，男人則站在他的後面，越過他的肩膀，和他一起讀。少年感受到男人身體的溫度和呼吸。

男人說，「裡面全是你。」接著便摟住少年的腰。

當男人脫下少年的上衣時，少年從房間內的穿衣鏡裡看見自己經過一個夏天，蛻變而成，健壯的身體，那個身體使他感到陌生，彷彿自己已經不是自己，而是一個局外人，看著這一切。他將視線移向前，看見了尼斯湖的海報，遠山環繞，水面閃著夢一樣的光，那湖裡有一隻恐龍，等待著一個男孩長大，然後將他一口吃掉。

那一晚男人教了少年許多事情，比整個夏天，少年試圖教給男孩的都還要多。天亮的時候，他們決定了兩件事，暑假結束了，游泳課也結束了。

在微弱的晨光裡，男人對少年說：「我們暫時先不要見面好了。」少年儘管年輕，他也察覺得到那所謂暫時，大概就會是永遠，他難過地說：「但我還沒教會他仰式和蝶式，他還游得不好。」男人說：「他升上四年級以後會有游泳課，他總有機會學好的，你不必覺得那是你自己的責任，我們生命裡許多事情本來就要靠自己去學習的……」然後少年便哭了起來，他想起男孩對他說過的話。

我是一半的你，你是一半的他。

用這樣的公式，少年不知道如果不再相見，他們之間到底是誰失去的比較多。

天氣很熱，少年又回到了泳池。

游泳池的採光依然如此地設計精良，正中午的陽光打進來，讓整個空間都閃著金光。研究生朝少年的方向走了過來，他又在含糊地說著一些聽不清楚的句子，少年打斷研究生的話，放榜這麼久，終於告訴研究生他考上了英文系。研究生瞪大了眼睛，激動地握住了少年的手，對他說恭喜和加油，那是少年第一次清楚地看見他的眼睛，那是一雙多麼善良而清澈的眼睛，少年真心希望他能夠找到快樂的祕密，真心希望他能夠成功地解讀人生。

研究生走後，少年爬上了救生員椅，往下俯瞰整片泳池，那是他整個夏天最熟悉的座位，從那裡他可以看見水道間來回游動的人們，他們看起來虔誠而勤快；也可以看見泳池落地窗外的花園，迂迴曲折的小徑，開滿了色彩奪目的花。在那張椅子上，他感覺到自己和一切無關，卻又支配著一切。而夏天結束時，他終究要失去那樣的視野。

一陣嬉戲聲傳來，少年看見一個男孩從更衣室走出來，但那不是他所認識的男孩，接著，又是一個男孩，更衣室不斷地走出男孩和女孩，幾分鐘過後，水道旁的地面站滿了陌生的男孩和女孩。

處在那樣的高度，少年看著他們做操，看著他們有沒有好好地戴上泳帽，看著他們排成一列跳進水裡，看著他們漸漸長大，看著一隻湖裡的恐龍出現，看著他們一個接著一個，被吞下肚裡。

——原載二〇一五年十二月十三至十五日《自由時報》副刊

本文獲二〇一五年第十一屆林榮三文學獎短篇小說獎首獎

永別書：在我不在的時代

——張亦絢

巴黎第三大學電影及視聽研究所碩士。曾獲一九九六年聯合文學小說新人獎短篇小說推薦獎。小說入選《一九九五・九六臺灣文學選》、《臺灣同志小說選》、《同志研究》。著有《我們沿河冒險》（國片優良劇本佳作）、《壞掉時候》、《最好的時光》、《愛的不久時：南特／巴黎回憶錄》（入圍臺北國際書展大獎）、《小道消息》、《永別書：在我不在的時代》。現職電影編劇。

我真的打算，在我四十三歲那年，消滅我所有的記憶。

這是個狂野的夢想？是嗎？我倒沒想到可以用幽默感來面對這事。幽默感啊，總是不錯的。是我喜歡的東西。這背後有個悲劇吧？這一點我還沒開始想呢。或許吧，但我還不知道呢，究竟什麼可以稱為悲劇——什麼可以不稱為悲劇。說是悲劇好像有點太唬人了，簡直像穿了戲服，在轟隆轟隆的音樂裡面。

或許有些政治意味吧？別嚇我，消滅記憶怎麼會是政治呢？一向就只有記得、不忘記，才稱得上政治呀。更何況，我是自願地、自動自發地，消滅我的記憶，這不牽涉到任何別人，不，這跟政治絕對扯不上什麼關係，至少在政治這詞的高尚意涵上。

這麼說來，你不打算政治也不打算高尚——或許你是打算犯罪吧？哎呀呀，事情說得愈來愈有趣了，真令我煩惱。如果是，你打算告發我嗎？去哪裡告發呢？告發一個消滅記憶的人，這可是比消滅記憶更困難的事吧？尤其是我將消滅的，不是任何其他人的，而是專屬於我一人獨有的記憶。

我第一次夠有意識到這件事，是在惠妮．休斯頓死去的那幾天。

惠妮．休斯頓唱過一首歌，叫做〈心碎者何去何從？〉。在我十三歲時，有個人，提示了我這個歌名：我說提示，真的是種提示。這人說：如果你想聽英文歌，你可以聽這四首。然後有張字條就交到我手上，上面用英文字寫了四首歌的歌名與歌手名。

這四首歌分別是芝加哥、混、皇后合唱團以及那首我說的惠妮之歌。在我的青春期，我沒聽過其他三人的事蹟，我喜歡音樂，但我是對流行慢半拍的那種青少女。一直到「混」解散了，我才知道有這個樂團。我可以說一件事，讓你明白我是多麼經常不在狀況內：當我讀國中時，我的國中發起過美化廁所的運動，是真的，不只是運動，而且還是全校競賽。敝班級還拿了冠軍。哪個國中那麼無聊？就是臺北市的一個國中。你覺得這很無聊？那我很慶幸地告訴你，我對這個競賽一點貢獻都沒有，但我還記得這事，是因為在美化廁所的過程中，我得罪了班上的一個同學。她把心愛的「杜蘭．杜蘭樂團」的海報帶來，深情地將她的偶像指給我看，因為我是一個樂意與人為善的好同學，我於是認真地看了那海報，並以同樣深情地回答她：「這人的臉長得像小鳥的臉耶！」——結果導致這個同學，氣得一星期都不願意跟我說話。

你曾經要某人去聽某音樂嗎？或者如今日，你會從 YouTube 寄歌給某個人嗎？這種事，我至今也還在做。有時我寄，有時我收，用網路語言來說，這叫做「分享」。這是一種友好，或是尋找同類的表示，我想。這一點都不嚴重。事情本身可以說是平淡無奇的。

但是當我十三歲時，這事被我賦予了特殊意義，之後這份意義如滾雪球般跟隨了我前半生。我接受那紙條如接受愛情。幾乎是幼稚的、完全是天真的——但是既然我已打算消滅我所有的記憶，我也就不須保護顏面地告訴你——我愛那個寫紙條的人，愛得一塌糊塗。這是我人生最不堪的祕密，我知道那種東西：那種下流的、失心瘋的、動刀動槍血濺四處上了社會版的狂愛——與那些社會版的主角們唯一的不同是——我沒有表現出來我真正的感覺——取代成為一個尊嚴掃地為愛瘋狂的人的是，我苦苦地成了一個，一心一意，聽音樂的人。

你在我的事蹟上看不到這個部分，我所做的最不優雅的事都在我心中：那些我的記憶。

有一年，那是離我十三歲那年，超過十年的一個年頭，我在一個無聊的會議上巧遇那人。我們在會後不巧地成為四人一組的那種會後寒暄的社交狀態，我身旁站了一個完全不知情的同事，那人身旁站了另一人。而僅僅是一分半鐘地想到那人旁邊站著的可能是其情人，我都必須握緊雙拳克制自己，立刻、馬上、不由分說找一片牆將自己撞死的衝動——都已經過去超過十年了，怎麼還會是這樣？你說我能不害怕嗎？人能不害怕這種東西嗎？而那並不是我唯一的戀愛。所以我知道，並不是戀愛就會導致這樣的狀態。在我清醒的意識中，我也並沒有懷抱想要舊情復燃這一類的想望，然而一旦這人出現，我就彷彿只有十三歲或是只有三歲那樣，所有的血液都打著如巫毒般「我要我要我要」的叢林鼓聲：但是我要什麼呢我要？

我不願意說這是愛。

但是瘋狂不只是殘暴無預警的，有時它還能忍耐、不動聲色以及精心策畫。依然是離「事發」當年超過十年之後，有一天，我必須陪當時的情人去開會（又是會議，我可以說，仍然是個無聊的會議，情感的激狂根本不需要酒精或任何情色布景的協力）。我很擔心也許會在會場又碰上那人，因為那人雖不至於老是與我出席同一個會議，但那陣子卻在會議地點不遠處工作。我擔心的不是我又有可能想撞牆，我擔心的是，在忠於我當時情人的這種態勢下，我將不能對那人流露太多關懷之色，無法對其假以顏色：我是一個有人性的人，即使背著我的情人，我也不會不知分寸。可是我不希望我處境下的貞潔，變成一個傷害那人的可能：我不要愛，但是我也不要傷害那人。我曾經是這樣的一個人。於是我做了一件事。

在知道我不再能在言語上、行為上、臉色上，對那人表示什麼之後，我穿上我十三歲時的一件黃色襯衫出門。由於我的身量與我十三歲時相較，並沒有很大的改變，我穿上那件黃襯衫，並不顯得太突兀。但老實說，我上高中後，就沒有再穿過那衣服了。我還保有那件「小時候的衣服」，真可以說是那天，不大不小的一個奇蹟。

是的，我打旗語。就算我給不出愛，我要給出「我沒有消失」——這事真可怕。這種柔情與謹慎，這種理智與固執。在會議結束離開會場之前，可以說是那一天的最後一分鐘吧，我和當時的情人，竟然真的迎面遇上那人。如我所料，我什麼也不能說，也不能做，但我的黃襯衫就是時光的密道。是我最卑微的懇求與歉意。那天深夜，午夜三點，我接到那人電話——藉口尋找一本書或是一個不痛不癢的消息——我們什麼也無法說。但是我知道我們都過不去的一個東西——那種在凌晨必須打電話給對方的，不名譽的、無希望的，黑市感情。

我的阿媽曾經因為窮困，放棄了她其中一個兒子。將他交給一個富有的家庭領養時，她承諾再也不與她的兒子見面。但是在後來的許多年裡，阿媽不時地派我的姑姑，男孩血緣上的妹妹當間諜，打探這個兒子的消息，知道他是否健康平安、就讀什麼學校、成績如何。阿媽確實沒有違背她許下的諾言，但是這種感情，這種祕密的牽掛，我覺得就是我的黃襯衫。

你要我說說那人？我是怎麼遇到的？這件事最讓我為難的，就是如何描述。記得我之前跟你說起我們國中的廁所吧，當時不只是我，我的其他同學也注意到這事，她們都說：見到朱雅瑟進女廁，就是覺得怪怪的。這是什麼意思呢？這個意思是說，雖然小朱和我們一樣讀著女生班，但小朱的舉手投足，就是讓人難以想像，她跟我們一樣——這可能要讓人誤會說小朱長得像男孩——但說真的，又不是。她雖然不像女孩，可也不像男孩——要說她生得像個怪物，都比說她像個男孩或同性戀，讓我覺得貼切多了：古怪而美，像是神話或童話裡的，半人半馬或是我不知道——有人會覺得那是魔鬼或妖精也不一定。總之她沒有長成夠普通的樣子就是。但是是好看的，非常好看——當然是以我的標準而言。這也是非常奇特的一件事，在遇到小朱之前，我是個相當一般的女孩子，找不到什麼線索，使我在不久後，會對一個在氣質上，奇形怪狀之人，產生極大的依戀。這件事情回溯起來，幾乎是難以解釋的。

我就是接受她。這事我不是經由任何教育，或是文化薰陶才有的，我不能騙人說是因為我特別開放、叛逆、先天上就對同性戀沒有半點偏見，因為事實上並不是。我只是一無所知。我也知道，現在有人在努力做些同志教育啊什麼的，我不懷疑那是件好事，不過說真的：會愛就是會愛，教不教育都是沒差的，或許要教的，只是那些不會愛的。我記得當時看過一些倪匡的科幻小說，在跟同學聊天時，我常說：別讓我遇見外星人呀，別讓我遇見外星人呀（那時我很相信一個人一不小心就會在街道的轉角，遇到偽裝成地球人的外星生物）。我真的沒那個膽子。我可以說是，既沒有冒險精神，也不十分有好奇心的膽小女孩子。事實上，小朱那奇怪勁，我想讓我遇到個外星人也不過如此，但我做了什麼？我既沒有繞道走開，也沒有轉眼不看這個外星人——相反地，我愛上了她。

小朱有次對我說道，如果她是個男孩子，她就要娶我。我大吃一驚斥責她：你這樣說，我們豈不要變成同性戀了嗎？——我雖然愛著她，卻搞不清楚狀況。我不停地想要見她，想要跟她說話，我知道這是愛，就因為這是愛，所有其他一切都變成次要，或說完全不重要；但我完全沒想到這跟同性戀有什麼關係——那時候啊，同性戀就只是個罵人的詞，不用細想，就不覺得那跟自己有關係。那時流行的說法是，同性戀等於天譴，我怎麼可能等於天譴？當時我才覺得自己分外端正美好，因為戀愛，我甚至不手淫了，為的就是使自己更明亮更潔淨地去愛人。是真的，我自動貞潔起來了，那真孩子氣。不，我沒忘掉，雖然一個人的春夢記事或日記上的圈圈叉叉——不，我當年並沒有前衛到會在日記上記下這樣的事——我會這樣說，是因為我知道安徒生都是這樣做的。他一手淫，他在日記上就會以圈圈或叉叉代表這事。很有意思，不是嗎？這些斑點——我是這樣說的，不是汙點，但也未必適合文字呈上，我叫它「這些斑點」。

但是我說起這，為的不是說戀愛這事，而是因為這個經驗，使我在記憶上吃足了苦頭。最不對勁的，不是小朱不男不女這個一個人外在氣質的問題，而是她激起了我不可理喻的強烈情感。這情感反映在人身上，在我身上，就是記憶極端地活躍與頑強，那是一種全自動全天候的反覆播放。她不出現在我眼前，就出現在我腦海。對我說話、聽我說話。這是相思病，你說。我想沒錯。

然後有一天我就決定了，我不能再這麼下去。我或者是扔掉了或是打包收了起來，所有使我變成戀人的東西。我獨自摸索出消滅記憶的第一個技巧，那就是「從文學轉向理論」：我從一個文學少女——變為理論少女，我讀所有人們稱為「硬」的東西：文學批評、精神分析、人類學、馬克斯——主要是因為對我的年紀來說，那些東西非常難讀，有時一行要反覆讀個三、五遍才能懂。然後我就告訴自己，戀愛的幻像是種虛假意識，但其實天知道真相是什麼？你知道，就像人們傳說的，睡不著的寡婦會將豆子撒個滿地，再一顆顆撿起。那些年，知識，就是我的寡婦夜豆。

有天我發現我成功了。你不要看我說得容易，在當時，那是每一天每一天看不到終點的奮戰，每天我從早晨睜開了眼就開始想念她，就算刷牙時也感覺得到她的存在——那個勝利，我甚至記得它來到的精確時間點：那是一個星期天的早晨，時間大約剛過九點鐘，我在飯廳裡替自己弄了紅茶與吐司麵包做早餐，我是一個很有規律的小孩，我偶爾會蹺課或有功課沒有複習，但是每個星期天的早晨，我固定利用那段時間，把該趕上或補起來的東西，在沒有人的飯廳中做完——幾個數學題目、一章歷史或地理。我喜歡在飯廳上的大餐桌上做這，每個星期天，家裡人都會睡到中午才起，我可以一個人使用那整個空間——你說我說起這，充滿了懷念？是的，我想是因為那樣一個小小的儀式，最能說明我是一個什麼樣的少女，像一種安靜的自我介紹，自己介紹自己。不像戀愛，它闖入，卻讓我無法說明我自己。是的，這當中剛好，有種強烈對照。是的，因為那，就是人們可以稱為「完美時刻」的東西，即便人生不快樂，痛苦揮之不去，人都還是有這種不為人知的「完美時刻」的：就像，即使是一個到處流浪的蹺家小孩，也會在她的暫時棲身處，專心地、安詳地洗刷她的後背包，並在有陽光處，以幾個衣夾晾起那個背包。安穩是一種內在節奏。環境有時會奪走它，但也會交還它。

我說到哪了？我說過在那樣的早晨，我總泡紅茶來喝嗎？那很簡單，立頓黃牌紅茶，茶包丟下，熱水沖。然後，就在第一口紅茶入口之際，我準準地感覺到我終於擊垮了纏繞我的強大記憶：那一刻，就在那一刻，我注意到我「開始」沒有那麼記得小朱了。當時我十七歲。我小口小口啜著紅茶，心裡無邊的淒涼、平靜與感謝，這麼多的努力，就只是為了這一刻。那帶著溫度的茶澀味，清楚得像游泳池邊的水深刻痕：我終於忘了。如果這個遺忘的滋味是如鋸齒狀小牙尖尖，排排列列地甜美，那全是因為，之前的鎖鏈束縛非常牢不可破。此後，我將會以另一種方式記得：較不帶感情、較有距離、最重要的是，較不痛苦地，記得。消滅記憶，首先是消滅它的強度，不是內容物，消滅內容物，還需要更多時間與準備。

我相信這事大部分的人或多或少都經歷過，都能懂得：我們都在消滅記憶。不再見一個人、不再抄某個電話號碼、不再去一個地方、當收音機裡傳來某一段音樂時就轉臺。我舉了一個最通俗的例子，但是值得消滅的、需要消滅的記憶，並不只有年少戀情一項。但我需要先提提有關小朱這一段，因為它在消滅記憶這事上，是個重要標記。

黃襯衫？不是，那不是我們國中校服。你想我如果穿了個國中制服在身上，我當時的情人不會問嗎？不是，我沒有那麼拙。那是一件黃底灰紋質料有點軟軟的那種襯衫——家裡剛帶我去百貨公司買了的新衣——說到這，真讓我想到我當時是多麼年幼，還不會自己去買衣服——嗯，就是買了新衣的次日，我想讓小朱看我穿新衣的樣子——你瞧，我當時真是還像小孩子一樣。學校裡當時是沒有課的，是假期，我國二，但是小朱國三了，要在學校自習。我就那樣一刻不能等，穿得像過新年那樣，跑去國中找小朱，只是要讓她看一眼。嗯，那時候，就是一定要給她看到，然後聽她說「真好看，新衣服嗎？」，才能完事這樣。要說愛情，說起來真是些很單純，很普通的事。我身邊沒有其他人，會對我說這種話嗎？你問我，我媽不會對我說這種話嗎？

嗯，我媽。我想是不會。要是她說了，我恐怕馬上要憂慮了。我記得我小學六年級時，她帶我去買新衣，給我買了一件白色襯衫，但我不知道原來她喜歡，才第二天，她就跟我說好說歹，非要我把那白襯衫讓給她。那衣服後來就給她了。不是，不是只覺得我被耍了，那裡面有種很陰森的東西——當然啦，這事也許不像表面那麼單純。我會慢慢說到。從我現在的眼光來看，那當中真正令人坐立難安的東西，應該叫做「放縱」。我媽從不大吃大喝，也沒有購物狂，她的放縱是相當特殊的形式，如果我以看待人類而非母親的角度看待那許多巧妙的放縱形式，我想我會覺得非常有意思，就像植物學家發現古怪又有生命力的莠草——但多麼可惜，我不是植物學家。

昨天我去圖書館找一本音樂方面的書，站在一排排音樂書前面，剎那間，了解到我對我媽有多恨。事實上，那是每一次我接觸到音樂方面的事物，都會湧起的憤怒。近來我開始消滅我的記憶，我似乎變得比以往更敏感——我經常感覺到，我心靈的微妙變化。

我是喜歡音樂的，問題是，我媽也是。我從小學鋼琴小提琴，還上過一年多的理論作曲（這件事有我所不知道的隱蔽意義，我以後會說到），當年臺灣還沒有這一類的教材，用的還是從德國飄洋過海來臺灣的德語書。每次老師把作業本上的德語翻成中文給我們知道，我們才知道該寫哪些和弦。小學時，我常常在去作曲班的公車上，跟著公車搖晃，一面掐算音程。那是個超級不熱門的課程，從一班十二人到最後剩下堅持的兩人，我是其中一個。而如果不是在拜師的半路上，我跟我媽吵起架來，我學過的樂器名單，原來還要加上長笛。在我有記憶以來，我經常就是班上鋼琴彈得最好的女孩子——嗯，所以我也常常是合唱團伴奏。音樂，我可以告訴你，它絕對是一種，可以占據人極大生命空間的東西。

像這樣音樂活動滿檔的小孩，是沒有時間恨她的父母的。或許我是很偶然間，領悟到這個狡猾卻重要的事實。十五歲時，我在心中做了這個艱難的決定，我決定，我要放棄音樂。

不是我不喜歡音樂，而是這事與脫離我媽有關。音樂與我媽，它們有某種相似性，我可以告訴你我十五歲時的感受，這感受當然受限於我那個年紀的閱歷與思考能力，但我還是確實思考了，我認為：音樂與我媽，兩者都沒有良知。

你知道那個著名的故事？柏拉圖如何警覺到藝術的危險性而放棄藝術，選擇成為哲學家——有點可笑？不完全。阿多諾的那個名言：廣島原爆之後，寫詩成為不可能。（註❶）克莉斯多娃在她的書中，寫了一個幾乎像黑色幽默的接句：「然而在阿多諾說了這句話之後，策蘭繼續寫詩。」策蘭的詩，是的我讀他的詩的。策蘭後來跳了塞納河，我經過塞納河常想起，這是條有這麼多文學屍體的河——當然不是每次。偶爾我也會只覺得風光旖旎。不，柏拉圖那東西我不是小時候讀到的，我不是一個漢娜．鄂蘭（註❷）。我是很久以後，讀大學時

註❶ 正確說法是：「奧斯威辛之後寫詩是野蠻的，也是不可能的。」小說敘述者把原爆疊合至集中營之上。

註❷ 漢娜．鄂蘭在年幼時，即立志成為哲學家。但成年後放棄，轉攻政治理論。

才讀到的，我讀到的當時，只覺得，很辛酸，人要做出這樣的選擇；很辛酸，因為我愛音樂甚深。

我是在這樣的背景下，選擇了文字，選擇了小說。在這件事上，我媽認為我選擇了做為我爸的女兒，而非她的，因為文字或小說，她完全無能為力。她失去了控制權。不，我爸不是文學家，他連個文學讀者都算不上。如果把文學比做凱撒，他就是個刺殺凱撒的布魯特斯。

「吾愛凱撒，但吾更愛真理。」（註❸）——這是我從小經常被他灌輸的一句話。不過撇開莎士比亞的戲劇，歷史研究顯示繼任的安東尼很不怎麼樣，他在政治上很無能，閒時還喜歡炫耀他的肌肉發達。不過這是題外話了。我爸在文學上完全是個低能兒，他會寫的只是語調鏘鏘的演講詞，一些政治人物在競選或謝票時嚷嚷的那些東西，他在這方面大概算是出類拔萃了，我想他的一些講稿甚至給些總統候選人念過。出類拔萃這詞我是遷就他的個人觀點來說，在我看來，那只有幼稚可言。我在副刊發表第一篇小說時，他心情糟透了，他原來是想培養我從政，這樣他可以整天在我背後寫那些競選玩意，但是我弄起文學來了，他很清楚他對文學之不行，一如我媽對文字之不行——我這是正面向他宣戰，並且第一戰就告

註❸ 這是兩句不同來源之話的合併。布魯特斯說的是「吾愛凱撒，但吾更愛羅馬。」亞里斯多德說的是：「吾愛吾師，但吾更愛真理。」這個「吾愛」開頭的句式，是臺灣長年政治評論者愛用的辯論起手式。

捷。——不過我媽是不可能弄明白此中「差之毫釐，謬以千里」的東西的。對我媽來說，我爸和我一樣，我們都是「很會用成語的人」。一個顏色，一個國家。當然她是錯的。

我告訴你我怎麼恨我媽。她在碰到我時，老要跟我談音樂，說她多喜歡多喜歡哪個音樂家。當然她的喜歡也是真的。不過我認為，除了那，她真正要對我說的是：「你放心，我不在乎你，就算你成了小說家，那對我可沒有什麼差別，那對我來說，可沒什麼。我喜歡的是音樂。是音樂！懂嗎？」或許她自己，也沒清楚意識到她對我的恨。對於這種心照不宣的東西，我通常虛偽地報以假笑並且問她，需不需要我用網路幫她報名音樂講座呢？因為她不太上網。她就會急忙說：不用不用不用！如果我還替她報名，那也顯得我太沒被傷害到了吧？然而那天我在圖書館，面對一架子音樂書，我忽然連指尖都發抖起來。

當然我不會告訴她，更不會改變她。那太不自然了。或許這也是我做為小說家的變態之處，我不反擊、不自衛，我比誰都歡迎傷口上的鹽。因為我真的想看到的是：人的深淵——可以有多深。畢竟我不是我媽，我了解，文學，從它的開始到結束，都與用不用成語，一點關係都沒有。

幾年前母親節前後，客串一日孝女那樣，我買了票，請我媽去看在兩廳院上演的音樂劇《渭水春風》。那是我從歐洲回到臺灣來後，看的第一場表演：如果反國光石化時，「拷秋勤」那些樂團不算的話。我原來也很擔心：殷正洋能唱蔣渭水嗎？我不覺得蔣渭水那角色，光用美聲可以撐起——結果令我非常驚訝。我以前沒有喜歡過殷正洋。在音樂屬性上，我一直學古典的東西，但我更喜歡噪音或重金屬：他們力求失真的嗓音，我認為那才是音樂中的音樂。我媽也喜歡嗎？喔我但願不至於。我當然沒有介紹過她聽，不然她恐怕是會想插上一腳的。我知道，這幾年她自己會不遠千里跑去聽「春浪」，但說真的，我寧願不繼續想像下去。

《渭水春風》演出時，我哭了好幾次。自己都覺得很不好意思。我不得不在中場休息時跟我媽解釋：我只是想到我青少女時，那時絕對想像不到可以有這一天——看到臺灣史的東西在國家劇院上演。國家劇院那時就有了啊，三月學運五月學運，國家劇院是個布景嘛。差別嘛，就是那時候沒有摩斯漢堡吧。高二時有個同學帶一本宋澤萊的書到學校裡，你知道書名叫什麼嗎？叫做《大聲喊出愛臺灣》（註❹），我們緊張地傳來傳去，像是那是個未爆彈。那就是個禁忌。書也許不禁了，但心理上我們覺得它與違禁品不遠：就算不是海洛英也是大麻，你懂嗎？不可以的。那個書名。今天你讓一個七年級看，保證他覺得莫名其妙，愛臺灣都可以寫在餅乾的包裝上了，「大聲喊出」是什麼意思？是發生了什麼事，要大聲喊出那麼普通的事？

後來我媽和我去附近的一家豆漿店吃消夜。我就說啦，那些保存語言與記憶的重要性什

註❹ 此處小說敘述者記憶有誤，正確書名是《大聲講出愛臺灣》，正確的作者是林雙不。

麼的，你知道歐洲他們經過集中營的慘劇，多的是這一類的討論。我有那種愛好歷史的癖性，不是懷舊，更像一種，對科學精神的追求。我說著說著，我媽說了一句話，我就閉了嘴。她說：「你真是像極了你阿公——阿公還在世時也常說，不能讓國民黨毀了我們的語言與文化。」不不，我阿公不是什麼名人，不是。——剛剛說到國家劇院不是嗎？

有次我從凱達格蘭大道離開，大概是反核之類吧，我因為去找便利超商上洗手間，所以多走了一些路。走到國家劇院不遠處，和一群也是從方才集會遊行散開了的人同在一起，等一個紅綠燈。幾個女生，不認識的，但其中有個是呂赫若（註❺）的後代，正在說一個笑話：有天她碰到個人，那人告訴她說，他是某某某的後代。這個人名我不太確定，因為當時有車聲與風聲，聽著像是鍾浩東。但也許不是。然後這個呂赫若的後代就說啦：那正好啦，你外公是某某某，我外公是呂赫若。其中一個女生就問啦，那你們有沒有相擁而泣抱頭痛哭。這時這個呂赫若的後代就說了：「才沒有呢。我們同時說了：幹你娘咧。」這群女生就一起笑得東倒西歪——不過這不是我要說的重點，這之後，這個呂赫若的後代又說了，非常語重心長地：「呂赫若是個真正的才子。」

沒有人接她的話。我想是因為她們雖然知道呂赫若是個名人，但她們沒讀過，甚至不太

註❺呂赫若（一九一四～一九五一），小說家。有臺灣第一才子之稱。

有聽過。我當時很想開口道：這是真的。Je peux vous confirmer.（我可以向您證實）——當時我剛回臺灣，情急時頭腦就會出現法文。但我終究沒這麼做。我等著等著，但都沒有人說話。

我心裡很難過——你可以想像卡繆或雨果或沙特，嗯沙特應該沒後代，總之那就雨果的後代好了，要對同儕說：雨果是個真正的文豪。就連對我這樣的外國人，一個法國人都不必這麼說。當然不是說介紹呂赫若介紹得彷彿他是個地下樂團的主唱那樣，就會怎麼樣。不過這還真是慘啊。而且現場既沒有人說：「那還用說。」也沒有人接口：「我有讀過耶。」——彷彿呂赫若還真是個地下又地下，來自愛沙尼亞的鞭笞重金屬樂團主唱。而且成軍不過一個月。臉書上只有十個朋友。

要是她可以不用說「呂赫若是個真正的才子」——該有多好！

我是說，要是記憶這事，可以完全擺脫掉家族血緣而存在就好了——她覺得有責任告訴大家，呂赫若是個才子，因為她直覺，家庭之外的人的記憶不可靠，人們不會有效地、持續地，記得此事。她的同伴們的無言，證明她的判斷沒錯，在我們生活的這個歷史時間點上，人們還不怎麼記得呂赫若。所以，她仍然是無法消滅她的記憶的人。這件事，真的，並不美。

我認為美麗的事是，說到呂赫若時，她可以說：「說真的，雖然他是我外公，我卻不知道他是誰。」

「我有讀過他的東西。」一人道。

「我聽我姊姊說過，呂赫若他很了不起。雖然我沒讀過啦。」一人道。

「你竟然不知道你外公是誰？連我都知道。」另一人道。

如果我們的記憶，可以在別人手中生長，那該多好。如果我們的記憶，留在我們手中，那都是不得已的，那是一種情非得已。沒有人願意去的勞動服務，沒有人要出來選的班代表。有些個人記憶它像這樣。別無選擇。記憶的別無選擇，是人生的最高刑罰。我付出過代價，我懂，並且我要停止它。

我外公不是呂赫若之流，他是個普通小學教師。但不管他是誰，我一點都不願意像他——因為像他就是像我媽，像我媽就是個大災難。或是音樂或是臺灣史，這兩者總會有一個東西讓我和我媽看似和解——而那個和解東西，無論表象或實質，都是我嚴厲拒絕的。我放棄過音樂，我或多或少也放棄過臺灣史，但我要走得更遠更遠，你會看到，我消滅我的記憶。

我消滅我的記憶。你說過，你先是消滅它們的強度，但再來呢？我是後來才知道，消滅強度，我就幾乎成功了百分之九十九。但問題是，就算是躺在玻璃棺材裡的白雪公主，也會有什麼東西讓她睜開眼——那是什麼東西？王子的吻？我想起來了，這個故事要是隨便聽聽也就算了，但如果你認真地慢速播放那個經過，你不覺得挺可怕的嗎？不管是白雪公主雖死非死，或是只因為被以為死去，那什麼王子就去親吻她——好，反正童話就是那麼回事。不把恐怖當恐怖。但就像都躺進棺材的白雪公主會睜開眼，我以為已經沒什麼生命跡象的記憶，有時也會忽然冒出來，像壞了千年，不經修理就自己好了的咕咕鐘：嚇死人地開始報時。小朱，第一個我曾經想忘卻忘不掉的記憶，就讓我不只一次經歷了這事。

我離開臺灣的那十年，本來是個很好的契機，讓我完全忘記小朱。我自己很清楚。所以當我抵達另一洲時，我身上沒有任何東西，是讓我們可以互相聯絡的。沒有照片、沒有地址、沒有電話號碼——那時電郵信箱已經開始使用了，但還沒有全面流行起來。想到這，我是非常快樂的。我覺得在我二十七歲時才坐上的這個飛機，是我十三、四歲就想坐的。我坐上的雖然是普普通通的民航機，心情卻像是坐著一部好萊塢電影無緣無故就要出現的噴射機，〈乘噴射機離去〉，是的，啊是的。在我心中有著噴射機，愈遺忘，愈快樂。

我幸福地過了幾個月。幾個月。有天我走進當地一間放藝術片的電影院裡，坐著等電影開演，突然，電影院裡開始放惠妮．休斯頓的那首歌。波赫士有個故事不是說了嗎？有個人聽說他某年某月某日會碰到死神，因此拚命逃跑，一直跑到個沙漠；結果他和死神就在沙漠裡相遇了。死神還笑他：你原來要是不跑的話，還不會遇到我。我是很理智的人，我既沒有想到命運，也沒有責怪那家該死的電影院——只能說音樂這東西，就像香氣或性欲一樣，除非你能完全隔絕，一旦它滲入，它就是滲入了。我也沒有像尤里西斯遇到塞蘭女妖那樣，知道要塞住耳朵：我對自己太有信心了。

當時還不怎麼樣。夜裡我在浴室裡，洗澡洗到一半，就出事了。血水先是從鼻子裡像關不住的水龍頭那樣地流個不停，接著一個浴室地板上都是血水，卻不是從我鼻子裡流出來的。我的經期上個星期才結束，「好朋友」一向像瑞士錶一樣準確。這只能說是一次異常大出血。要不我是快死了，要不就是受到太大刺激。或是以上皆是。以一個外國學生的身分登陸歐洲，我當時幸福得忘記我是一隻筆，但是誰說筆是寫作最重要的工具？血是更無限的，那像靈感一樣的滔滔控訴——潮水原來並不依時而來，噴墨——它根據的是更隱密的法則。

惠妮．休斯頓去世那周，我把那支歌放出來給自己聽，想要知道，我會有什麼感覺。但是令我自己都難以置信地，我發現，我竟然已經失去了感覺。就像失去視力或是聽力一般，記憶也會走到，記不住的那一天。原來凡事真的都有盡頭：遺忘已悄然開始，就在我不注意的時候。放任遺忘自然發生，這當然也是可行之道。但我想加速它的進行，在死亡來臨之前，搶先一步，成為一個：一無記憶之人。我將記錄這個過程，因為我相信，在芸芸眾生之中，我一定不是唯一一人，曾在人生的某處停下，對自己說：要是我能遺忘一切，這將多麼美好！

研究說，金字塔蓋起來的祕訣，都已失傳。還好是，我從來都不想蓋金字塔。但是我想知道怎樣可以使它倒塌。塵歸塵，土歸土，記憶者，都消滅，我願留下之物，唯有倒塌學。

——原載二〇一五年十一月二至四日《自由時報》副刊

本文收錄於二〇一五年十二月《永別書：在我不在的時代》（木馬文化）

周圍——陳淑瑤

出生於澎湖，曾就讀馬公高中、輔仁大學。曾獲時報文學獎、聯合報小說獎、洪醒夫小說獎、吳濁流文學獎、臺北國際書展大獎、金鼎獎等。自一九九九年起出版短篇小說《海事》、《地老》、《塗雲記》，長篇小說《流水帳》，散文集《瑤草》、《花之器》。

逼不得已她跟母親調了一天班，改成禮拜三出去，禮拜六在家，理由是她的大學同學鍾珊人工受孕又失敗了，接踵發生一些事，使得憂鬱加劇，請了長假，這一天特別需要有人陪伴。

她說謊，謊言並無編造，只是之前就存著的現在才拿出來用。她們母女從來就不是彼此討論婦女病的對象，因此在母親眼中她還是個小女孩。她發覺左邊乳房有個硬塊，雖然驚慌，但不考慮告訴母親。報紙的醫療保健版常見、周遭朋友也不乏有此經驗者，百分之八九十良性居多，但奢想憑空消失卻不可能。拖了兩個多月，幾乎每天都有往硬塊上掐的動作，人陷入壞情緒的漩渦，才想快點解決問題。

一個禮拜六去了婦產科，年輕的女醫師一觸診即面露擔憂，趕緊叫她去照超音波，並要她改掛乳房外科，資深的跟班護士提了一個醫師的名字，強調是本院的副院長喔。她悽悽惶惶乘手扶梯下樓，想念著未有這樁煩惱之前的禮拜六。而她無盡的煩惱正是始於這家醫院，父親和母親都在這裡看病，父親病逝於此，母親也還在這裡就診復健。

乳房外科竟然沒有女醫師，她對副院長還有點猶豫，但一聽櫃臺掛號人員說他現已是半退休狀態，一半時間在國外陪伴家人，最近兩個月正好回來，心想應該已是個老爺爺了，馬上就預約了。

無憂無慮是不可得的，抓住完成一個程序後的小輕鬆，她坐在一樓大廳矩陣般的藍色座椅的一角，側身看鋼琴演奏。四下是忙著掛號、結帳、辦理入出院的人們，身心操煩如烏雲籠罩的人們，放在木板平臺上的鋼琴被一批盆花盆草環繞，好似一座沼澤中的聖壇。琴身閃耀晶黑光亮，虛無的音符悠揚，持續盯著它看，推進耳朵的還有背後層層波浪的嘈雜聲，它彷彿飄浮起來了，令人微感暈眩嘔心，類似暈船。她將範圍縮小到電腦設定操控的琴鍵，自動的下沉與回復，努力沉浸在一種受精靈愚弄單純的愉悅中。

偶爾也會有真人演奏，直長髮的少淑女，輕愁地垂著眼簾坐在鋼琴前面，父母親不吝撥出幾分鐘未被病痛踩踏的心思來欣賞她。那是真正的聆聽，可貴的聆聽。

他們停步的地方就在她現在坐的位置的斜對角。越過鋼琴寬厚的肩膀，可以看見父親芒花般的白髮和臉孔，背後不遠就是志工站，和父母親差不多年紀的女志工看來活力十足，尤其指路時更像皮球一樣有彈性。她想扶他過來這邊坐卻被他們無言地拒絕了，坐下來就看不到彈琴的女孩那惹人愛憐的臉了。

那琴在眼淚裡融化成一件黑色的雨衣。

「向上！向上！」她起身，乘電梯上樓。

她想起父親的主治醫師下午有門診。她以前若想追問醫師或護士某件突然間記起很要緊的健保問題或手續流程，總會守在診間的門外左邊，護士過濾性的開啟一小縫門，她們即能看見彼此，直細的片面，像碎紙機鉸出來的一長條。當然她不會是護士探尋的人，屬於他們的時間不是未到就是已過，護士看那委曲的表情就知道，由那表情也該能知道她的親人病重的程度。常常還不止一個像她這樣憂容的女陪病者，護士趕蒼蠅似的，叫了一個號碼，迅如閃電地將門關上。她雪盲般的看不見其他同類槁黃的臉龐，免得像照鏡子一樣，突然嚇一跳。有時進球很順，有時球被猛撲回來，她溫柔乞憐或者怒目喧譁，聲音大到候診的人和醫生都聽見了，只求達到目的，她已經不懂什麼叫害羞了。

那個位置已經有一個中年婦人占據了。她站在最後一排座椅後面一直看著她，直到她完成任務，有些開心地離開了。

半空中的電視機仍播放著與父親看病時一樣的衛教片，半數的候診人士都仰臉向上看，這個姿勢基本上有拉開心胸的效用。「外面在下雨了！」大家紛紛將目光轉投向那個拿著一把濕雨傘走進來的人。她趁此機會快速移至診間門口，十分幸運的，門立即開了，護士對著她推了一下眼鏡，她也跟著推了一下眼鏡，她馬上認出這個在她父親生病晚期懷孕的護士，顯然孩子已經生了。雖然這麼想著眼睛迫切地射向診間裡頭一頭鬈髮略帶洋味的醫師，他看來別來無恙，邊聽診邊作筆記還邊抿嘴點頭。就是貪圖一份親切，她和母親在幾個掛過號的醫師中挑中他，他也沒讓她們失望，總是不吝柔性的說：「我了解，這部分讓我來想辦法，楊伯伯楊媽媽多寬心一點就好，現在的功課就是好好吃好好睡，不要想太多！不要想太多就是本錢！」其實就只是一份職業性的親切，但對悲觀的母女和父女而言，需要的就是成熟男人的安慰。她在那段日子裡常常夢見他，夢中他們曾是一對情侶。這時他揚起下巴，先望向門外，而非病人，微有一種透氣遙望遠山的感覺，同時護士把門關上，將他禁錮在裡面了。

她接著走訪母親流連的復健科和復健室已別無寄望，只是蜻蜓點水地逛逛。開放式的長方形場地整個都是漆白的，臨街高掛的窗簾已褪到底，不見半點色澤，光線充足白霧飄飄，恍似下著太陽雨。密閉平板的玻璃窗上映照著幾組物理治療師和他們所負責療癒的病人，醫病協力機械式的反覆操作著同一個動作，好像生疏的木匠求助於一個笨拙的工具，而工具又求助於無情的神靈。有單純在拉繩索的，像試圖吊上來一桶井水；也有在推著大算盤似的算珠，大多是老人，少數是先天或後天的傷殘。她母親在他們當中顯得很怪，有點太靈巧，她只願從窗框內反射的平面看母親，高雅的她成為他們的一份子，有點滑稽又可愛。

輪椅、助行器和女看護工在復健場地外組合成一道圍牆，穿過這條崎崎嶇嶇南蠻鴃舌的走道即可通往洗手間。她固定上前頭最小也較暗的那間廁所，因為對多數遲緩的病患和肥胖的女看護工，它嫌太小，何況她們常得一起進出。這裡有個無鐵欄一條方巾大的小窗口，由此往外看，使人放大自身的憂慮無望，豔羨外頭健在的世界，幾度她試探性地想像如何俯衝而下，像一條沒有肩膀四肢的魚活脫脫溜出井口，回到海淵。但這天她輕快地展望窗口日常景色的切片，就一間公廁而言它善良而人性，路面上的雨漬就快要乾了，空氣中有一絲甜椒味。

她來乳房外科門診的那一天，出門時雨就在下了，下得很有份量。思慮雨具、雨天的衣鞋、行車等等瑣碎的問題，有助分散面見醫師聽判的緊張情緒，尤其情況未明時，雨越大越好，沿途道路景物在沖刷中流失，好不真切。

診間依然凝止在那兒，像遭遇風雨的郵輪內部，更有一股防護侵擾的凝聚力，相對的愈彌漫著濕悶浮躁的潮氣。門口的傘套被抽完了，她帶的是一把三折小傘，可以收入自備的塑膠袋，打好死結，放進防水的背包，不必像長柄傘得一直握在手中，或者與其他人的傘偎擠在傘桶或牆角。

她把線衫外套披上，還是覺得冷，便離開椅子起身踱步，另一方面也想盡快打發身上的雨水，不過這樣就無法偷偷把腳抽離鞋子了。她雙手抱胸讓冰涼的手躲在胳肢窩下，實在地感覺胸口被捧著。她聽到折傘的聲音，望過去，看見一個帶折疊傘的男人，她知道那過程，放開掌束在手中的八爪傘足，摺曲傘骨的關節，將傘收縮成三分之一長，小小一枝。她第一次這樣專注看男人做這件事，覺得很體貼。他這麼做的時候水可能噴到前排的小姐，小姐嚮脆地拍了一下膝蓋，他趕忙退開，無所事事地沿著邊緣走，在旁鄰整形外科的牆下撿起一個丟棄的傘套，靠牆背人把它倒過來滴水，像小狗就牆撒尿似的，接著將傘柄抽長，把翻折的傘布按壓服貼放進傘套裡。不過那公共抽取的透明塑膠套本來就是為長柄傘所設計，細骨的三折傘畢竟嬌小，整個跌入套子裡，她就看著他拎著長長的塑膠套走來走去。

不過，完整看到他的長相是進診間後的事。不重視隱私的醫護人員一口氣叫三個號碼，務必保持一個躺在布簾內接受觸診，一個坐在桌邊的椅子上準備問診，一個站在門邊等候，整個流程就像是三聯畫，不讓醫師有一分一秒看不到病人，病人也多看守護神幾眼。

灰髮的醫師皮膚白裡透紅，說話慢條斯理，眼神帶有鄉愁和憐憫，與他面對面的兩分鐘，就夠知道這是個好好先生，放心多了。但遵照護士指示，解開釦子掀開上衣兩手舉高放在頭邊，仍然覺得非常害羞，身體麻木，兩眼低垂，兩眼垂直而下突然現形的兩座緩坡，上面的皮膚好像敷了兩塊濕涼的棉花，兩隻豆芽冒了出來。

這樣袒露約十秒鐘醫師便鑽進布簾裡，照著她的口頭提示，他手指打直按壓在潮退的平胸上，第二下即正中那塊令她心情擱淺的小岩坡。溫暖而柔軟的手，指端沒有一絲紋路，好像專撫觸這些香乳凝脂，從不做別的事。

她把衣著恢復原狀時清楚聽見簾外醫師說了一句，「男人也是會有乳癌的。」揭開簾幕即與診桌邊仰起臉來的男人對個正著，不知道是誰先開始的，兩人都有似曾相識的反應。醫師放下一本病歷，拿起另外一本，那男病患慌張起身要把位置還給她，想退回門後，那裡早就站著一個婦人了，他只好無依無靠的立在兩位女病患之間，好像一枝沒有傘面的廢傘。差點撞上他的護士沒好氣地說：「那裡不是還有一張椅子！」第二順位的椅子。她在心底默喊：「天啊！」

病歷上有印好的半圓形的乳房示意圖，她坐下來看著醫師在那上面他剛找到硬塊的地方標示一個圈，寫了一些字，一邊說著：「八點鐘的位置，大約一公分半。」

排定好照超音波和回診的時間，她盡快穿出診間，明知護士緊跟著要叫號，她把門用力拉上，甚至有那麼一刻是和護士隔著門板在兩個手把上各自使勁的。多一個人進去就多一個人看見他的尷尬。

天空清亮，地上也幾乎乾了，她楞在院門口，排班的計程車開到面前她急忙後退，往旁邊走，朝大樓後面遙望，忽然想起舊的復健科後面的人工小山有一大片杜鵑，她們都讚美過默數過花有幾種顏色。只是春天已經過去了，杜鵑不開花的時候平庸至極，不看也罷。母親初到這裡看骨科，那時的主治醫師是一位說話急切的殘障人士，後來跟著朋友吃了一種救骨聖品，復健半途而廢，沒有持續回診，隔兩年就找不到他了。

她走在車道外緣，伴隨著一部部下滑的計程車步下斜坡，沿著馬路前行。雨後露臉的陽光雀躍金燦恍如朝陽，直射眼睛，持續了上百公尺，路況良好，走動不怎麼需要看路，還可以邊走邊挽起頭髮。那陽光突然不見了，她緩下步子，發覺自己走近一處黃昏市場，篷遮下還有些雨天的濕霾，市場口散列幾位年邁的臨時菜販，鄉下農夫的樸實長相和裝扮，粗鄙的蹄蹼前面擺著一個小圓篩，或直接攤開提袋放在地上，裡面的蔬果青脆誘人，讓人看了心情開朗。

最旁邊竟然有個人蹲在地上賣起郵票，老菜農都自備小矮凳，他在地上鋪了一層報紙，被殘留在毛細孔的雨花吸黏住，遂一層一層地加上去，直到旁邊的老伯說：「夠了啦！」最後蓋上一條桌巾似的白布，把一組一組放在迷你透明夾裡的郵票陳列上去。

賣郵票的男人始終沒有抬起頭來，總有一些小細節需要調整，他一直垂臉以對，手撥撥抽抽，好像一個人在下那盤棋。白色棒球帽，紅藍格子襯衫的弓肩，露在卡其短褲外的膝蓋，露在酒紅色皮涼鞋外的腳趾頭，她由上而下盯著這座小塔，以及塔前迷惑他自己的一方貢物。她打算捧場到他抬起頭來為止。

兩個放學的高中男生走到他的郵票正前方，他好像想起似的趕緊把郵票掉頭向外，每一組都貼有一張紅框的小標籤，上面寫著阿拉伯數字，「25」、「30」，他還沒全部換好方向，他們就走了。低處傳來一聲爆裂的屁聲，鄰旁的老菜農自首地笑了起來。又有人走向他的郵票，且立刻蹲了下來。「可以拿起來看啊！」賣郵票的男人含糊地說了一句。

她認出蹲下來看郵票的人是那個看乳房外科的男人，那把傘還背在背後。他又再一次突如其來的仰起臉與她相對，她慌張撇開臉去，發現老菜農還在新奇地張望那個小集郵檯，好像那是一畦畦奇美無比新品種的苗圃，不料他卻躍起追問：「我們剛剛在裡面才碰過面對不對？」她繞過他，蹲了下來，用手指點出剛剛假設性物色的郵票，「我想要這個跟這個！」心想他會不會正由上而下打量着自己，方便寬衣解帶做檢查而穿了寬鬆的上衣，頭髮扎起來，目光如同雨珠可由頸項滑落胸谷。

他跟著蹲下來挑選郵票。老菜農在旁邊出著意見，「這個好，這個也漂亮！」他知道她買的是骨董汽車和滑雪的郵票，她卻不知道他買了什麼。

雨天帶傘沒帶書，沒書可夾，她暫且將郵票收進化妝包裡，順便把裝有濕雨傘的塑膠袋從背包裡拿出來，走到垃圾堆邊取出雨傘，倒掉袋中的雨水，然後抽出傘骨，撐起傘來，回頭尋他，又是一眼即與他四目相望。

他把從醫院嚼到現在的口香糖吐出來，丟到垃圾堆裡，說：「我收在皮夾裡！」接著將皮夾插到牛仔褲後面的口袋，一邊撐開傘一邊笑說：「晾乾！」

「這是女生的傘?!」似乎說錯話了，她趕緊又說：「很漂亮！」

「我妹買的，她是美術老師，她集漂亮的郵票。」說著他舉高傘，仰臉觀賞，稚氣的下巴形成一條船舫的弧線。為了讓她看清楚，又把傘放低成一朵大菇，水藍的底色，布滿寶藍與深藍的小斜線。

「好像雨絲！」她說。

「你喜歡跟你換！」他說。

「不行！這是贈品，好天氣才用好傘。」她繼續沿著馬路走。

「我不介意啊！」

「我介意！」

同行了一段路，越過一間公園一座學校和兩個公車站，她把雨傘收起來，他跟著也收。她覺得自己似乎喜歡聽這折疊的聲音，像拆卸帳篷，也像操槍。

「我們要不要再見個面？等那件事處理完，不管怎樣，再見一次面？你打給我或Email。」他遞上一張名片。

「我不喜歡名片！」她說。

「簡單！」他跟路過的高中生借了一枝筆，還需要回想才寫下姓名、地址、電話和Email。高中生沒耐性等便走開了。

他追過對面馬路去還筆，她一路看著他走入一群少年郎裡，模樣更加稚氣，在他回頭前她趕緊掉頭走她的路。

他追上來，高興的說：「剛剛那個同學我是認他背上黑底白色骷顱頭的束口袋，但是你，我已經可以記住你了，不靠雨傘或任何東西！」

她笑笑說：「是嗎？」

——原載《聯合文學》二〇一五年五月號，三六七期

記得我

蕭鈞毅

一九八八年生，現就讀清華大學臺灣文學研究所博士班。曾獲臺北文學獎等。自覺書寫總趕不上閱讀。

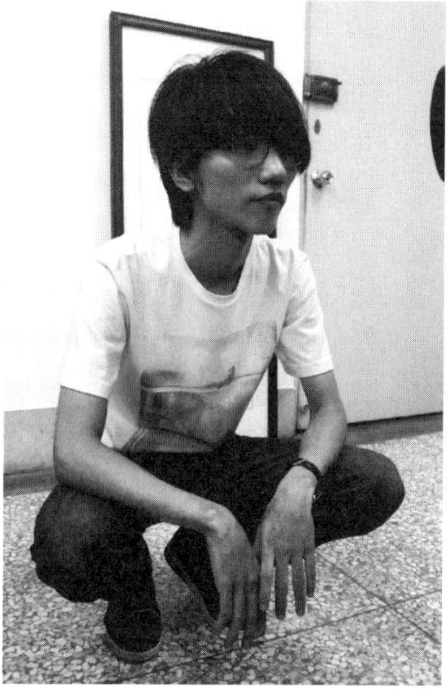

小文哭了。她在騎樓下哭得傷心。她胖胖的身體與黝黑的肌膚全因身體的顫動，不住地收縮著，好像要把自己縮成到別人看不見的大小，就能夠不哭了，就能夠跑到沒有人知道的地方。

她站在別人家公寓的門口，數個信箱口全塞上了廣告傳單，冬天的氣溫在清晨甫過後沒多久才漸漸地回暖。還是有點冷。她的臉頰被風吹得已經麻木了，眼淚掉下來的時刻，才能感到溫度。

路旁有些行人疑惑地往她這裡瞧。她的抽噎聲很大，有位叔叔走過來關心她，她身旁的小表姊替她回答一些問題：「她罰寫沒寫。她不敢去學校。」

小文沒有說話，很安靜地，周圍全都是別的東西，她看著一個地方，地板上有菸蒂跟檳榔汁，陳久未清，她望著一個點，不停地哭泣。好像沒有別的事情可以讓她看見似的，小表姊對她說：「別哭了啦，這樣我要怎麼跟你爸說。」

她沒有回答。

小表姊搖了搖頭：「別哭。」

她止不住地哭泣。

小文心底想的是：「我能不能再也不要去學校。」她不敢跟表姊說，怕又被表姊罵。當她一早起床，發現自己的罰寫不見了。不在書包，不在書桌也不在抽屜，她來來去去地找。

在家裡的每一處，躡手躡腳地找，怕吵醒她的媽媽，可是在門口等著她出門的表姊踱步聲越來越大。她在家裡就急哭了，穿好制服，沒剩多少時間，表姊跟她就要遲到。可是小文還是輕輕地把家裡的鐵門關上。

門鈕壓上的時刻，鐵門沒發出任何聲響。很輕，小文關上門後，楞楞地盯著門發了一會兒呆。

冬天，聽說這幾天寒流就要來。她在制服裡多穿了一件衛生衣，大尺碼，怕被人家笑，只敢穿這樣的衣服在制服下，她羨慕有些同學可以自己穿一件小背心，只要不要把運動外套脫掉，不要讓老師看見，就可以穿著，讓別人悄悄地看到，好溫暖。她想，如果自己穿背心，那就太胖了。

小表姊在樓梯下催促她趕快下樓。她步下樓梯，一隻手按在牆壁上，水泥牆灰白地在她掌心留下痕跡。越走近一樓，牆面上的廣告越多：開鎖，搬家，開鎖，搬家。好像全部會在這種老舊公寓的事情，就只有這兩件事。搬進來，不是等著要走，就是遺失了鑰匙，找不到進房的路。

她的左手掌心髒髒的，不敢抹到褲子上，不要為爸爸帶來麻煩。她後悔剛剛為什麼要扶著牆壁，可是又覺得自己沒了力氣。小表姊不明白她為什麼焦慮：「只是罰寫而已啊，去被老師打一下就好了。」事情沒那麼簡單，小文想，我已經沒交好幾次了。

因為懶惰。她回到家，不想要和媽媽說話，爸爸很晚才回來，她和爸爸的互動，似乎僅有搭公車的悠遊卡沒錢了，她前一天晚上放在桌上，爸爸晚上就去超商儲值，隔天早上她再拿去刷，餘額顯示，多了兩百元。她窩在自己的小房間裡，沒有電腦、手機、跟網路，連雜誌都是跟同學借的，有些是美妝、有些是旅遊，什麼小東西都有。她決定自己存一點小錢，也想要以後買一些東西，讓別人跟她借。

反正自己那麼胖。少吃一點午餐也可以減肥。午餐錢被省下來。她在下課時間翻開一些雜誌，卻沒有人理她。大家都顧著滑手機。只有很少很少的時刻，才會有一兩個人來問她：你在看什麼？

小表姊說：「快一點！快一點啦！」

她小跑步跟上小表姊的步伐。

上了公車，已經沒多少跟她一樣的國中生、或是再大一點的高中生。有些人坐捷運，她沒有搭，還是太貴。她不能太頻繁地儲值她的卡片，她怕爸爸會生氣。

倚在公車的長柱旁，小表姊焦躁地看著窗外。小文看著小表姊。小表姊比她漂亮好多，她自己知道，她太胖了，皮膚又黑，常常被人嘲笑。想到去學校，老師又要生氣，不只是打手心而已，可能還要罰站，全部的同學在臺下，有些人掛著忍不住的笑意，或是連一眼都沒有看她。她還要面對她們全部，半蹲，不是說沒有體罰了嗎，怎麼還有？其他人很少被打，幾乎沒有被打過，他們拿起手機，對著老師說：「你敢打，我就叫我爸爸來！」小文很羨慕，她卻只能面對臺下的所有人，半蹲，兩手平舉，面對其他人的笑容，她也硬擠出一個微笑。

很硬很澀的微笑。她想，我不要去學校了。

悠遊卡逼逼的聲音，下了車，她腦袋裡謄下了餘額六元的電子計數畫面。跟著小表姊跑了一小段路，她就停下來。

小表姊跑了一段距離以後，也停下來，回頭看她。

人行道上的磚黏著小小的枯黃的葉。

她止不住地哭了。

小表姊覺得非常煩。

她討厭這個表妹。總是有人問她：「你表妹跟你是親戚嗎，怎麼長這麼醜。」她會對問問題的人翻個白眼，看似不同意，過沒多久，卻又會答腔：「對啊，她就是醜，因為她爸很醜。」

晚餐在客廳，通常是她跟小文兩個人下課後，她們到便當店買兩盒餐，餐點當然是小文提著，她走在前面，用鑰匙扭開公寓的大門，再走上樓梯。打開家門，打開客廳電燈，電視糊糊地播著節目，兩個人就著電視吃了起來。她討厭在這裡的生活，不明白為什麼爸媽要把她丟到這裡，就只是去個廁所，如果遇到阿姨，阿姨那板著的臉，都要令她低下頭：「阿姨好。」阿姨再從她身旁經過。

晚上睡覺，她睡原本用來做倉庫的房間，在這裡住了一年，她強迫症似的把全部的角落清潔乾淨。可是原本堆放在裡頭的紙箱，她搬不出去。不只是因為太重，還因為阿姨不讓她搬出來。剛住進來，忍了幾個月，她終於問阿姨說：「阿姨，我能不能把那些東西搬出來。」阿姨沉默地盯著她，那視線令她坐立難安。好像她是這裡的敵人似的。

往後，她再沒提過這事。

狹窄的小房間裡，一箱箱的行李壓迫著她。連轉身都不太容易。房子裡也沒有窗，她常常得要開著門，不然房間會悶著一股霉味。很臭，她自己不是不能忍，她只是怕，萬一身上、衣服上全有那股味道，她在同學面前會很難保持她原本的樣子。

每當她回家，她都會發現自己的房門被關上。

是阿姨關的。小表姊很清楚，只能記在心裡。

她長得清秀、斯斯文文，是國中老師會喜歡的那一型。不一定會特別疼愛，但絕對不會討厭。也是那一類，過了十幾二十年之後，如果還有同學會、或者是謝師宴，老師會看著她的臉，奮力而仔細地回想，在漫長的教學生涯裡，自己曾經教過這個學生嗎？

小表姊在玄關，不耐煩地踱著步。她想，不就只是幾張罰寫而已嗎，拖這麼久幹麼？何況，她也不是第一天沒交。她的球鞋比小文好，爸媽把她帶到這裡來之前，為她新買的一雙，她沒有說出來，其實她想要的是別種鞋子：娃娃鞋、魚口鞋，她都想試一試。

帶著小文上公車，她的悠遊卡也是小文的爸爸儲值的。她刷上去，餘額顯示五百元。她沒有比小文用得更久，她看著小文的臉，有時會覺得生氣：「你憑什麼跟我住一起？」最讓她受不了的，是她現在被丟到小文的家。

吃喝穿住，晚上她會看到小文的爸爸回家，兩個人稍微打個招呼：「姨丈。」「欸。」沒有多說話，她總是在等，大概每三天等一次，等晚上姨丈回來，他會問她：「錢還夠用嗎？」她會說：「還夠。」「真的嗎？不然，」姨丈會從斑白的牛仔褲上掏出錢包：「一千塊給你，夠不夠？」「謝謝姨丈。」她會這樣說。

一千塊。她可以做很多事情。她仰著自己的臉頰，下課時間站在其他滑手機的女生旁邊，她們會好奇地問她：「你沒有手機嗎？」下午的陽光篩在她的下巴上，稜稜地裂了一道金黃色的、強硬的角度。她回答：「沒有。」有很多同學跟她家以前一樣有錢，她們拿著新的IPHONE，5S或6，她看著報紙、雜誌、電視廣告，家裡沒有網路，連臉書帳號都沒有，她對那些新的東西，沒有興趣。

在她心中有一種堅韌的特質。

如果其他人聊到臉書，聊到別的她沒有辦法參與的話題，她會離開，保持著一段距離。

等到其他人的話題又到了她可以參與的時刻，她又會欺近：「對。」「她怎麼這樣。」「數學老師肯定是個破麻。」她掩藏得很好，沒有露出破綻。只有一個話題能令她羞憤，就是小文。她恨極了每天下課要去她的教室前等她，因為小文總是遲交作業、考試沒達標準，被留在教室外，她的導師辦公室隔壁罰站。她很想叫小文罰站完了自己來找她，可是她的教室，放學時間不過十幾分鐘，衛生股長就會說：「我要回家了啦。」啪地把門鎖上。

她原本是到小文的附近等待，小文的同學經過，竊竊私語，她臭著臉。不久以後，她就到更遠一點的地方，看得見小文的地方。等到小文終於拿起書包，她才會走過去。

「你為什麼那麼笨？」她曾經直接問過小文。

小文尷尬地笑了笑。

「你為什麼那麼笨？為什麼又不交作業？」她得不到回應，益發地生氣。

小文還是沒有回答。

一年了，小表姊真不明白。為什麼爸媽還不來接她回家。隱隱約約，她其實知道，爸媽有他們的難處。可是再難，會比見自己的女兒難嗎？她的聯絡簿上簽著的是阿姨的字，字型娟秀，筆跡卻像要刻破紙張。她討厭這件事，有時導師會在上面寫她的不好，她即使知道阿姨毫不關心，也恥於把這件事情攤開來：一本簿子，放在客廳桌上，等著不知道什麼時候會起床的阿姨，隨便在紙上鑿下她的姓氏。

也是她母親的姓氏。

她睡在紙箱與紙箱的中間。有些紙箱受潮，發出陣陣難聞的氣味。有些則是膠帶背面覆上一層厚厚的灰。「不知道裡面是什麼？」她曾好奇過，卻不敢打開。也說服自己沒有必要。紙箱們有些疊在房門進去的走道，有些疊到天花板。

紙箱遮住了日光燈到書桌的光線。她寫著功課，聽到外面有人走動，卻從不回頭。她的門不能關，一關就有氣味，連睡覺也不能，否則氣不流通，她幾乎要窒息。翻過身來，面向紙箱，有幾個紙箱下面有破洞，蠹蟲在裡頭爬，竄出來跳到她身上，她在睡夢中驚醒，恨極了這樣的生活。

這天，她拿了姨丈的錢，看姨丈走進房間以後，自己走去小文的房間。她輕輕轉開房門，裡頭傳來濃重的鼾聲，她覺得厭，可是小文的房間有窗，窗外路燈黃澄澄地拓進房裡，小文的腳板朝著燈光，書桌的影子也被拉到床上。她走過去，她知道小文一整個晚上都在忙罰寫，桌上攤著一張張的稿紙，她輕輕地拿了起來。

沒有什麼。反正你一直都沒有交罰寫。她想。

小文哭著的時候，她慌了手腳，帶她到便利商店，買了一罐飲料。小文不喝，她雖然閃過憤怒，卻還是忍耐地勸她：「你這樣我要怎麼跟你爸爸講？」已經遲到了，她書包裡藏著小文的罰寫。她沒說出來，看著小文把自己哭得皺縮起來的模樣，臉像顆酸梅，很醜。她又生氣，可是她這次沒有斥罵小文。只是在旁邊，找了一張超商前的椅子坐下來。

行人經過，看著這兩個在這個時間不該出現的穿制服的國中少女，一個哭泣一個坐著，不明白怎麼回事。小表姊臉熱辣辣的，很想丟下小文，可是她不能。想到等會要跟她一起走進學校，經過警衛、正在上體育課的其他班的人、經過小文的教室，她把鋁箔包吸成乾癟。

冬天。坐在騎樓的位置上，她看不太到天空，兩側不高的連貫公寓，幾十年的老房子，遠方更高的新房子，低矮而串接起來的高壓電線，有鳥兒在上頭幾隻站定。小表姊不知道該怎麼辦，卻也不想就這樣跟小文走進學校。

止不住的哭泣聲在她旁邊。直到一個四、五十歲的叔叔走過來關心：「妹妹？你怎麼了？怎麼在這裡哭啊？」

小表姊才說：「是啊，她罰寫沒帶，要被老師處罰。」

小文哭得更大聲了。那位叔叔伸手拍了拍小文的肩膀。

小表姊直直地看著小文的眼睛說：「她呀，她不敢上學。」

自己一個人在家裡，什麼事都不能做，也沒特別想做什麼事。淑安一個人坐在房裡，房裡都是冬天的霧灰。她很少有清醒的時候，一醒過來，只想著對什麼事情生氣，朝向某一個地方，仔細地凝視，房裡的螞蟻隊列、紗窗外的蚊群、在磁磚地上的白光，她都摸得透了。

想要生氣，很快又懶了下來，奄奄地使不上力。她知道自己的狀況不好，走進浴室，踩著她終年不換的毛拖鞋，在浴室裡踩了水吸了水變濕，兩腳悶著又臭，她不以為意，只是在鏡前看自己的臉，好像在看別人。

臉上長了痘子，陳年未清的粉刺，眼角的皺紋漸深，淑安不在意自己的外貌，她只是想從此確認，這離自己還不算太遠。在自己的房間以外的地方：客廳、女兒的房間、姪女的房間、浴室、廚房、陽臺、玄關。她每一次走出來都像是第二次來到這裡，隱隱約約記得哪裡有著什麼東西，可是，等到她伸出手，又覺得好像就要拿到的東西，比預想的還要遠了一點。

她看見大量的衣服被晾在陽臺。前面的那幾件，是自己的吧。沒有別人有這個尺寸。她很瘦小，身體像被擠壓過的窄板，又像是被熨過的熨板，女兒很胖，那不會是她的尺寸。姪女很高，那也不是她的。她把衣服收進來，隨便盤了一個髮髻，用大蝴蝶夾夾著。她想要洗一下衣服，被陽光晒過的衣服抖開來都是清爽的氣味，她還是覺得不夠。她想再洗一次。

到洗衣機前，她會經過本是倉庫的房間，她對這個家的變動非常遲鈍，總要到很久以後，才會發現有些東西少了、或是多了。可是倉庫那扇門，也好久沒關過，她總會順便關上門。

她知道裡面住了一個她不喜歡的人。跟她的親人有關。

他們讓她背了一堆債務。即使現在的她，記不得那些數字有多少個零，她依然恨著。

想要再洗一次衣服的欲望，每一天都不斷重複。

她把所有衣物收進來，選了一件要換穿的，又把其他扔到洗衣機裡。先注水，後洗衣，她就站在那跟前呆呆地瞧著。

直到幾通電話一次又一次地從客廳穿透了悄然的薄膜，刺進她的耳蝸裡，她才茫然地走出去。

「喂。」

「你好。請問是吳太太嗎？」

「誰？」

「吳太太？」

「我是。」

「是，你好，我是你女兒的導師，敝姓陳。」

「是？」

「我想請問你女兒為什麼今天沒來學校。」

「是？」

「什麼？」

「我女兒？」

「對，你女兒，吳予文。一年十一班的吳予文。」

「喔。小文。」

「請問她今天是生病嗎？她的表姊也沒有到校。她們兩個是一起生的病嗎？」

「沒有。」淑安轉頭確認了屋子裡：「沒有，她們都出門了。」

「這樣啊，請問你知道她們有可能去哪裡嗎？平常有沒有常逗留的地方？」

「我不知道。」淑安偏著頭。

她想，我怎麼會知道呢。我和小文很久沒見了。

淑安一個人待在房間裡的時候，偶爾，從很深很深的睡眠——她習慣在下午接近傍晚時睡下——會聽見鐵門細瑣的碰撞聲。她會想：噢，是她們回來了。這並不會讓她起身。等到她睡得飽了，從床上起來，身旁又會多一個男人。她從他的身上跨過，床軟綿綿的吸去了她的平衡，總有幾次她幾乎要失足從床上跌下。她赤腳踏到冰涼的地板，踏上髒兮兮的毛拖鞋，走到客廳，走到廚房，走到浴室。幾次醒來，她經過倉庫，發現裡面有人。以為是自己健忘，原來裡面早有住人。她不好意思探頭進去看。一個背影，女生的背影。書桌正對著門口。走到客廳，如果小文睡了，聯絡簿會放在桌上，淑安就著客廳點上的一盞微弱小燈，仔細地看著上面的聯絡事項：

一，數卷B寫完

二，數習（龍騰版）P122～131

三，作文一篇後天交

四，歷史乙卷第三課到第四課，地理第三課，國文默寫，理化習題本 P42～51 抽考。

總是這些事情。她揉揉眼睛，拿起原子筆，覷準了簽名欄上的空白處，簽上了自己的姓氏。她的第一筆下去，生怕自己會寫歪了似的，非常用力。淑安很意外自己能夠這麼流暢地寫字，可是力氣拿捏不好，筆總被寫壞，或是破了紙張。兩本聯絡簿，一個姓氏，共兩個字，這是她每一天的功課。

完成這項功課以後，她會回到床上。再閉上眼，不會馬上睡著，只是等待天亮。有時，她覺得外頭如果有車呼嘯而過，那聲音會非常的遠，遠得不像是她可以接受到的。側耳傾聽，房裡靜悄悄地，身旁的男人傳來微弱的鼻息。均勻而規律。她聽不到外面的車聲了。被男人的鼻息擋住了，她揮揮手，像要把前面的人趕開。

不管怎樣都好，就把前面的人趕開。

「旁邊在酣睡的男人，你是誰，離開我的房間。」她想，可是手伸出去，卻摸了他的臉，她幾個夜晚止不住地哭泣。為了這件事。

淑安掛上電話，側著頭，想了半晌：她們會去哪裡呢。她沒有頭緒，屋外的天光正好，她拿了一件外套，穿著髒拖鞋就走出去。帶上鐵門，下樓的窄窄路口有點陌生，灰黑色的牆壁上有一抹白色的手印，她走下去。一堆廣告，一樓的入口，停了好幾輛生鏽的腳踏車，彌漫著鏽臭味，按開門鈕，鏘啷一聲開了門。陽光從四四方方的門外中規中矩地晒了進來，雖然強烈，可是拍在身上仍然冰涼。她縮了縮肩膀，只穿了一件薄外套，還是太冷了。她想走回去拿衣服，才發現自己身上沒有鑰匙。

鑰匙去哪了。

她在身上翻翻掏掏，什麼也沒發現。她歪著頭想，是誰呢，誰拿走了我的鑰匙。

正益把鐵梯合攏，一手穿過梯間，另一隻手攙著，扛上發財車。隆哥在駕駛座上邊抽著菸，邊點了一下今天白天的生意。「還不錯。」隆哥說：「下午再修兩臺就搞定。」

正益抹了抹額間的汗，對隆哥點點頭，坐上車，兩人駛回公司的路上，從士林到萬華差不多半個小時，中午時分交通還算順暢。天色晴朗，正益看向窗外，從車窗上的反照，看見自己的嘴巴，微微地打開，露出泛黃的一半門牙。車子裡的氣味不好聞，分明是冬天卻漫著汗臭。正益謹守許多規則，他回到家，無論如何就是先洗個熱水澡，用肥皂把手指甲縫、足踝、腳弓、腿窩、鼠蹊每一處仔細清洗過。務必讓他一天工作的塵埃不會被他帶到床上。

到了床前，他老婆總是在睡，好久沒有見她自己醒來過。只有少部分的時候，他回到家，發現老婆醒著，老婆對他微微一笑，隔天他工作便格外賣力。

在環河公路上，沿著城市的邊緣前進，視野格外清朗。正午的太陽開闊地扭稀了雲朵，隔著一條帶淺灘的淡水河，看見城市的另外一端。兩側都感覺上都是伸手可及的距離。

正益心情稍微開朗一些。他總是煩惱許多事。

他多希望日子可以好過一些。

淑安的病會好。小文過得開心。淑安的妹妹和妹夫接走小表姊，跟他們說：姨丈在這裡對她很好。

菸還沒點著，老闆看見他們的車子，就跑出來跟他說：「你女兒學校打電話來啦！」

「什麼？」他楞了一下。

「他們說你女兒沒去上課，不知道去哪。」

不知道去哪。他想，還能去哪？沒有去學校還能去哪？正益突然覺得疲憊，他沒有手機，他跟老闆借了電話，打回家，撥號聲持續，將他的焦慮絞成長長的一條繩索，懸在那兒：還能去哪。她會去哪裡。

無人接聽。他再撥一次，無人接聽。他不死心。他不知道淑安的作息，他回到家，她總在睡覺。白天她應該是要醒的，可是為什麼沒人接。正益不喜歡這種感覺，會不會，她出門了。可是她出門能去哪裡，這幾年淑安狀況這麼差，她幾乎沒有出過門。家裡有信，全都是當年信用卡或金融公司的廣告，只有這些東西，才會打印上淑安的名字——它們特別地，專程寄給她。正益非常痛恨這些廣告，好像他們還在她身上榨取得不夠似的。

無人接聽。正午剛過，他坐下來。老闆跟隆哥還有其他人，圍在旁邊：「要不然你先吃個便當吧。」有人這麼建議。正益擺擺手，他試著想一下，可是他沒有車，平常都是隆哥下班順路載他回家，他該怎麼做，總不好讓人家跟他轉一個下午。

他站起來說：「我去找我女兒。」還有另一句話沒說出口：我去找我老婆。

他連洗手都沒有，把髒兮兮的石棉手套往桌上一扔，就離開公司。他往捷運的方向走，摸了摸口袋，甸甸的零錢。他有一股怒意，隨著太陽稍稍偏移的角度，臉頰發燙地對著小文的小表姊生氣。她們明明就是一起上學，他想，他要去學校一趟。

很久沒有坐上捷運，只有他一個人衣服跟牛仔褲上都有陳年油漆的色漬，硬頭鞋底也都是踩過石灰，積了厚厚一層的鈍白。他站著，空空的座位，沒幾個人的車廂，他連自己粗重的呼吸聲都聽得清楚，還是不敢坐上座位。

他還記得女兒的學校是在哪裡下車，往外面走，走進學校大門。警衛攔了他，問他是不是今天來上工的工友，他說不是，他是學生家長。警衛從上到下端詳了他片刻，直到他見到導師，導師帶著他到小表姊的教室，又把小表姊拎出來。

小表姊低著頭。

正益問她：「小文呢？」

她沒回答。

導師說：「她跟我說過了，她比小文先來學校，小文有跟她說，會自己來學校。」

正益看了導師一眼：「那人呢？」

導師無奈地回答：「我也問過她，她平常跟小文有沒有常常去的地方。她說她們都是直接回家。」

「所以你們也不知道，她也不知道。我女兒就這樣不見，也沒來學校。」正益急了：「那我要去哪裡找我女兒？」

導師一臉愛莫能助的樣子，正益轉頭繼續問小表姊：「你什麼時候離開小文的？」他努力克制自己的口氣。

小表姊頭低低的，眼睛往上瞥：「九點多，小文一直哭，我叫不動她，我就自己先來了。」

「小文為什麼要哭？」

小表姊平淡地回答：「她沒寫罰寫，怕來學校被老師打。」

正益心底聽得慌，他瞪了導師一眼，又問：「你們有去哪裡嗎？」

「我們下了公車，小文說她不想來上學，她要我跟她走一走，我就陪她。」

「你們跑去哪裡？」

「沒有，就學校正門出去，路底的便利商店而已。」

他喃喃地念著，路口，便利商店，九點。導師在一旁又說：「我們有去找過了，但沒有找到。」他又補充安慰：「也許予文晚一點就會自己回家了。」

那你們為什麼還要打給我。他憤怒地想，萬一沒有那麼單純呢。你們要怎麼負責。正益說：「我去報警。」

小表姊身體輕輕地顫了一下。

導師跟著緩頰：「不用啦，你現在去，他們也不會理你，最少要一天啦。」

「為什麼要一天？」

「每天都有那麼多人逃學，每個都是晚上就回家了啦。」導師笑笑地說。

「真的要一天嗎？」他不知道，他從來沒有處理過這種事情。他交代小表姊放學後趕快回家，沒有留心她低垂的臉有著不一樣的表情。正益急急地離開學校，城市的街乾巴巴地在漸冷的空氣中彌漫著臭味，正午的陽光慢慢地掩蓋在雲朵後面。越往北走，街上的行人越多。

我把女兒交給她，希望她幫忙照顧，這不過分吧。正益不停地想著這件事。你就這樣把我女兒丟下來。剛剛小表姊看著正益的眼神，讓正益相當不快，他不會形容，但就好像她是個陌生人。一個來問自己女兒在哪裡，一切跟她無關的陌生人。

如果不是你爸媽是我老婆的妹妹跟妹夫，我為什麼還要花錢養你。他一邊快步走一邊緊緊握著拳頭。

但是，唉。走到小表姊說的那間便利店，他問了店員，店員說：他們剛換班，那要問早班的才知道。他只能放棄。

找了公共電話，又打回家，一樣沒有人接。他越發擔心起來，現在卻不知道是不是要先回家一趟。車流熙來攘往，已經走到年輕人會逗留的地方，他把幾枚一塊錢放在電話的上端，上端旁邊還有一瓶空的蠻牛，別人喝剩的。他突然很想抽菸，從胸口掏出一包白長壽，點著菸靠著柱子，一隻手拿著塑膠話筒，一隻耳朵傾聽想和老婆說話的聲音，一隻耳朵聽見街上行車的聲音。

什麼也沒有。他掛上電話。

淑安會不會有什麼事情隱瞞著他。在這種時刻，該死，竟然在這種時刻才出現。她一定不在家，不然她絕對會接起電話，很久沒聽過她的聲音，幾年前有事他打回家，淑安的口氣聽起來很清醒，隱隱然像在跟一位客人閒聊：「是？」「好，我知道了。」「謝謝你。」他不知道這該怎麼做，問過醫生，吃過幾次藥淑安自己就停下來。滴滴答答，屋子裡的鐘在客廳裡恍惚地撥走。他在睡前會開上一盞微弱的小燈，他不在家裡抽菸，坐在昏黃的小燈旁邊，喝一杯高粱，身體熱辣辣的，喉嚨像盤著一塊發燙的繭，他一飲而盡，看過兩個女孩的聯絡簿，好像她們的事情離自己不算太遠。

正益走在孤獨的角落，這裡他不算太陌生。往許多角落走，那些他記不得的街口、商店、街景，他到現在也只是憑印象，身體像個羅盤，在其中遇到某個彎角，便會自動指好了方向。他不清楚，有些人來、有些人去，在他那個年代，最熱門的是獅子林，他兩三年前還去裡頭修過水電，後來聽說獅子林被一間大公司買下來了，上面還在施工，是另外一些同業幫忙的工程，像他們這樣，專門只做一些細節的，賺不了什麼錢。對他來說，這裡過於巨大，而他過度渺小，每個年輕人或是剛進入中年的人們從他身旁經過，沒看到幾個穿制服的學生，小文跟小表姊的制服，一向是由他洗晒的，她們只要將衣服放在洗衣籃裡，晚上他回家，洗衣機嗡嗡地絞，再拿到陽臺晾，鐵窗外的路燈，從遠方悄悄地散射過來，他拿著洗衣桿的影子被晒進屋裡，晒在牆上。

正益對著路人問：「請問你有見過這樣的女生嗎？」胖胖的、皮膚很黑、短髮、穿著某某國中的制服。

搖頭，或者思考片刻再搖頭。

小文你到底在哪。他腳下的影子很快就長了。滿身是汗，一臺水肥車在路旁抽著水肥，他在一塊提供給行人的板凳上坐下來，楞楞地看著前方。小文會去哪裡。一點頭緒都沒有，她的聯絡簿上都是考試、作業，還有導師苛責的話。「多讀點書！」「專心上課，再考不好老師也幫不了你！」「貴子女罰寫三次沒交了，請父母多加叮嚀！」他想過問問小文罰寫怎麼沒有寫，有什麼問題，可以跟爸爸商量，他站在房門口，孩子睡了，孩子房裡的那盞窗，明明白白地照進路燈的光芒，深夜只有這樣的光線，他看見小文的臉，睡得沉，肥胖的臉是福氣，卻因為罰寫沒交這種小事不敢去學校。

爸爸不會罵人。從來不會。正益從有了小文這個女兒，從來沒有責罰或打罵，他很多時候沒了耐心，也只是走出去陽臺，關上門，抽一支菸。他板起臉來，小文再不敢說話了。她從小就胖墩墩的，好小好小的時候，她對正益說：「爸爸，同學們都笑我胖。笑我是大塊呆，以後沒人要。」正益好聲地勸慰：「胖是福氣啊，哪有問題，以後同學再這樣，你就不要理他們。」

為什麼小文會那麼怕我呢。他有這樣的感覺，站起身，還沒找到人，他心下慌得看眼前的行人，都像別種東西。

小表姊的父母，淑安的妹妹與妹夫，他們一臉愧疚地對他說：「姊夫，她就麻煩你們了。」淑安那時病了幾年，她冷淡地看著他們，正益很意外，沒想到她仍然保持著過去對他們的態度。

「姊姊，對不起。」

「嗯。」淑安沒多說。

事情就這樣定了，等到他們夫妻倆穩定了，再把她接走。小表姊臭著臉走進來，行李都扛著。正益說：「我們只有一間倉庫，可能會委屈一點。」他盡力表現出友好。妹妹與妹夫兩人倒是沒有意見地說：「這樣就好，不會太麻煩你們就好。」小文坐在旁邊，看著小表姊，好多年前她們一起玩，小表姊對她說：「我們玩一個遊戲。」小文點頭。小表姊說：「玩誰是胖子的遊戲。」小表姊帶著幾個玩伴，跑給小文追。

你是胖子。你是胖子。你要追我們。

正益說：「我會好好照顧她，你們放心，大家都是一家人。」

小表姊瞪了一眼小文，小文低下頭。正益沒看到，淑安看到了。淑安瞪了一眼小表姊，兩個人的臉頰在正午的陽光下泛著白白的光。

正益以為，小文從此有了玩伴，會好很多。小文不開心，他也沒有辦法。

他將淑安的鑰匙交給小表姊：「你以後就用這把鑰匙。」

他想，反正淑安不會出門。淑安沒說什麼，只是睡得時間變得更長。

每天回家，見到熟睡的淑安，還以為自己只是個室友，和他十幾年前剛來臺北的時候一樣，三四個大男人擠一間小房間，床板上用繩子兩端掛著牆，把衣服跟毛巾全晾在上頭，濕淋淋的。大家下班時間不同，有時候他回去，其他人都睡了，他窸窸窣窣地爬上床。不吵到別人。

問了警察，警察說，二十四小時之後他們才受理。但看到他沮喪的臉，還是願意跟他去調監視畫面。警察把安全帽給他，他戴上。「你女兒多大了。」「國一。」「我女兒也是。」

他們到了便利商店，正益看到店員，好像又換了個人。

警察跟著他到工作間，小電視裡頭放著早上的畫面。

正益看到小表姊跟一個男人說了話，就走了。

男人手搭在抽泣的小文的肩上，也走了。

他突然怒不可遏地站起來，氣得全身發抖。警察按著他的肩，嚴肅地說：「我們會找出那個人是誰。我們會找回你的女兒。」

為什麼呢。為什麼小表姊要對他說謊。他不能理解。

「小文會自己去學校。」小表姊的說法。正益去警局備案的路上，不停地在想這件事。他很努力，有時不免委屈小文。總是不想讓他們家人在親戚面前讓人說嘴，有時也掏上一千元給小表姊，當作零用，讓她可以買自己想要的東西。正益不明白，難道她搞不清楚每兩、三天這一張一千塊，對他們家來講是多大的開銷嗎。這樣她還不滿足，她還放棄了我的女兒。

出警局前，剛剛陪他的警察對他說：「放寬心，說不定你回家，你女兒已經到家了。」他皺著眉頭，不敢太過奢望這樣的可能。從中午以來，這種突如其來的事件，誘發了他心中對一些事情的不真實感。很細微地，好像夜裡睡眠時聽到外頭有著腳步聲，他醒過來，往外看去，什麼都沒有。他希望，什麼都沒有。回到家，小文真的已經待在家裡了，可能躲起來，關著自己房門，不敢跟他說話。他會敲敲門，跟小文說：「這些事情沒有什麼，你不用擔心。爸爸會跟老師說。」然後他的老婆，淑安會在他們的房間裡，香甜地睡覺，他會打理完家務以後，再出門，去夜深十點十一點才打烊的賣場，買一些蔬菜回來，讓淑安醒過來，可以自己煮一頓飯菜。

　　這是他的日子，他願意一肩挑起的日子。他只能這樣希望：等回去以後，發現一切都沒有異樣。而他將不會再給小表姊任何一點零用錢。他會狠狠地罵她一頓，不管她會用什麼態度回敬自己，正益都難以容忍這種事情再度發生。

　　他晚上有時就站在洗衣機前發呆，可能幾分鐘、十幾分鐘，衣服在蓋上的洗衣機裡頭絞。淑安的、小文的、小表姊的衣服都在裡頭。他自己的衣服要用手洗，上面的髒污、油漆、灰塵如果絞到洗衣機裡，會把洗衣機弄髒。洗澡的時候，他將自己打理整齊，刮好鬍子，讓自己看起來像是新的。舒舒服服地躺到淑安的身旁。

　　捷運的氣門闔上的聲音。他跟著擠塞在人潮之中，列隊，等待上手扶梯。

　　國中生、高中生、上班族、大學生、什麼人都有。有些人從左邊步行，大部分的人眼神都楞楞地望著空無一物的地方，或是滑著手機。正益走出站外，新鮮而骯髒的空氣，他走到自己家的巷口，他們里長最近在極力宣導家具回收的事情，在他家巷口前有不少廢家具堆在那，等著晚一點的清潔公司來收。

一盞盞的街燈，和他每日回家前的模樣相同，他今天早一點，天色還有著尚未透盡的深藍。遠遠的，往河的那個方向，稍微明亮的藍色。雲朵在電纜後面，被切成好幾塊。他走進巷子，看見自己家的那一層樓，客廳的燈亮起了。

是誰呢。正益心底涼涼地顫了一會。

他突然很想抽菸，點著以後，站在一間屋子的鐵捲門前，楞楞地盯著自己家的燈光。

他希望回去之後，所有的狀態都一如往昔。該在的都在，該沉默的，繼續沉默。他不太會說話，很想再跟小文說點什麼，可是他沒有勇氣。

正益不知道誰先到家了。

他站在自己公寓一樓鐵門前很久，很久。

直到夜黑。

直到時間都到了他平常回家的時刻。

本文收錄於二〇一五年四月《第十七屆臺北文學獎得獎作品集》（臺北市政府文化局）

本文獲二〇一五年第十七屆臺北文學獎小說首獎

阿弟——陳姵蓉

一九八四年生，臺北人，右撇子，國立成功大學醫學系畢，執醫業。陽明視覺文化所研究生。

每日花在聽、說的時間，遠遠超過讀、寫。我愧欠所愛甚多。

作品曾獲林榮三文學獎、臺北文學獎、教育部文藝創作獎等。

感謝所遇之人，一路諸多恩慈。

有時候，我看著阿弟，老忍不住想：他會不會覺得受騙了？

這地方簡直是個屎坑——不，不只，更慘——是個窟窿，整個世界很可能根本就是老天爺拔了牙以後留下的窟窿——又腥、又臭、又黑、還深得根本沒個底。所有最好的最白的都已經全給拔去了、搜刮了、沒收了。至於人呢？人連喊痛的權利或資格也沒有。

你想想看，我們能拿一個窟窿怎麼辦？

不能怎麼辦。

一點也不能怎麼辦。

我都二十三了，居然現在才明白。

九個月的阿弟呢？

阿弟出生的那天，老媽樂得簡直可以榨出糖來。我大夜剛下，一看手機，竟然有三十幾通未接來電，全是老媽打的。哥那天開長程，天知道呢，在那最了不起的那一刻——也就是他兒子被夾出他老婆肚子的時候——他究竟開到哪裡，會不會也有點什麼心電感應？當然，這問題我只放在心裡想，從沒問過哥；反正哥現在也不知去了哪，躲我們全家像躲雞瘟，眼下是沒機會問了。不過，哥也不是什麼有情調的人，搞不好，他還會故意吊兒郎當地胡扯說他那時正好停在哪個休息站撇條。總之，哥是很粗很粗的、很悶很悶的、標準至極的男人。

就算他真有什麼細膩些的心思，你也別指望他會跟任何人說。

嫂子每次就為了這樣跟他吵。我一個人待在三樓，戴著耳機躺在床上滑手機。只是就算隔著樓板，聽到的仍然全是他們——說穿了，只有嫂子——的聲音。

三年前嫂子剛進門的時候，瘦瘦小小，圓圓臉，妹妹頭，打扮起來還有一點林依晨剛出道的樣子。第一次聽見她在二樓發難，天曉得，我本來以為是電視的連續劇沒關——實在太有臨場感！不禁教人納悶她那麼一丁點的人，是怎麼獨立發出一屋子的環繞音效。

嫂子書讀得不怎麼多，看過的人倒是不少。她在火車站前同一間美容院做了八年，從洗頭小妹一路做到設計師，畢竟是見過市面打過滾的。

嫂子人挺不壞，其實，還算心熱。跟老媽雖然不能說是百分之百對盤，但也不至於犯沖。尤其，嫂子每回從美容院帶回各式各樣客人用不完的或者廠商招待的 sample，都會很上道的在老媽一樓的臥房浴室放上幾罐。老媽後來過年也都不必上髮廊了，嫂子親自帶器材回家幫她整。第一年的團圓飯，老媽頂著一頭大可以上豬哥亮歌廳秀的澎湃髮型——嫂子隨後糾正所有人：「那叫玫瑰金熱塑燙。」——與大家吃得一團和氣。雖然阿弟還沒出生，但那大概算得上近年來最好的一年了。因為那年年底，店長宣布，我已經足足做滿十二個月，可以獨立守大夜了。記得我給老媽包了一個肥滋滋的紅包，結果她笑得比她頭頂那叢囂張至極的玫瑰金還明豔。也是趕在那年春節前，我去銀行開了戶，盤算著，把助學貸款還清以後，就要開始存錢，買車。

我稱不上對車有什麼特別的執念，以一個男人而言。我是指，與某些人不同，我對車的要求，基本上跟對便當的要求差不多：需要的時候就希望它在身邊。不過事實證明，車真的跟便當一樣——拿在手裡很愉快，但準備起來真麻煩。

全家便利店大夜一個小時的鐘點是一百零三元，一臺沒什麼特別了不起的簡配休旅車也是一百零三萬。除法無疑是全天下最殘忍最血腥的算式。不過我根本犯不著拿出計算機自己嚇自己，說老實話，光是站在新車展售的櫥窗外，偷看那大廳的氣派已經足夠把我嚇暈。就好比上一集的《魔戒》電影裡四處流浪的哈比矮人雜魚團，一夥人楞頭楞腦地來到那幫高富帥的精靈國土前，全部立刻傻了一樣，講話都有困難。展售廳中穿著套裝制服的銷售員，不論男的女的，看起來倒真跟電影的精靈差不多，光鮮迷幻。而且，某種意義上，他們也真的就是精靈，一個個手裡都握有我這矮人夢寐以求的黃金鑰匙。

但我沒什麼好埋怨的。畢竟在這老天爺的牙窟窿裡，本來就不可能有任何事是不勞而獲的。

絕對不可能。除了阿弟。

阿弟大概是我這輩子第一個——極有可能也是唯一一個——不勞而獲的事。

我趕到醫院的時候，嫂子已經從產房推回病房休息了。阿弟聽說被放在嬰兒房，我要等會客時間才能進去。老媽說，哥這下不知開到叨位，電話不通，她只好拚命打給我。

「彼幼嬰啊生嘎五告勾追，哇歡喜嘎不知袂安怎共！」一邊說邊忙著從口袋掏出她剛剛升級的智慧型手機——桃紅色 SONY，嫂子門號續約免費替她換來的——向我獻寶似的現照片。

我有點措手不及，老媽居然一夕間完全進化為任何肥皂劇裡都可以看見的那種典型的阿媽——她們在劇裡的唯一任務，就是隨時準備為了孫子隨便什麼雞毛蒜皮的舉動而過度開心。

我大夜八個小時剛完，又一路從樹林飆到雙連馬偕，說真的，我根本還不是很確定自己該期待什麼。我僵硬地站在顯然已經激動到不行的老媽旁邊，像被放在最靠近舞臺的搖滾區，切身地感受到她彷彿剛發片隨即空降告示牌排行榜第一名般的快樂。我突然發現自己有點緊張，也有點興奮，腦子和心都麻麻燙燙也糊糊的，像鍋煮太久忘記要關火的綠豆。

——我竟然也要變成叔叔了？

媽的。我吞了一口口水，腦筋一片空白。

老媽興高采烈地把手機往我的面前推。

巴掌大的螢幕裡頭，有一團灰撲撲的東西。

第一眼，我沒反應過來，那無法直接辨識的物體應該是某種生物，或者至少，某種生物的局部。我把身子稍稍往後傾斜，想要找到比較正確的焦點——不蓋你，超邪門，阿弟的臉就這樣嘩啦一聲像尼斯湖水怪一樣突然現身，而且似乎還立馬決定熱情地近距離親吻我這艘潛水艇的瞭望臺——

這是一個小貝比啊！媽啊，這是我們馮家的小貝比啊！

阿弟那張全新出廠的小臉蛋皺乎乎的，額頭還黏著某種不均勻的灰色粉末；他的頭上罩著一頂小藍巾折成的、有點滑稽的三角帽，身上包著一件淡藍色的綁帶小睡袍。如果有人要拍幼幼臺版的濟公傳奇，定裝照一定就是這副模樣。

照片裡的阿弟有一撮短短的下巴，兩坨垮垮鬆鬆的臉頰，以及跟冒號一樣：一上一下總共兩點的小鼻子和小嘴巴。

除此之外，他還有一雙完全睜開的眼睛。

老媽激動地指著螢幕上阿弟的眼睛，以一種很艱難又很驕傲的表情。

——我不怪她，老媽原本庫存就不多的形容詞在我還沒趕來的兩個小時之前老早消耗殆盡。但即使如此，阿弟還是完全不像尿布廣告裡那些明眸皓齒的小嬰兒。他的眼睛，不只是小嬰兒的小眼睛。該怎麼說呢，與我先入為主的想像相比，阿弟顯得，好完成——如果你明白我的意思。

我當然知道這樣想很奇怪，但說真的，要是只看他的臉，你會以為，他好像是先把所有該做的事全做完了之後，下定了決心，才出生的。

直到老媽上個月中風之前，阿弟都待在一樓，跟老媽住一起。嫂子回娘家坐完月子之後，就又開始上班了。每天中午上工前，她會到樓下跟阿弟玩、搖阿弟喝奶、教阿弟唱嗶嗶嗶嗶的流行歌，而老媽負責包辦她出門後全套的育嬰瑣事。

至於哥呢，則是車照開，酒照喝。唯一比較麻煩的是，哥跟阿弟的關係不知道怎地，隨著日子一天天過去，發展得越來越武俠——也就是說，王不見王。

嫂子對此當然不是很高興。

憑良心講，我相信嫂子本來沒有要告訴我的意思，畢竟這是夫妻倆關起門來的事。問題在於二樓跟三樓的夾層樓板實在太薄了——其結果就是過去的九個月，我不得不成了她舉頭三尺但愛莫能助的神：再不情願也沒法不聽見她對哥滿腔滿腹的怨恨。

一樓跟二樓的夾層樓板是不是也這麼薄，我不確定；但老媽的血壓一天比一天高，應該是事實。老媽突然倒下去的那天，老天保祐，是禮拜一。

我剛好輪休沒班，一時興起，下去一樓看阿弟。

那時還只有八個月大的阿弟已經會坐會爬也會笑了。我以前不知道，原來看小貝比長大，居然跟午覺睡太長有類似的效果——不論哪一個都會讓人一瞬間感覺活得很恍惚，恍惚到幾乎可以不為什麼，就沒來由地像個傻子一樣傷感。

好在老媽事後被醫師宣布不至於有大礙，導致我如今回過頭去看，居然看出了某種詭異至極的喜劇性。現在想起來，我好像是先看見歪歪扭扭扶著嬰兒車的欄桿、第一次嘗試自己站起來的阿弟——接著，才注意到躺在一旁瓷磚地上的老媽的。

當然，也有可能相反。

不過，最可能的還是，我的大腦根本來不及決定哪一個比較令我驚訝，因為我全身所有的警鈴都在同一個時間被按響。

我曾經看過一集 Discovery 的節目，裡頭在講人體什麼腎上腺素之類的東西，它能讓人的潛能在危急時被激發——就我理解到的意思，差不多就是露薏絲一定要落難，克拉克・肯特才能變身。不瞞你說，我那時真的只穿一件四角內褲，某種程度上，實在不能不說是相當符合救世主登場的條件；而且，值得一提的是，以首次出任務就得救災這點來說，阿弟的表現簡直比蝙蝠俠的羅賓還上道——因為他一句廢話也沒有。

老媽最終的診斷似乎是缺血性小中風，不過我不能保證自己有沒有漏聽什麼字。總而言之，老媽還是老媽，一直到被主治醫師制止之前，她吃飯洗澡大小便居然都還想自己來——以至於隔壁床的家屬不止一次跟我打小報告，說我們仲介請來幫忙的阿娥嫂，大部分時間都歪在躺椅上用平板看韓劇。

我照例告訴自己那也沒啥好生氣，畢竟這代表中風沒有改變老媽太多。硬要說，就是她的右眼皮變得有點塌、嘴角有點歪、法令紋一深一淺，有點不太對稱，讓人想起東區那種隨處可見的整形廣告裡，某個女人手術前後，左右臉對照的合成照片：一邊糙老，一邊肖年。坦白講，老媽的臉現在看起來就有點像那樣；差別只在於她的雙併是百分之百純天然，完全不靠人工。老化的腦血管帶來的荒謬禮物，居然是讓老媽一半的臉意外回春。當然，這心得我也只敢放在心裡想，從來沒說出口；因為就算再怎麼大條，即便是哥，也不至於白目到想當面跟老媽提這種事。

不過，哥不至於跟老媽那樣說話的另外一個主要原因是：他從上禮拜的某一天起就再也沒有回家過。

確切的日子我實在記不得。

自從老媽住院之後，家裡就像無預警政權交替，人事不得不大規模重新改組。嫂子被迫向髮廊請了留職停薪的育嬰假，換她自己留在家裡帶阿弟。

我的工時還是凌晨零時到早上八點。九點左右回到家以後，吃了早餐一路睡到下午，接著，我就會醫院或二樓兩頭跑——偶爾去看老媽，偶爾跟嫂子換手顧阿弟——直到上班。

我不常跟哥打到照面。說老實話，我也漸漸有點能理解嫂子疑心重重甚至歇斯底里的原因。我跟哥差七歲，而我敢發誓：這距離不多不少剛剛好足以讓我們對彼此的關心，統統在將要抵達對方的那一刻前，全數噗通掉進橫在中間的陰溝裡。

大事發生前的那天下午，也就是星期六，我把阿弟抱到一樓，想讓嫂子一個人在樓上靜一靜。

我從儲藏櫃中拉出老媽之前大手筆從電視購物臺買回來的「小哈佛金頭腦·五感開發遊

戲墊」，滿心希望阿弟能像包裝上所宣稱的：「快樂地徜徉在字母、顏色、形狀、和聲音所組成的神奇迷宮裡」。

我讓阿弟坐在斑馬跟河馬的中間。

阿弟的周圍一時間，充滿了開心得有違常理的動物。

它們在地墊上誇張地咧著嘴巴，一隻隻對著空氣笑得花枝亂顫。我盯著那個區塊看，胡亂猜想它的主題是不是一座笑氣外洩而全區遭到汙染的動物園？我隨即懷疑這個主題的教育意義，是不是真的如我們大人所期待的那麼正面。

不過，不知道是幸還是不幸，我並沒有機會為這個問題苦惱太久。因為嫂子帶著哭腔的叫罵聲，突然平地一個拔高，從樓上爆衝而下，瞬間打斷了我的思緒，並且一舉解開了我長久以來對於一二樓樓層夾板厚度的疑惑。

那是一連串混雜著臺語、國語、眼淚、鼻涕、憤怒、和悲哀的超級大雜燴，彷彿一件極其不祥的特大宗包裹，不分青紅皂白，暴力地對我迎頭砸來！基於阿弟在身邊的緣故，我不得已，只能繃著臉，裝出很酷很淡定的樣子。實際上，我是真的有點嚇到了。

我覺得有夠衰。誰都曉得話筒另一頭的哥，根本才是真正應該站在家裡這個位置，親手親耳去接這炸彈郵包的人！但我必須承認，整個無端狗血淋頭的過程中，最令我印象深刻的，其實是阿弟的反應。

信不信？不論是地墊上可疑的笑氣，還是樓板上可怕的鬧劇，幾乎一點點，都沒影響到阿弟。似乎有某種隱形的氣場，將阿弟穩穩地罩住。沒騙你，真的很神，他的血條，真的一滴也沒掉。

如此血條滿滿的阿弟，精氣神十足地坐著看我，看得我手足無措。我突然有一種奇怪的感覺：好像在他面前，我什麼都沒穿。

但這裡只有我，我不能撇開頭。

我怯弱地回望阿弟，他媽的突然覺得好對不起！我們這些大人為什麼這麼蠢、這麼懶、這麼沒用？不但沒把這窟窿填平，還被它直直地往腐裡拉、往死裡吸，直到終究成了它的一部分——也就是另一塊爛牙齦！我們全變得一樣恬不知恥，沒事找事；偶爾，興致若來，就裝模作樣也學著流點血、發點炎，好像也活得轟轟烈烈，自己騙自己。其實，哪一項不是假裝活著的把戲？

當晚凌晨，上大夜班，當然很不好過。

下午嫂子和哥拆臺的聲音，仍然生動地在我腦袋裡反覆倒帶暫停又快轉，以各種排列組合不停重播。

出發上班前，我把阿弟抱回二樓。嫂子雙眼浮腫，有氣無力地伸手接過。那個晚上，補貨的時候，我恍神了好幾次。有兩回，還差點把洋芋片和巧克力的櫃架撞倒。客人抱怨我找錯零錢、沒給點數，我也反常地沒有隨口打哈哈帶過。

算算我待在這間全家的時間，已經整整三年又十個月了。其實，我滿喜歡這份工作的。凌晨的便利商店，怎麼說呢，有些時候，真的是個很奇異的地方啊。要知道，當整座城市全靜下來、暗下來，連流浪貓，都要爬回屋頂閉上眼睛的時候，我跟我那十來坪的全家，就是整條人類文明的街道上，唯一碩果僅存的亮點了。

如果那時候我就知道這是最後一夜在那兒當班，我想，我一定會更謹慎，更積極，也更珍惜些。

對，重點來了。

快，問我為什麼現在人在急診，還曠了昨晚的班？

問得好，我也希望我知道。

事實上，急診這裡一整票的醫師也這樣問。甚至鍥而不捨，每四小時都問一次。

只不過他們問的對象是嫂子。

而嫂子沒有回答。

應該說，從我回家發現她，一直到二十四個小時過去的現在，她都沒有醒過來回話。

不要怕，她沒死，只是安眠藥吃太多。

這話不是我說，是醫生說。

媽的，要是我知道原來拿個小手電筒往她的眼睛晃個幾圈，就能夠省掉我一把眼淚鼻涕跟冷汗的話，回到家剛發現嫂子叫不醒的時候，我的表情和動作就不會那麼挫了。無論如何，這件事情告訴我，有些事情還是只能靠腦袋：救人單憑腎上腺素，果然不牢。

但至少，我很慶幸在我一度慌得像隻剝皮辣椒雞的時候，阿弟還在睡。這種身邊的大人有事沒事就倒在地上一動也不動的場面，不管怎麼說，都應該對養成小哈佛金頭腦有害。

二十四小時前我剛下班。經過二樓，想想還是應該關心一下嫂子前晚跟哥隔空大吵之後，災後重建的情形。

我敲門，等不到回應。我輕輕使力，推開了不知是刻意沒鎖還是忘記關上的房門，卻看見她毫無動靜地躺在地板上——身邊又是酒瓶又是藥罐的，亂七八糟滾了一地。我真的被嚇出一屁股鳥毛，八小時大夜班積來的睡意全部歸零！

可惜，事實證明，再多的腎上腺素也無法引導我採取任何一個真正有意義的舉動。我發現自己僵直在現場，第一個念頭居然是不曉得到底該不該尖叫？其餘接踵而來的一系列反應包括：她還活著嗎？我可以摸摸看嗎？人工呼吸是電視上演的那樣嗎？會不會破壞現場？我應該要先打給誰？

還有，一一九電話是幾號？

幫幫忙，不要笑。幸好，一直到我想起阿弟，我的思考才終於恢復了一點邏輯。我衝到阿弟的嬰兒房，檢查阿弟的狀況。阿弟看起來跟平常沒有什麼兩樣，一定是那不可見的強大氣場又一次滴水不漏地罩住了他。我急忙把阿弟抱起來，包進背巾，背在身上。阿弟哼也不哼，只顧貼著我的胸口繼續睡。

身子上背了阿弟，不知道為什麼我突然感覺自己像背了兩管烏茲衝鋒槍的布魯斯·威利。總之，我鼓起勇氣，比較鎮定地回到客廳。但由於阿弟緊靠在我的胸前，使我不能彎腰聽嫂子的呼吸；而嫂子的手腳又全軟的像麵糰，搞得我一點也不確定脈搏該摸哪裡。我可憐的智力在那時終於被耗用到極限，我非常激動地哭了起來。嬰兒阿弟卻無比安詳地在我懷裡熟睡，害我在那一刻，絕對可以說是，哭得比嬰兒還厲害。

嫂子終究很幸運地搭上救護車，在我好不容易想起一一九的號碼就是一一九以後。她歷經了由各種管子各臺機器各路人馬所聯合組成、輪番上陣、總計長達十幾個鐘頭的火焰挑戰，好不容易被連人帶床推進急診觀察區。嫂子雖然還沒清醒到能夠回答我任何問題，至少生命跡象終於確定沒有大礙。天曉得，我幾乎真的鬆了一口氣，直到突然發現自己已經錯過昨晚的上班時間——來不及了，那是店長心中的唯一死刑。

媽的，不到那一刻，不要說你，連我也不會相信：一個便利商店的大夜班店員，能夠對一間門市有多少感情？

比方說現在，當我沒有依照慣例出現在櫃臺的時候，我想像著我的便利商店空無一人，卻仍然開門營業的模樣。我幻想：那些冷氣、燈光、自動門、電冰箱，像有自己的意志一樣，即使我不在那裡，仍然禮數周到毫不含糊地朝著門外的黑洞，無數次丟出歡欣鼓舞而有去無回的：「你好，歡迎光臨！」

我想像，此刻，當我不在那裡，那麼，難道不是所有的東西，都不再有人看管了嗎？那麼，所有的贈品，會不會也不再值得兌換？

如果，我是說，如果，這時有任何一個——隨便一個——人走進來，大搖大擺；如果，他剛好決定拿走所有拿的動的東西、拆下所有拆的走的機臺；那麼，我所守護過的全家，就會變成全世界最乾淨明亮的窟窿——甚至比它外頭的黑夜，還要更深。

阿弟喝完了奶，拿著我給他的乾淨的驗尿杯玩了一會兒，慢慢的沒什麼動靜，又睡著了。我接了好幾通來自嫂子娘家的電話，不知道怎麼搞的，但我對每一個開口詢問的人說對不起。

嫂子在大龍國小當體育老師的大哥，說他下午雖然有課，還是會請假趕過來。

「小叔，辛苦了……哎，你一個男人，又這麼年輕，」說到這裡他停了一下。「乾脆阿弟先回我們這兒住吧。反正我媽可以看著，大家也放心。」

那不是一個提議，是一個決定。

我掛上電話，覺得頭有點暈。不記得上次吃東西是什麼時候，我的作息本來就已經有夠混亂了。

我背著阿弟，走出急診，陽光大得令人睜不開眼睛。

我走過對街，想買一份鍋貼，豆漿，或蔥油餅。嫂子還沒醒，就算醒了也不知道能不能吃東西。這麼一猶豫，被背巾緊緊箍在我胸前的阿弟，稍微不耐煩地扭了一扭。

沒人知道，但我感覺好像被雷從胸口劈中。那麼一瞬間，我突然領悟到自己現在真正應該做的事是什麼——我希望在大舅接走阿弟之前，讓阿弟知道，他可以因為還有我這個阿叔，而過得體體面面。

我背著阿弟，掉頭走向餐飲街對面，那間中山北路上的奇哥嬰兒用品專賣店。

明亮的櫥窗裡，陳列著各式各樣精細別緻的小貝比服飾。另一面，則是一整排嶄新的高級嬰兒車。它們一輛輛顯得雍容華貴、新潮流暢，跟我記憶裡那些疑似以菜籃硬加上輪子改裝而成的嬰兒代步工具，實在相差太遠。

最耀眼的，是一臺紅黑雙色的嬰兒車——它光彩奪目到讓我幾乎可以確定，如果布魯斯．韋恩生了一個小貝比，他也會放心讓他坐這臺出場。

我微微彎腰，瞇著眼睛透過玻璃讀它的標籤。

「義大利原裝進口，母嬰雙向視野，座椅五段式高低調整；智慧三輪，前後雙煞避震，絕佳穩定度與操控性——」

我把頭更貼近玻璃，想喬角度。但顯然最重要的資訊，透過櫥窗看不見。

這樣一臺嬰兒車，不知道要多少錢？

我才丟了工作，老媽剛中風，嫂子鬧彆扭，老哥已出走。

我在心裡，大聲地把這段咒語默念一遍。突然很篤定，這應該是全世界最充分的，買一臺義大利嬰兒車的好理由。

阿弟在懷裡悶悶地動了一下，我反射性地抬頭。
裡面幾位媽媽模樣的售貨員正在彼此談天，並沒有特別注意到我。

本文收錄於二〇一五年四月《第十七屆臺北文學獎得獎作品集》（臺北市政府文化局）

本文獲二〇一五年第十七屆臺北文學獎小說評審獎

附錄

一〇四年年度小說紀事

邱怡瑄

一月

・十三日，小說家段彩華逝世，享壽八十二歲。段彩華，一九三三年生，一九四九年來臺。革實院大傳系畢業。一九六二年退役。曾任記者、中國青年寫作協會總幹事、《幼獅文藝》主編等。創作文類以小說為主，亦有論述、傳記。曾獲中華文藝獎金中篇小說獎、國軍新文藝金像獎、中國文藝協會文藝獎章小說創作獎、中山文藝創作獎等。著有小說集《花彫宴》、《段彩華自選集》、《五個少年犯》、《段彩華小說選集》、《龍袍劫》、《花燭散》、《上將的女兒》、《北歸南回》等。

・十四日，由文化部主辦，臺北書展基金會承辦「二〇一五臺北國際書展大獎」公布記者會，小說類大獎為：陳浩基《13・67》、駱以軍《女兒》、林俊頴《某某人的夢》，頒獎典禮於二月十一日書展開幕式舉行。

・十七日，作家、藝術家江凌青逝世，得年三十二歲。江凌青，一九八三年生於臺中，英國萊斯特大學藝術與電影史系博士。曾任中興大學人文與社會科學研究中心博士後研究員等。曾獲時報文學獎、梁實秋文學獎、臺北文學獎、全國學生文學獎、世安美學論文獎、數位藝術評論獎等。著有短篇小說集《男孩公寓》。

・二十一日，臺裔日籍小說家陳舜臣於日本逝世，享壽九十歲。陳舜臣，一九二四年生，原籍臺灣臺北。日本大阪外國語學校印度語學科畢業。曾返臺於新莊中學任教。曾獲江戶川亂步賞、直木賞、日本推理作家協會賞等。小說《琉球之風》曾於一九九三年改編成ＮＨＫ大河劇。著有《旋風兒：小說鄭成功》、《小說十八史略》、《太平天國》、《鴉片戰爭》、《中國任俠傳》、《唐朝傳奇》等。

・二十四日，由客家委員會主辦「第五屆桐花文學獎」舉行頒獎典禮，短篇小說類首獎王林，優等蔚宇蘅，佳作陳沛宜、陳柳金、蘇語柔。

・二十五日，清華大學校長賀陳弘，在美國舊金山灣區頒授「名譽文學博士學位」給作家王默人。王默人，本名王安泰，一七三五年生，創作以小說為主，著有小說集《孤雛淚》、《留不住的腳步》、《沒有翅膀的鳥》、《地層下》，長篇小說《外鄉》、《跳躍的地球》等。由臺文所陳建忠教授協助王默人捐助清華大學成立文學講座，研究臺灣文學，並捐贈《跳躍的地球》全書手稿。

二月

・四日，由臺灣文學館主辦「臺灣文學翻譯補助出版補助」名單公布，李昂《迷園》、李潼《再見天人菊》、王瓊玲《美人尖：梅仔傳奇》、何致和《花街樹屋》、張瀛太《千手玫瑰》、蔡素芬《橄欖樹》及《鹽田兒女》、蘇偉貞《沉默之島》、甘耀明《殺鬼》、陳玉慧《海神家族》、吳明益作品、紀大偉《膜》、林海音《城南舊事》等小說作品獲得。

・五日，由文化部主辦「聽見那島」臺德文學交流合作舉辦記者會，「臺德文學交流合作」由文化部與德國柏林文學學會簽訂備忘錄，二〇一五至二〇一七年每年邀請三名臺灣作家於德國駐村一個月。依序為鍾文音、賀景濱、郝譽翔、伊格言、巴代、李進文、藍博洲、何致和、羅毓嘉。

・十日，印刻文學主辦《世界華文新文學史——中國現代文學的兩度西潮》新書發表會。《世界華文新文學史》分三大冊，共一百零八萬字，由馬森蒐整、彙編、校訂，跨清末迄今一百餘年間華文文學發展，涵括中國、臺灣、港澳、東南亞及歐美等地華文作家與作品的文學史著作。

・十五日，散文小說作家王宣一在義大利逝世，得年五十九歲。王宣一，一九五五年生，東吳大學中文系畢業。曾任《臺灣時報週刊》編輯，《聯合報》、《商業週刊》專欄作家等，曾獲聯合報文學獎。著有小說《旅行》、《少年之城》、《懺情錄》，以及兒童文學《九十九個娘》、《三件寶貝》等；近年撰寫飲食散文，著有

《國宴與家宴》、《小酌之家》、《行走的美味》等。三月六日，夫婿詹宏志與兒子詹朴為其舉行「宣一的最後派對」追思會。

三月

・八日，臺中市政府文化局與東海大學合作，舉辦「楊逵逝世三十周年紀念活動」，並於楊逵生前常去的東海校園設立「楊逵紀念花園」。

・十二日，九歌出版社主辦「一〇三年度文選新書發表會暨贈獎典禮」，小說選主編為賴香吟，年度小說選得主為黃錦樹，作品〈祝福〉。其他入選者為：賀淑芳、童偉格、王定國、蔡素芬、張翎、黃淑假、鄭清文、甘耀明、徐念慈、伍淑賢、葛愛華、陳又津、盧慧心、葉佳怡、陳思宏。

・十七日，作家匡若霞逝世，享壽八十八歲。匡若霞，一九二七年生於湖南岳陽，一九四九年來臺，曾任《中華日報》記者等。創作文類有散文和小說。曾獲中華文藝獎、國軍新文藝金像獎、中山文藝散文獎等。著有散文《青葉集》、《歲月履痕》；小說《不是終站》、《暖陽》等。

四月

・由公益信託星雲大師教育基金主辦、文訊雜誌社執行「歷史小說的虛與實——全球華文文學星雲獎推廣講座」。第一場四月十一日，由李瑞騰主持，王幼華、果子離主講。第二場五月二日，由封德屏主持，巴代、高永謀主講。第三場六月二十七日，由楊宗翰主持，王湘琦、林載爵主講。

・四月十二日至五月十日，由臺灣文學館舉辦「閱讀時光」系列影集播映。「閱讀時光」系列影集由導演王小棣、王明台、鄭文堂、鄭有傑、安哲毅、沈可尚、廖士涵，分別改編夏曼・藍波安、王登鈺、朱天文、駱以軍、張惠菁、楊逵、劉大任、季季、廖玉蕙的文學作品。映演場次：四月十二日〈老海人洛馬比克〉、〈大象〉，並舉行兩場映後座談，由藍祖蔚主持，夏曼・藍波安與鄭有傑、王登鈺與王小棣對談；四月十九日〈世紀末的華麗〉、〈降生十二星座〉；四月二十六日〈蛾〉、〈送報伕〉；五月三日〈晚風細雨〉、〈行走的樹〉；五月十日〈冰箱〉、〈後來〉。

・二十二日，文化部主辦「第三十九屆金鼎獎」得獎名單揭曉，圖書出版類文學圖書獎得獎小說有林俊頴《某某人的夢》。

・二十七日，由二〇一五 Lennox Robinson 文學節委員會主辦「第二屆 Lennox Robinson 文學獎」得主為臺灣科技大學人文社會學科主任張瀛太。張瀛太以《The Bear Whispers to Me》（熊兒悄聲對我說）獲獎。

・二十七日，由中央研究院中國文哲研究所、歷史語言研究所聯合主辦「夏志清先生紀念研討會暨《夏志清夏濟安書信集》新書發表會」，與會者有王汎森及夏志清夫人王洞、彭小妍、白先勇、李歐梵、梅家玲、季進、陳平原、陳國球、王德威、張淑香、胡曉真、陳芳明、陳子善、夏曉虹、孔海立、雷勤風、高嘉謙、朱天文、駱以軍、郭強生、胡金倫。

・二十九日，詩人辛鬱逝世，享年八十二歲。辛鬱，本名宓世森，一九三三年生於杭州，一九四八年從軍，後隨軍隊來臺，一九六九年退伍。曾任《創世紀》詩刊總編輯、詩社社長，以及《科學月刊》社長、出版委員會召集人等。創作文類以詩為主，兼及散文、小說、劇本。曾獲國軍文藝長詩金像獎、中山文藝獎新詩獎、中國文藝協會榮譽文藝獎章等。著有詩集《軍曹手記》、《豹》、《在那張冷臉背後》，小說《未終曲》、《不是駝鳥》、《龍變》，散文《我們這一伙人》等。六月十三日，由《創世紀》詩社與《文訊》雜誌社於紀州庵文學森林舉辦追思紀念會。

五月

・九日，由臺北市政府主辦，臺北市政府文化局承辦，文訊雜誌社執行「第十七屆臺北文學獎」舉行頒獎典禮。得獎名單：小說組首獎蕭鈞毅，評審獎陳姵蓉，優等獎陳逸勳、傅凱羚。

・二十日，作家楊念慈逝世，享年九十三歲。一九二二年生於山東。西北師範學院國文系肄業，之後從軍，一九四九年隨軍隊來臺，任《自由青年》編輯，後入教育界服務，一九七五年自省立臺中一中退休後，在中興大學中文系擔任副教授講授

「小說選及習作」。楊念慈小說《廢園舊事》、《黑牛與白蛇》曾被改編為廣播劇、電視、電影，廣受歡迎。曾獲中國文藝協會文藝獎章、教育部文藝獎。著有《殘荷》、《落日》、《陋巷之春》、《犂牛之子》、《廢園舊事》、《黑牛與白蛇》、《風雪桃花渡》、《少年十五二十時》等。

・三十、三十一日，由靜宜大學臺灣研究中心主辦，行政院客委會及國立臺灣文學館共同合辦「鍾肇政文學國際學術研討會」，與會者有：范佐銘、翁誌聰、郭俊巖、林瑞明、鍾逸人、蔣絜安、岩上、康原、趙天儀、蔡榮勇、陳銘堯、嚴敏菁、劉慧真、李喬、中島利郎、杜國清、彭瑞金、鄭清文、陳萬益、張維安等出席。

六月

・四日，作家廖清秀逝世，享年八十八歲。廖清秀，一九二七年出生於臺北，任職中央氣象局服務直至退休。以《恩仇血淚記》獲中華文藝獎金委員會長篇小說獎。創作以小說為主，兼有論述、雜文、翻譯及改寫兒童文學作品。著有小說《恩仇血淚記》、《第一代》、《不屈服者》、《反骨》等。

七月

・一日，小說家王定國獲得聯合報第二屆文學大獎。寫作四十年，停筆達二十五年的王定國自二〇〇四年正式復出文壇，連續出版了《沙戲》、《那麼熱，那麼冷》、《誰在暗中眨眼睛》等，連獲金鼎獎、臺北國際書展大獎等。

・十四日，由國立臺灣文學館主辦「不為人知的幸福——龍瑛宗捐贈展」開幕記者會，與會者：翁誌聰、劉知甫、林瑞明、劉抒苑、劉抒芳等。展覽展出由龍瑛宗於一九九七年捐贈國立臺灣文學館籌備處所的文物，包含第一部小說作品〈植有木瓜樹的小鎮〉，到戰後短篇小說〈瞭望海峽的祖墳〉等手稿，以及圖書期刊、證書等。

·十五日，由彰化縣政府主辦「第十七屆磺溪文學獎」得獎名單揭曉，短篇小說類首獎鄧榮坤，優選林子瑄、巫玠竺、曾昭榕、張耀仁、葉士瑜。

·十六日，臺灣旅日作家王震緒（筆名東山彰良）小說《流》獲日本第一百五十三屆「直木三十五獎」（簡稱直木賞），是繼邱永漢、陳舜臣之後，第三位獲得「直木賞」的臺灣人。王震緒一九六八年出生於臺灣，父親是旅日學者、作家王孝廉。兒時隨父母移居日本福岡，曾短暫返臺就讀小學，西南學院大學經濟學研究系畢業，著有《逃亡作法》、《路傍》等多部日文小說。

·二十六日，飛頁書房主辦「鍾肇政《苦雨戀春風》簽書會」，邀請鍾肇政與該書主編張良澤對談分享。

·二十九日，由臺南市政府主辦之「第五屆臺南文學獎」得獎名單揭曉。華語短篇小說：首獎張瑛姿，優等張英珉，佳作楊寶山、黃冠儒、陳怡憓、周志仁。

·六日，新北市政府文化局主辦「第五屆新北市文學獎」得獎名單揭曉：短篇小說類第

八月

一名解昆樺，第二名凌明玉，第三名葉穎達，佳作黃隆秀。

・十日，由新竹市文化局主辦「二〇一五竹塹文學獎」得獎名單揭曉：短篇小說類第一名張曉惠、第二名蔡素華、第三名盧駿逸。

・十四至十六日，黃大魚兒童劇團主辦，黃春明現代人偶劇《愛漂亮的河馬小姐》假宜蘭演藝廳演出，由黃春明的一篇小說改編而成，並和日本ＮＨＫ文化獎得主片岡昌，以及日本瞳座人形劇團聯合製作演出，以現代人偶方式演出。

・二十二日，由臺灣推理作家協會主辦「臺灣推理作家協會第十三屆徵文獎頒獎典禮暨第十四屆年會」。第十三屆徵文獎決選入圍張乃玓、呂仁、霞月、王少杰、阿七，作品集結為《寂寞球體》出版。

・二十八日，由 BenQ 明基友達基金會主辦「第五屆 BenQ 華文世界電影小說獎」頒獎典禮。得獎者：首獎黃唯哲，貳獎溫文錦，參獎吳孟寰，佳作李振豪、吳相。

・二十九日，作家羅蘭逝世，享年九十六歲。羅蘭本名靳佩芬，一九一九年生於河北，擔任小學音樂教師。一九四八年來臺，曾於警察廣播電臺製作及主持《安全島》節目達三十二年。以「羅蘭」為筆名，將《安全島》廣播稿整理為《羅蘭小語》出版。曾獲中山文藝獎、廣播金鐘獎、國家文藝獎。著有散文《羅蘭小語》、《給青年們》，小說《飄雪的春天》、《綠色小屋》，傳記「歲月沉沙三部曲」等。

・八月，由中興大學人文與社會科學研究中心數位團隊建置「臺灣文學大典」網站（twlit.blogspot.tw）啟用，並彙整由不同單位製作的臺灣文學作家數位網站。此計畫由邱貴芬發想，以 The Taiwan Literature Archives 為英文名，經作家楊牧翻譯定名為「臺灣文學大典」。目前已收錄近三十位臺灣文學作家的主題網站。

九月

・十二日，由港臺文化合作委員會主辦「『香港週二〇一五@臺北』——香港年度作家展揭幕酒會暨分享會」，作家展展出六位獲「香港年度作家」榮譽的文學作家——劉以鬯、西西、也斯、陳冠中、董啟章和李歐梵的文學著述。

・九月三十日至二〇一六年一月三日，由臺灣文學館主辦的「世界一舞臺：莎士比亞在臺灣特展」，是臺灣首次完整呈現莎士比亞的文學主題展覽。展場分成四大主題，以莎士比亞的生平與作品為主軸，再藉由訪談十八位不同領域的藝術工作者，進一步介紹他們與臺灣的關係。

十月

・三日起，由國立臺灣文學館主辦、文訊雜誌社承辦「臺灣文學開講」共計十二場講座與文學地景導覽。重新討論與閱讀柏楊、林海音、龍瑛宗、司馬中原、琦君、鄭清文、楊喚、鍾理和、鍾肇政、賴和、葉石濤、楊逵。

・四日，由《聯合報・副刊》、台積電文教基金會共同主辦「第十二屆台積電青年學生文學獎」頒獎典禮。得獎名單：短篇小說首獎羅苡珊、二獎趙珮雯、三獎蕭信維。

十一月

・十六、十七日，由國立宜蘭大學、宜蘭縣文化局與黃大魚文化藝術基金會聯合舉辦「黃春明及其文學國際學術研討會」。與會者：林聰賢、趙涵捷、黃建興、黃春明、陳芳明、李瑞騰、柳書琴、蔡詩萍、柳書琴、林安梧、張錯、許俊雅、朱雙一、應鳳凰、林淇瀁、徐秀慧、陳益源、黃英哲、西田勝、朱雙一、劉俊、蘇碩斌、劉建平、曾萍萍、黃子平、謝世宗、黃儀冠、李時雍、陳麗蓮、郭楓、徐禎苓、楊錦郁、蔡素芬、林文義、言叔夏、梁竣瓘等。

・二十三、二十四日，由臺北教育大學臺灣文化研究所主辦「七等生文學學術研討會」，與會者郭博州、陳益源、應鳳凰、李瑞騰、許俊雅、歐宗智、陳萬益、洪銘水、渡也、許琇禎、簡義明、張良澤、翁聖峰、陳明柔、陳儒修、沈芳序、王國安、蕭義玲、紀大偉、顏之群、錢鴻鈞、劉懷拙、陳龍廷、黃克全、劉智濬、陳瀅州、張俐璇、廖淑芳、劉慧珠、李敏忠、郝譽翔、伊格言。

・二十六日，由《中國時報・人間副刊》主辦「第三十八屆時報文學獎」得獎名單揭曉，短篇小說組首獎黃瀚嶢，評審獎李芙萱、林志豪。

・三日，由公益信託星雲大師教育基金主辦「第五屆全球華文星雲獎」得獎名單揭曉，由白先勇獲得「貢獻獎」；歷史小說首獎從缺、二獎錢映真、三獎林二郎（巴代）。

・七日，由林榮三文化公益基金會主辦「第十一屆林榮三文學獎」舉行頒獎典禮。得獎者：短篇小說首獎鍾旻瑞，貳獎方清純，參獎秀赫，佳作凌明玉、葉俊煒。

・十二日，由高雄市政府文化局主辦的「二〇一五打狗鳳邑文學獎」得獎名單揭曉：高雄獎薛好薰；小說組首獎花柏容，評審獎叢昕滋，優選獎陳宸億。

・十四、十五日，由趨勢教育基金會主辦「二〇一五白芒花——臺日作家交流論壇」。共進行五場論壇，包括「生命裡的告別」、「跨境戰爭」、「記憶青春」、「女生女身」、「何處是我家」，由藤井省三、黃英哲、徐興慶、劉黎兒等主持，臺灣作家楊富閔、黃麗群、伊格言、高翊峰、張耀仁、童偉格、王聰威、陳又津，日本作家中島京子、茅野裕城子、橫山悠太、楊逸、溫又柔與談。並舉辦李喬專題演講、「李喬作品專題論壇」，李喬、藤井省三、黃英哲、柯慶明與談。

・二十四日，財團法人金車教育基金會主辦「第三屆金車奇幻小說獎」頒獎典禮。首獎黃致中，特優獎冷魚、睦同、瀟湘神，優選獎太陽卒、謝曉昀、蓼莪、蘘荷、曾昭榕、陸如淑。

・二十六日，「二〇一五新竹縣吳濁流文藝獎」舉行頒獎典禮。得獎名單：短篇小說首獎張英珉〈我的父親與他的豬頭〉，貳獎高偉凱〈鳳崎落日〉、陳茂賢〈假如風箏〉並列，佳作劉志宏、巫玠竺、呂眉均。

十二月

・二十八日，由南投縣文化局主辦「第十七屆玉山文學獎」得獎名單揭曉。短篇小說首獎張英珉，優選曾昭榕、吳金龍、陳倚芬。

・二十八日，由文化部贊助、《ＩＮＫ印刻文學生活誌》、《短篇小說》主辦的「二〇一五青年超新星文學獎」舉行頒獎典禮。首獎李牧耘；優等獎張子慧、黃聖鈞、王靖文、朱容瑩。

・五日，美濃鍾理和紀念館舉辦「鍾理和百歲冥誕紀念活動」，內容有鍾理和文學朗讀、鍾理和文學戲劇等。

・五日，臺灣文學館主辦「二〇一五臺灣文學獎」頒獎典禮。得獎名單：圖書類長篇小說金典獎為吳明益《單車失竊記》、甘耀明《邦查女孩》；客語短篇小說金典獎為葉國居〈看毋到个田〉。

・六日，桃園市府文化局主辦「鍾肇政文學獎」徵文比賽舉辦頒獎典禮。得獎名單：小說類首獎蔡宜汎，貳獎黃暐婷，參獎蔡明翰、盧誌明，佳作林金玉、莊華堂、許雅雯。

・十五日，由國藝會主辦的「第十九屆國家文藝獎」公布得獎名單，由小說家李永平獲獎。

・十六日，由財團法人國家文化藝術基金會與文訊雜誌社合作推動「小說引力：華文國際互聯平臺」舉行上線記者會，同時揭曉「二〇〇一～二〇一五華文長篇小說二十部」及「二〇〇一～二〇一五臺灣長篇小說票選前三十部」名單。前十名的臺灣長篇小說為：駱以軍《西夏旅館》、吳明益《複眼人》、陳玉慧《海神家族》、吳明益《單車失竊記》、施叔青《行過洛津》、甘耀明《邦查女孩》、駱以軍《遣悲懷》、朱西甯《華太平家傳》、甘耀明《殺鬼》、陳雨航《小鎮生活指南》。上海、香港、澳門、新加坡、馬來西亞五地票選出的華文長篇小說，上海為小白《租界》、路內《花街往事》，香港為董啟章《天工開物．栩栩如真》、陳冠中《建豐二年：新中國烏有史》，澳門為梁淑淇《我和我的……》、李宇樑《上帝之眼》，新加坡為謝裕民《m40》、英培安《畫室》，馬來西亞為黎紫書《告別的年代》、李憶莙《遺夢之北》。

・十八日，「他們在島嶼寫作2」文學大師電影，在臺灣、香港兩地同步上映，推出七部文學電影，記錄白先勇、林文月、洛夫、瘂弦、也斯、西西、劉以鬯的身影。

・三十一日，宜蘭縣政府委託黃春明及黃大魚劇團經營的百果樹紅磚屋，因預算全數被刪，黃春明決定結束經營。上百位作家前往宜蘭聲援，參加熄燈告別趴，縣府最後確定將紅磚屋轉由文化局接管，發展為「黃春明文學館」。文學界人士廖玉蕙、楊索、陳若曦、鄭愁予、邱坤良、陳芳明、汪其楣、封德屏、小野、張小虹、駱以軍、吳明益等上百人齊聚紅磚屋為黃春明打氣，縣長林聰賢亦強力慰留，黃春明決定休息後將重新再出發。

九歌文庫 1218

九歌一〇四年小說選

Collected Short Stories 2015

主編　童偉格
執行編輯　蔡佩錦
創辦人　蔡文甫
發行人　蔡澤玉
出版發行　九歌出版社有限公司
臺北市105八德路3段12巷57弄40號
電話／02-25776564・傳真／02-25789205
郵政劃撥／0112295-1
九歌文學網　www.chiuko.com.tw
印刷　晨捷印製股份有限公司
法律顧問　龍躍天律師・蕭雄淋律師・董安丹律師
初版　2016（民國105）年3月
初版 2 印　2016（民國105）年4月
定價　380元

書號　F1218
ISBN　978-986-450-048-2

本書榮獲臺北市政府文化局贊助

國家圖書館出版品預行編目資料

九歌一〇四年小說選 / 童偉格主編. -- 初版. --
臺北市：九歌, 民105.03

352 面 ；14.8×21公分. --（九歌文庫；1218）

ISBN 978-986-450-048-2（平裝）

857.61　　105001528